Martin Schneider

Das Portal im Hinterhof

Martin Schneider

Das Portal im Hinterhof

oder

Die kleinen Männer aus Pitatia

Science-Fiction

Roman

Danke Petra

Die Deutsche Nationalbibliothek verzeichnet diese Publikation in der Deutschen Nationalbibliografie; detaillierte bibliografische Daten sind im Internet über dnb.dnb.de abrufbar.

© 2024 Martin Schneider

E-Mail: martin-schneider-autor@gmx.de

Herstellung und Verlag:

BoD – Books on Demand, Norderstedt

ISBN: 9783759766519

Vorwort

Wir alle kennen die Legenden von kleinen Männern. Mal sind sie uns Menschen gutgesonnen, mal trachten sie uns nach dem Leben, doch woher kommen die Geschichten? Gab es mal vor langer Zeit Zwerge auf der Erde? Lebten sie im Wald oder kamen sie nur zu Besuch? In manchen Legenden leben sie unter Tage und kommen nur nachts, wenn der brave Bürger schläft, in unsere Zimmer. Sie helfen bei der ungeliebten Arbeit oder verschleppen Kinder in den dunklen Wald. Diese Geschichten wurden oft erzählt, bevor sie zu Papier gebracht wurden. Wer weiß, wie oft sie verändert wurden, um sie dem jeweiligen Zeitgeist anzupassen. Waren es nur unterhaltsame Märchen oder sind es sogar Warnungen an die Menschheit? Wozu sind diese kleinen Wesen imstande, welche Fähigkeiten haben sie? Wenn es sie denn gibt.

Wer denkt sich solche Märchen und Legenden aus? Warum gibt es sie in den unterschiedlichsten Kulturen? Ist es überhaupt möglich, solche fantastischen Geschichten zu erfinden oder braucht es dafür zumindest einen wahren Kern?

Dies ist eine Geschichte, die so unglaubwürdig ist, dass es nur ein Märchen sein kann, doch was ist, wenn dieses Märchen wahr ist? Wer würde dem Erzähler wohl Glauben schenken? Die Menschen mit einem gesunden Verstand, die Medien oder doch nur der Psychiater? Mit Sicherheit hätte er ein Mittel, um diese wahre Erinnerung zu einem bösen Traum werden zu lassen.

Tanja, eine deutsche Italienerin

Tanja mag Italien, obwohl sie dieses Land nicht kennt. Es liegt wohl daran, dass sie die Sprache perfekt beherrscht. Schuld daran ist Francesca. Tante Francesca ist eine echte Italienerin aus Potenza, einer süditalienischen Stadt, mitten im Landesinneren, da wo kaum Touristen hinkommen. Ihr Mann Klaus hat sie auf einer Dienstreise kennengelernt und sich Hals über Kopf in sie verliebt. Sie ist mit ihm nach Deutschland gezogen, lernte etwas deutsch und heiratete Klaus. Die beiden haben eine Tochter. Yvonne ist genauso alt wie Tanja. Da Klaus viel auf Dienstreisen ist und Francesca es gewohnt ist in einem lebendigen Haus zu leben, kamen die beiden auf die Idee, dass Francesca doch als Tagesmutter arbeiten kann. Klaus wollte eigentlich keine Kinder und nach Yvonne hat er besonders aufgepasst. Ihm kam die Idee, dass sich Francesca doch um andere Kinder kümmern kann, denn die werden abends wieder abgeholt und wenn er dann zuhause ist, wird aus dem quirligen Kinderhort ein ruhiges Heim für den gestressten Beamten.

Tom und Silvia, Tanjas Eltern, bringen ihre Tochter beinahe täglich zu der italienischen Tagesmutter, die sich so liebevoll um die fremden Kinder kümmert. Die beiden haben nicht viel Zeit, sie arbeiten nicht nur in derselben Firma, sie sind auch im selben Team und so mussten sie zwangsläufig des Öfteren bis in die Nacht hinein an einem Projekt arbeiten. Francesca hatte kein Problem damit, sie legte einfach eine Luftmatratze in Yvonnes Zimmer und die beiden Mädchen fühlten sich wie Schwestern. Zweimal holte Silvia ihre Tochter spät am Abend ab und es war für alle eine stressige Angelegenheit. Tanja wurde aus dem Schlaf gerissen und wollte nicht weg, Klaus war sehr ungehalten, weil seine wohlverdiente Ruhe gestört wurde und Yvonne war so traurig, dass sie weinte, als ihr die Schwester entrissen wurde. „Lass sie doch das nächste Mal über Nacht hier! Das wäre für alle besser.", sagte Francesca und Silvia musste sich eingestehen, dass sie recht hat. So kam es, dass Tanja zeitweise zur Familie gehörte und eine Schwester hatte. Francesca wollte ihre Heimatsprache nie so ablegen und so wurde viel italienisch gesprochen. Erst wenn die fremden Kinder sie nicht verstehen, wiederholt sie auf Deutsch. Kinder lernen schnell, so spricht Yvonne fließend Italienisch und auch Tanja braucht schon lange keine deutsche Erklärung mehr, wenn Francesca etwas sagt. Oft sprechen die beiden Mädchen Italienisch und merken es nicht einmal. Was hat Klaus immer rumgemotzt, wenn er mal zu Hause war und nicht nur Tanja, sondern auch seine eigene Tochter Italienisch sprachen, so dass er nicht ein Wort verstanden hat. Für Tanja war Francesca mehr Mutter als es Silvia war. Silvia war anfangs froh darüber, dass sich ihre Tochter so gut mit dieser Tagesmutter verstand. Viel zu spät haben Tom und Silvia gemerkt, dass Tanja sich eher bei Francesca zuhause fühlt als bei ihren leiblichen Eltern. Tom und Silvia haben lange diskutiert, was sie tun können, bis sie zu dem einzigen, vernünftigen Entschluss gekommen sind, dass Silvia kündigt und zuhause bleibt.

Zumindest bis Tanja zur Schule geht. Die Trennung von ihrer vermeintlichen Schwester und ihre Tagesmutter Francesca war für Tanja nicht einfach, doch Silvia unternahm viel mit ihrer Tochter, war jeden Tag mit ihr auf dem Spielplatz, suchte Kontakt zu anderen Kindern, damit Tanja gezwungen war, Deutsch zu sprechen. Nach einem Jahr wurde Tanja eingeschult und als sie dann in die zweite Klasse kam, hat Silvia wieder halbtags angefangen zu arbeiten, weil ihr sonst die Decke auf den Kopf gefallen wäre. Nachmittags war sie aber immer noch für ihre Tochter da, half ihr bei den Hausaufgaben, lernte mit ihr und die beiden waren viel Draußen unterwegs. Toms Arbeit bestimmte, wann die Familie übers Wochenende verreist oder in den Urlaub fährt. Mal war er das ganze Wochenende weg, mal hatte er in der Woche Zeit für seine Familie und sie sind spontan verreist.

Urlaub in Italien

Tanja vermisste die italienische Sprache, in ihrer Klasse gab es keinen, der Italienisch spricht, nur ein Mädchen in der fünften Klasse, doch sie wollte von Tanja nichts wissen. Als sie in der Schule etwas über Italien lernte, wollte sie unbedingt den nächsten Urlaub dort verbringen, also ging es in den Sommerferien nach Rimini, da wo sie alle hinfliegen. Silvia hat auf Bitten ihrer Tochter das erstbeste Angebot genommen, was sie noch kriegen konnte, als Tom mal wieder kurzfristig verkündete: „Ende der Woche ist das Projekt fertig, da kann ich zwei Wochen Urlaub nehmen!" Also hatte Silvia noch ganze vier Tage Zeit, eine Reise zu buchen. Im Katalog sah auch alles perfekt aus, doch die Bilder waren wohl schon Jahrzehnte alt. Tanja hat sich so auf Italien gefreut, sie konnte doch nicht ahnen, dass Italien im Sommer so heiß ist. Die alte Klimaanlage in ihrem Zimmer schaffte es nicht, gegen die Hitze Riminis anzukämpfen. Es blieb nur noch der Strand und trotz mehrfachen Eincremens hat Tanja nach dem vierten Tag einen gehörigen Sonnenbrand gehabt. Nach nur einer Woche sind sie dann zurückgeflogen und haben noch eine Woche in einem Ferienhaus an der Müritz verbracht. Bis auf einen Tag hat es nur geregnet. Trotz des missglückten Urlaubs hat Tanja sich gern an diesen Urlaub erinnert, sie hat den Sonnenbrand und die Hitze schnell vergessen. Bald hieß es wieder: „Mama, wann fliegen wir wieder nach Italien?"

„Italien ist doch viel zu heiß!", kontert ihre Mutter.

„Ach was, es ist doch so schön da! Ach Papa, der Urlaub war doch so schön!", versucht es Tanja nun bei ihrem Vater, der für gewöhnlich viel schneller klein beigibt.

„Aber nicht im Hochsommer!", bestimmt Tom. „Lass uns doch zu Ostern fliegen! Da bekomme ich schon irgendwie frei.", antwortet Tom.

„Da ist aber auch in Italien noch kein Sommer!", sagt Silvia verwundert, denn zu Ostern haben sie immer ihren Pflichtbesuch bei den Eltern gemacht.

„Au ja! Wie lange ist es noch bis Ostern?", freut sich Tanja jetzt schon.

„Das dauert noch!", erklärt ihre Mutter. „Na gut! Ich schau mal, ob wir dann was im Süden bekommen! Da ist es bestimmt etwas wärmer!"

Die Wochen vergehen und der Winter macht dem Frühling Platz. Tom hält Wort und bekommt ein paar Tage vor Ostern frei. Silvia geht sofort ins Reisebüro, wo sie noch eine Unterkunft und einen Flug ergattern kann. Vier Tage später steht Tanja mit ihren Eltern am Flughafen, sie liest die große Anzeigetafel mit den Reisezielen und fragt: „Fliegen wir auch nach Bari?"

„Ja, und von da aus geht es dann nach Monopoli, ein Vorort von Bari, unten am Hacken des Stiefels!", erklärt ihr Vater es ihr so schön bildlich.

Tanja freut sich auf den Urlaub, endlich geht es wieder nach Italien und nach einem viel zu langen Flug stehen sie in Bari am Taxistand. Tom winkt ein Taxi heran und sie steigen ein. Es war eine anstrengende Diskussion, doch nun darf Tanja vorn beim Taxifahrer sitzen. Sie hält die Buchungsunterlagen in der Hand und erklärt dem Taxifahrer genau und im besten Italienisch, wo er sie hinfahren soll. Die ganze Fahrt über unterhält sich Tanja mit dem Taxifahrer, der ihr alles über Bari und die adriatische Küste erzählt. Silvia und Tom verstehen kein einziges Wort. Sie sind stolz auf ihre Tochter, vor allem als der Taxifahrer direkt vor ihrer Unterkunft hält. Mitten in der Altstadt, fast direkt am Hafen, haben sie ein Apartment gebucht. Es ist eine Bruchbude, die nichts mit den Bildern aus dem Reisebüro zu tun hat. Das Zimmer ist eiskalt und die, fast einen halben Meter dicken, Wände wollen einfach nicht warm werden. Im Sommer, wenn die Sonne hier unten ihr Bestes gibt, mag es zwar sehr angenehm sein, doch jetzt, wo die Nächte noch kalt sind, kann diese kleine Elektroheizung nicht viel ausrichten. Trotzdem machen alle das Beste daraus. Silvia und Tom sitzen den halben Tag in ihrem Lieblingscafé am Hafen, wo Kunststoffwände den Wind abhalten und nur die Frühlingssonne hereinlassen. Tanja geht ihre eigenen Wege. Obwohl sie erst elf ist, lassen ihr ihre Eltern viel Spielraum. Sie vertrauen ihr.

Tanja behält das Café am Hafen im Auge, als sie die Gassen drumherum erkundet. Sie trifft Maria, die mit ihren dreizehn Jahren auf ihre Schwester Gina aufpassen muss. Maria würde viel lieber mit Stephano rumhängen, doch der mag die kleine Gina nicht. Sie ist ihm immer im Weg, wenn er sich an Maria heran machen will. Maria sieht

Tanja herumstreunen und sie erkennt sofort die Touristin. „Jetzt kommen die Touris wieder!", sagt sie zu Stephano.

„Ja, aber nach Ostern haben wir wieder Ruhe vor ihnen!", sagt Stephano gelangweilt. „Bis sie uns wieder den Sommer versauen!"

„Was sind Touris?", will Gina wissen.

„Na, die Urlauber, die jeden Sommer unsere Stadt überschwemmen!", erklärt Maria ihrer kleinen Schwester.

„Ich mag diese Touris! Sie sind nett!", sinnt Gina.

„Warte nur ab, bis sie Dir die Freunde ausspannen!"

Stephano fragt sich gerade, ob ihm Maria den letzten Flirt übelnimmt. „Hä, was meinst Du?", reagiert er unschuldig. Stephano kann nicht anders, er sieht es so bei seinem älteren Bruder. Mario ist schon neunzehn und er macht sich an jede hübsche Touristin heran, selbst wenn diese in Begleitung ist.

„Ach nichts!", antwortet Maria. Sie mag Stephano, doch sie mag es nicht, wenn er wie sein Bruder wird. Maria weist auf die Touristin, die sich den dreien nähert. „Ich tippe auf Polen!"

Stephano mustert das junge Mädchen. „Deutschland… oder England. Nein, Deutschland!" Es ist ein Spiel bei ihnen, raten, woher die Touristen kommen. Stephano kann ein paar Brocken Deutsch und auch etwas Englisch und Französisch. Nur das Nötigste, versteht sich. Eben das, was er bei seinem Bruder so aufschnappt. „Bist Du

Deutschland?“, fragt er das Mädchen.

Tanja ist verwundert, dass sie auf Deutsch angesprochen wird, doch allem Anschein nach erkennen die Einheimischen die Touristen. Sie antwortet auf Italienisch: „Wieso glaubst Du denn, dass ich aus Deutschland bin?“

„Ha!“ freut sich Maria. Sie lag zwar falsch, doch auch Stephano hat sich geirrt. „Kommst Du aus Rom?“

„Nein!“, sagt Tanja. „Er hat schon recht, ich bin aus Deutschland!“

„Wusste ich es doch!“, triumphiert Stephano. „Du kannst Italienisch?“

„Ja, kann ich!“ Tanja lächelt den netten Italiener an. „Hier ist aber nicht viel los?“

„Ihr seid zu früh! Die Touristen kommen erst am Donnerstag, wenn Ostern beginnt!“, sagt Maria.

„Oben am Bahnhof ist mehr los, aber da darf Maria wegen der Kröte da nicht hin!“ Stephano weist auf Gina.

„Ich bin keine Kröte!“, protestiert Gina.

„Wo sind Deine Eltern?“, fragt Maria.

„Sie sitzen bei Angelo im Café!“, erklärt Tanja.

„Haben sie nichts dagegen, wenn Du hier allein herumläufst?“ Maria ist verwundert, denn dieses Mädchen ist deutlich jünger als sie, etwa so alt wie Gina.

„Ach was, ich renne ihnen ja nicht weg!“, relativiert Tanja. Sie weiß schon, dass sie nicht zu weit weg gehen darf und eigentlich ist sie ja auch schon ziemlich weit weg, denn ihr Rufen würde sie wohl nicht mehr hören.

Maria hat eine Idee! „Wie lange bleibt ihr?"

„Mittwoch nach Ostern fliegen wir wieder zurück!"

„Warum seid ihr zu Ostern hier?", will Gina wissen.

„Es ist hier schön warm, aber noch nicht zu heiß!", erklärt Tanja dem sympathischen Mädchen.

„Schön warm? Es ist doch noch bitterkalt!", sagt Gina.

„Es sind gerade mal zwanzig Grad! Das ist doch nicht warm!", fügt Stephano hinzu. Während Maria eine Jeans, Pullover und eine Daunenweste trägt, hat Tanja nur ein leichtes Sommerkleid an. „Frierst Du denn nicht?"

„Nein, es ist doch schön warm heute!" Tanja weiß, dass es im Sommer hier unten sehr heiß ist. „Für euch ist es kalt und für mich ist es warm. In Deutschland hat es letzte Woche noch geschneit!"

„Was, Schnee zu Ostern?" Stephano kann´s nicht glauben.

„Gibt es hier eigentlich Schnee?", fragt Tanja.

„Hier, am Meer? Nein, da musst Du schon hoch in die Berge fahren!", antwortet Stephano.

„Wir waren im Februar übers Wochenende in den Bergen zum Skifahren!", sagt Maria.

„Au ja, das war schön!", ergänzt Gina und denkt an den

Spaß, den sie beim Rodeln hatte.

„Schnee ist schon irgendwie schön, doch es war auch sehr kalt! In der Nacht waren es minus drei Grad!", sagt Maria.

„In Deutschland ist es im Winter oft noch viel kälter! In den Bergen ist es sogar noch kälter!", prahlt Tanja.

Aus der Ferne sind Touristen zu hören, die laut rufen. „Meinen die Dich?", fragt Stephano.

„Ja, ich bin die Tanja, die sie rufen!" Tanja erkennt ihre Eltern.

„Stephano!", stellt er sich vor und reicht Tanja die Hand.

„Ich bin Maria und die Kröte da ist Gina!"

„Selber Kröte!", protestiert Gina mit sicherem Abstand.

„Ich muss los!" sagt Tanja und ruft dann: „Ich komme ja schon!" „Seid ihr morgen auch wieder hier?", will sie noch wissen, bevor sie zu ihren Eltern rennt.

„Vielleicht!", sagt Maria gelassen.

„Wir sind immer hier!", ruft Gina hinterher.

„Ja, wegen Dir sind wir immer hier!", sagt Stephano zu Gina. Er würde lieber mit Maria allein sein.

„Wo warst Du denn?", fragt Silvia ihre Tochter.

„Ich habe ein paar andere Kinder getroffen!"

Tom freut sich, wie schnell seine Tochter Anschluss findet. „Sind hier noch andere Deutsche?"

Tanja zuckt mit den Schultern. „Keine Ahnung! Ich habe Stephano und Maria kennen gelernt! Und Gina, Marias Schwester!“

„Ach ja, Du kannst Dich ja mit ihnen unterhalten!“ Tom fällt wieder ein, dass seine Tochter Italienisch spricht.

„Tanja ist hier klar im Vorteil!“, sagt Silvia.

Am nächsten Morgen, es ist eigentlich fast Mittag, sitzt die Familie Wegener in Angelos Café beim Frühstück. Es gibt all die leckeren italienischen Spezialitäten, frischen Orangensaft, für Tanja eine heiße Schokolade und ihre Eltern genießen ihren Cappuccino. „Noch eine heiße Schokolade?“, fragt Angelo, als er sieht, dass Tanja ausgetrunken hat.

In diesem Moment sieht Tanja Gina vorbeirennen. „Ich geh zu Gina!“, sagt Tanja zu ihren Eltern und ist auch schon dabei, die Terrasse zu verlassen.

„Bleib aber hier in der Nähe!“, mahnt ihre Mutter.

„Jaja!“ Tanja stürmt hinaus. „Gina!“, ruft sie der neuen Freundin hinterher.

„Hallo Tanja! Kommst Du mit zum Hafen?“ Gina freut sich, das Mädchen aus Deutschland zu sehen.

„Hä? Wir sind doch am Hafen!“, sagt Tanja, die zwischen Angelos Café und den Fischerbooten steht.

„Ach, doch nicht den Hafen!“, winkt Gina ab, dann erklärt sie: „Der ist doch nur für die Touristen! Wir haben noch einen richtigen Hafen, da, wo auch im Sommer die großen Jachten liegen!"

„Ich darf nicht so weit weg!", bedauert Tanja. In diesem Moment kommt Maria angeschlendert. „Guten Morgen, Maria! Was macht ihr an dem anderen Hafen?"

„Ich will mich mit Stephano treffen!", antwortet Maria.

„Tanja darf nicht so weit weg!", erklärt Gina ihrer Schwester.

„Na vielleicht, wenn Du mit dabei bist!" Tanja hofft, dass ihre Eltern beruhigt sind, wenn ein fast erwachsenes Mädchen auf sie aufpasst.

„Willst Du nicht mit Gina spielen?" Maria will ihre nervige Schwester loswerden, um mit Stephano allein zu sein.

Tanja mag Gina, sie hat eh keine Lust, den beiden beim Knutschen zuzusehen. „Dann musst Du meiner Mutter aber erklären, dass Du auf mich aufpasst!"

„Gute Idee! Und ihr geht dann spielen?" Maria denkt an Stephano, mit dem sie dann ungestört flirten könnte.

„Ja klar!" Tanja glaubt, ihr Plan könnte gelingen. „Komm, wir sagen es meinen Eltern." Schon zieht Tanja das italienische Mädchen auf die Terrasse des Cafés. „Mama, das ist Maria!", stellt sie das andere Mädchen ihren Eltern vor.

Verwundert schaut Tom das Mädchen an. „Hi, Maria!"

„Buongiorno, mi occuperò di Tanja, andiamo a giocare. Ti dispiace?", sagt Maria zu Silvia und Tom.

„Hallo Maria!" Silvia hat, bis auf *Tanja*, kein Wort verstanden. Sie wendet sich flüsternd an ihre Tochter. „Was hat sie gesagt?"

Maria schaut in zwei fragende Gesichter und wendet sich an Tanja: „I tuoi genitori riescono a capirmi?"

Tanja denkt daran, dass sie die Einzige ist, die beide Sprachen spricht. Zu Maria sagt sie: „Nein, sie sprechen kein Italienisch!" Dann sagt sie zu ihren Eltern: „Maria passt auf mich auf. Sie will mir einen schönen Spielplatz zeigen!" Als sie die Skepsis in den Augen ihrer Mutter erkennt, fügt sie hinzu: „Da draußen ist Gina. Auf die muss sie auch aufpassen!" Tanja zeigt nach draußen zu dem Mädchen in ihrem Alter.

Silvia schaut ihren Mann Tom fragend an und als er nur mit den Schultern zuckt, sagt sie: „Pass aber auf und seid vorsichtig!" Sie lächelt Maria an und nickt freundlich.

Maria steht nur da und sagt: „Guten Tag, ich Maria!"

Tanja zerrt an Maria. „Komm sie haben nichts dagegen!"

Maria schaut Tanjas Eltern freundlich an und geht mit Tanja raus zu Gina. „Komm, Du darfst heute mit Tanja spielen!" Die drei gehen durch die Gassen der Altstadt. „Du musst aber auf Gina aufpassen!", sagt sie zu Tanja.

„Ich kann schon selbst auf mich aufpassen!", faucht Gina.

„Du machst, was Dir Tanja sagt!", warnt Maria ihre kleine Schwester. „Ihr müsst hier in der Altstadt bleiben!" erklärt sie den beiden und versucht dabei sehr streng zu wirken.

„Jaja!", sagt Gina und erkennt, dass es wohl die bessere Alternative ist.

„Okay! Wann treffen wir uns wieder?", will Tanja wissen.

Maria sieht die Uhr an Tanjas Handgelenk und vergleicht die Zeit. „Um drei in dem Park, wo wir gestern waren!", bestimmt Maria.

Tanja ist einverstanden. „Gut, bis dann!" Schon rennen die beiden Mädchen los und genießen ihre Freiheit.

Gina wohnt in der Altstadt, daher kennt sie sich hier gut aus und weil hier kaum Autos fahren, darf sie nur in der Altstadt spielen. Die beiden rennen um die wenigen Touristen herum und Gina kennt jede Abkürzung durch die vielen Straßencafés hindurch. Überall gehen sie mit ihren Absperrungen auf Kundenfang, doch die beiden Mädchen rennen unter ihnen hindurch und finden auch die engen Lücken. Die beiden haben viel Spaß und lachen miteinander, bis Gina vor einem Abrisshaus stehen bleibt. „Hier hat mal ein Zauberer gewohnt!", sagt sie zu Tanja.

„Wirklich, ein echter Zauberer?" Tanja kann es kaum glauben, doch sie liebt magische Geschichten.

Tanjas erste Reise in die andere Welt

Gina zuckt mit den Schultern. „Ich weiß nicht! Alle sagen das!" Gina schaut sich um. Sie schaut auch auf die wenigen Balkone und als sie niemanden sieht, den sie kennt, sagt sie: „Wollen wir reingehen?"

Tanja schaut sich die alte massive Holztür mit der dicken Kette davor an. „Wie denn? Es ist doch zu!"

„Komm!" Gina drückt einen Türflügel nach innen, den anderen nach außen, dann schlüpft sie durch den Spalt.

„Warte!" Tanja schaut sich sicherheitshalber um, dann folgt sie Gina. Sie passt gerade so durch die schmale Öffnung. Um sie herum herrscht tiefe Dunkelheit. Nur durch den schmalen Spalt in der Tür kommt etwas Licht herein. Nach und nach gewöhnen sich ihre Augen an die Dunkelheit und Umrisse werden erkennbar.

Gina nimmt Tanja an die Hand und sie stolpern über den Schutt an einer Treppe vorbei. „Hier geht's nach oben, da ist aber nichts als Müll!"

Ein schmaler Lichtkegel ist am Ende des Flurs zu sehen. „Was ist denn da hinten?", fragt Tanja, während sie versucht, nicht über den Schutt zu fallen.

„Das zeige ich Dir!" Gina tastet sich an der Wand entlang, denn das Licht aus dem Türspalt ist so hell, dass sie nicht viel sehen kann. Gina öffnet die Tür und der Flur wird in gleißendes Licht gehüllt. „Komm!" Die Mädchen schließen die Augen, weil es plötzlich so hell ist.

„Warte, ich sehe nichts!“ Tanja bleibt kurz stehen, bis sich ihre Augen wieder an das Licht gewöhnt haben. „Wow!“, staunt sie, als sie den kleinen Hof sieht. Aus dem Pflaster heraus wachsen Gras und viele kleine Blumen. Der ganze Hof ist eine einzige, blühende Wiese. „Hat das der Zauberer gemacht?“ Tanja merkt, wie kindisch ihre Frage war, doch sie hat etwas so Schönes noch nie gesehen.

Es ist Frühling und das Unkraut kann hier ungestört wachsen. Es kommt durch jede Ritze und bedeckt den kleinen Innenhof des halbverfallenen Hauses. Der kleine Hof blüht in allen Farben. Weiße, gelbe, rote und lila Blüten sehen die beiden Mädchen. Auch Gina ist überwältigt, obwohl sie es kennt. Zuletzt war sie im letzten Sommer hier, als sie sich vor ihrer Schwester versteckt hat. Den ganzen Nachmittag hat sie nach ihr gesucht. Und nach der Abreibung, die sie vom Vater bekam, hat sie Gina nicht mehr aus den Augen gelassen. Doch die Zeit und die Liebe heilt alle Wunden und so ist Maria jetzt etwas nachlässiger mit ihrer kleinen Schwester und lässt sie auch mal allein, so wie heute. Gina legt sich in die Blumen hinein und sagt zu Tanja: „Du musst Dich hinlegen und die Augen schließen!“

Tanja schaut zu Gina, die bereits ihre Augen zu hat. Sie fragt sich, warum sie das tun soll, wo doch alles so schön blüht. Tanja möchte die schönen Blumen nicht kaputt machen und so legt sie sich ganz behutsam neben Gina und schließt die Augen. „Und was ist jetzt?“, fragt sie das Mädchen neben ihr.

„Psst! Du musst ganz leise sein und die Augen zumachen!", flüstert Gina.

Tanja schließt wieder ihre Augen und wird ganz ruhig. Plötzlich steht sie in einem großen Garten. Tanja schaut sich um. Sie kann die Mauern des Hofes nicht mehr sehen, dafür ist eine Steinwand hinter ihr und vor ihr eine blühende Wiese und dahinter ein Wald. Tanja ist überwältigt von der Schönheit der Natur. Sie läuft zu einem Baum, an dem Früchte hängen, die sie noch nie zuvor gesehen hat. Da sie aber so ähnlich wie kleine Gurken aussehen, pflückt sie eine ab. Beherzt beißt sie zu, weil sie Gurken doch so sehr mag. Es schmeckt, wie das Eis aus der Gelateria, doch es ist nicht so kalt. Der süße Geschmack verteilt sich auf ihrer Zunge. Tanja hat noch nie etwas so Leckeres gegessen. Die Frucht ist so weich wie warme Schokolade, doch schmeckt sie viel besser. „Oh Gina, ist das lecker!" Gina ist nicht zu sehen, wo ist sie nur? Tanja schaut in alle Richtungen, plötzlich steht ein junger Mann vor ihr, er ist hochkonzentriert, als ob er an etwas anderes denkt. Er ist schon erwachsen, so wie ihr Papa, doch ist er nur so groß, wie sie.

„Komm, Tanja! Lass uns gehen!", sagt der kleine Mann.

Tanja spürt plötzlich etwas an ihrer Hose. Etwas wurde ihr in die Tasche gesteckt. „Was ist das?" Der kleine Mann schaut sie fragend an. „Wohin gehen wir?", will sie von ihm wissen.

„Komm, wir gehen zu…", da verschwindet er wieder.

„Was? Wo bin ich?“ Tanja schaut sich um. Sie liegt auf dem kleinen Hof, inmitten des blühenden Unkrauts. Ihre Uhr piept und hat sie wohl aus ihrem Traum geweckt. Tanja schaltet den Alarm ab, dabei bemerkt sie etwas Hartes in ihrer Hosentasche. Sie greift in die enge Jeanstasche und holt einen verrosteten Schlüssel heraus. „Wo kommt der denn her?“ Was ist hier gerade passiert?

„Hast Du auch dieses Kribbeln gespürt?“, fragt Gina, die gerade wach wird.

„Kribbeln? Ich war in einem Garten!“ Tanja hat noch diesen süßen Geschmack im Mund. „Ich habe Obst gegessen, das war so lecker!“, schwärmt sie.

„Du hast aber einen schönen Traum gehabt! Bei mir hat es nur so schön gekribbelt!“ Gina lacht und steht auf. Sie zeigt auf Tanjas Uhr und sagt: „Wir müssen wohl los?“

Tanja schaut auf ihre Uhr. Sie sind vor gut drei Stunden losgegangen. „Oh ja! Es ist bald Drei!“ Ist sie eingeschlafen und hat das alles nur geträumt? Sie steckt den Schlüssel ein. „Was ist hier passiert?“, fragt sie verwundert Gina, die schon im Flur steht und ihr die Tür aufhält.

„Wir sind eingeschlafen! Was hast Du denn geträumt?“

„Das war kein Traum.“ Tanja ist verwirrt und folgt Gina durch den dunklen Flur zu dem Tor, das auf die Straße führt. Die beiden Mädchen zwängen sich durch die Holzflügel, dann rennen sie quer durch die Gassen zu dem kleinen Park, wo sie sich mit Maria treffen sollen. Im Park setzen sie sich auf eine Bank in der Sonne und warten auf

Maria. „Wovon hast Du denn geträumt?“, fragt Tanja.

„Keine Ahnung! Ich vergesse immer gleich, was ich träume!“ Gina zuckt mit den Schultern und hält nach Maria Ausschau. Sie ist froh, dass sie vor ihr da ist.

„Ja, ich vergesse auch immer gleich meine Träume!“ Doch dieses Mal war es anders. Tanja kann sich an jedes Detail erinnern und in ihrer Hosentasche spürt sie den Schlüssel. Hätte dieser blöde Wecker sie nicht aus diesem Traum gerissen, wüsste sie auch, wofür er da ist und wohin dieser kleine Mann mit ihr gehen wollte.

„Hey, ihr seid ja pünktlich!“, freut sich Maria, doch dann kommen ihr Zweifel. „Habt ihr was angestellt?“

„Nein, wir haben nur gespielt!“, tut Gina unschuldig.

„Wart ihr etwa wieder in diesem Haus?“ Maria schaut Gina fordernd an. Maria erkennt, wenn Gina lügt und noch bevor sie etwas sagen kann, stellt sie fest: „Ihr wart in diesem Abrisshaus! Gina, Du weißt, dass Du da nicht reingehen darfst! Hat euch jemand gesehen?“ Maria weiß, was ihr blüht, wenn ihr Vater das herauskriegt.

„Warst Du schon mal da drin?“, will Tanja wissen.

Während Maria mit dem Kopf schüttelt, sagt Gina lachend: „Da passt sie nicht durch, weil sie zu dick ist!“

„Ich bin nicht zu dick!“ faucht Maria ihre vorlaute Schwester an. „Ich bin schließlich ein paar Jahre älter!“

„Ich konnte mich da durchzwängen!“, prahlt Tanja.

„Ihr dürft da nicht rein!“, mahnt Maria. „Sag niemand, dass ihr da drinnen wart!“

„Es ist doch nichts passiert!“, wertet Tanja ab.

„Sie ist nur sauer, weil sie nicht durch die Tür passt!“

„Gina, Du weißt genau, Dass Du gewaltigen Ärger bekommst, wenn Papa davon erfährt!“

„Wenn Du es ihm sagst, kriegst Du genauso viel Ärger!“

Maria weiß, dass Gina recht hat. Sie will von den beiden wissen: „Was ist bloß so besonders an dieser Ruine? Was macht ihr da?“

„Wir haben uns in den kleinen Innenhof gelegt und sind eingeschlafen. Zum Glück habe ich mir den Alarm eingestellt!“, sagt Tanja.

„Ihr habt geschlafen? Willst Du mich verarschen?“ Maria ist sauer. So viel Ärger, weil ihre Schwester ein Nickerchen macht? „Ich glaub euch kein Wort!“

Tanja wollte schon von ihrem Traum erzählen, doch jetzt sagt sie lieber nichts davon. „Na nicht so richtig geschlafen, wir haben eher nur so dagelegen.“, relativiert Tanja.

„Ihr meint wirklich, ich soll euch das glauben? Kommt, wir müssen zu Angelos Café!“ Maria geht mit Gina und Tanja zum alten Hafen und tatsächlich sitzen die Eltern von Tanja immer noch in dem Café. „Guten Tag!“, sagt Maria zu ihnen, denn das ist alles, was sie auf Deutsch sagen kann, dann geht sie mit Gina weiter.

„Ciao, Tanja!", ruft Gina.

„Hallo, Mama!" Tanja setzt sich zu ihren Eltern. „Krieg ich ein Eis?", fragt sie gleich.

„Geh Dir eins bestellen, Du machst das besser als ich!", sagt ihr Vater.

Tanja geht zu Angelo und stellt sich ihre Lieblingssorten zusammen, dann wartet sie am Tisch, bis er das Eis mit viel Sahne serviert. „Hast Du die Stadt erkundet?", fragt Angelo.

„Eigentlich nur ein Haus!", antwortet sie auf Italienisch, sodass ihre Eltern dem Gespräch nicht folgen können. „Gina hat erzählt, dass dort mal ein Zauberer gewohnt hat. Kennst Du es?"

„Ja, wer kennt es nicht! Warst Du drinnen?" Angelo kennt die Geschichte des Hauses.

„Ja, wir haben gerade so durch die Tür gepasst!", gibt Tanja lachend zu und löffelt die Sahne vom Eis herunter.

„Und, hast Du seine Magie gespürt?", fragt Angelo mit breitem Grinsen.

Überrascht sagt Tanja: „Ja, ich glaube, das habe ich!"

„Oh, das können nur ganz besondere Kinder!", lächelt Angelo und richtet sich dann an Tanjas Eltern: „Noch eine Cappuccino?"

„Danke, Angelo! Wir haben genug! Bringe uns bitte die Rechnung!", sagt Silvia.

„Si donna, Rechnung komme sofort!" Angelo zwinkert Tanja zu und geht dann die Rechnung holen.

„Was habt ihr beiden denn ausgeheckt?", fragt Silvia, nachdem sie sein Zwinkern gesehen hat.

Das will Tanja nicht verraten. „Oh, er hat mir gesagt, dass ihr seine Lieblingsgäste seid!", was Besseres fiel ihr so schnell nicht ein.

„Das kann ich mir vorstellen!", sagt Tom. „Wir sitzen ja schon den ganzen Tag bei ihm!"

„Es ist aber auch so schön entspannend bei ihm!", fügt Silvia verträumt hinzu, bezahlt die Rechnung und gibt dem netten Italiener noch ein üppiges Trinkgeld.

„Morgen wollen wir an den Strand fahren! Es soll richtig warm werden!", sagt Tom zu Tanja.

„Au fein! Kann ich auch baden gehen?" Tanja freut sich.

„Du kannst es ja versuchen, aber das Meer ist noch sehr kalt!", sagt Tom.

Tanja liebt den Strand und noch viel lieber spielt sie im Wasser. Die drei gehen kurz in ihre Unterkunft und dann unternehmen sie einen langen Spaziergang durch die Altstadt. Irgendwann kommen sie auch an der Ruine vorbei, die Tanja vor einigen Stunden mit Gina besucht hat. „Da sind Maria und Stephano!" Tanja freut sich, die beiden wiederzusehen. Sie stehen am Eingang und versuchen das alte Schloss zu öffnen. „Was macht ihr da? Wollt ihr jetzt selbst hinein?", fragt Tanja die beiden.

„Stephano will die Kette enger machen, damit Gina nicht mehr hindurch schlüpfen kann!", antwortet Maria.

„Das finde ich gemein! Ihr macht das nur, weil ihr da nicht durch passt!", antwortet Tanja enttäuscht.

Stephano schaut auf und sagt: „Was geht's Dich an!" Er sieht Tanjas Eltern und sagt höflich: „Guten Tag, ich bin Stephano!", dann mustert er Silvia und lächelt sie charmant an. „Oh, schöne Frau, möchtest Du mit mir tanzen?"

Silvia fühlt sich geschmeichelt, von einem so jungen Mann ein Kompliment zu bekommen. Gern würde sie auf seine Masche hereinfallen, doch ihr Mann steht neben ihr. „Hallo, Stephano! Das ist nett von Dir, vielleicht ein andermal!" Sie kann verstehen, warum ihre Tochter so an den beiden hängt. Stephano sieht einfach zum Anbeißen aus. Sie ist sich sicher, dass Tanja mit ihm flirtet. Doch sie ist viel zu jung dafür und außerdem hat er eine Freundin, die sehr hübsch ist. „Komm Tanja, lass die beiden allein!" Silvia mag die italienische Sprache. Sie glaubt, jeder lächelnde Italiener flirtet mit ihr.

„Ich war mit Gina in dem Haus! Mama, da hat mal ein Zauberer gewohnt!", sagt Tanja, als sie weitergehen.

Silvia ist mit ihren Gedanken noch bei dem jungen Italiener. „Er ist nett, dieser Stephano!"

„Ach Mama, das sagt er doch zu allen Frauen. Er kann kein Deutsch! Er plappert nur nach, was er von seinem großen Bruder aufschnappt!", erklärt Tanja.

Ihr Vater hört genau hin, denn er weiß, dass er auf seine Silvia aufpassen muss. „Wie alt ist eigentlich Stephano?"

„Fünfzehn!", antwortet Tanja. „Mach Dir keine Sorgen, Papa, er will nichts von Mama!"

„Was?" Silvia wird aus ihren Gedanken gerissen. „Ach, was ihr gleich denkt! Er ist doch nur nett!" Alle lachen.

„Was habt ihr denn in dem Haus gemacht?", fragt Tom, nach einer Weile.

„Gar nichts weiter, wir haben uns auf die Blumen im Hof gelegt und geträumt!", antwortet Tanja.

„Ihr habt geträumt?", fragt Silvia. „Wie meinst Du das?"

„Ich habe von einem kleinen Mann geträumt und ich habe diesen Schlüssel hier bekommen!" Tanja hält ihr den alten Schlüssel hin.

Jetzt hat Tanja ihre Aufmerksamkeit. Sie bleibt stehen und kniet sich zu Tanja herunter. „Was war das für ein Mann? Bist Du Dir sicher, dass Du nur geträumt hast?" Silvia hofft inständig, dass es nicht irgendein Perverser war.

„Ja, Mama, ich hatte mir doch extra den Alarm eingestellt, damit wir wieder pünktlich zurück sind und der hat mich dann geweckt!", erzählt Tanja.

„Und als Du aufgewacht bist, war dieser Mann nicht mehr da?" Silvia muss Gewissheit haben, sie hat schon so oft von diesen Pädophilen gehört, die Kinder missbrauchen, entführen oder gar töten.

„Ja, er war weg und konnte mir nicht mehr erzählen, wofür dieser Schlüssel ist!" Tanja schaut auf den Schlüssel und dreht sich um, doch sie sind schon zu weit, sie kann das Haus nicht mehr sehen. Tanja hat eine Idee, passt der Schlüssel womöglich in das alte Vorhängeschloss an der Kette? Tanja steckt den Schlüssel ein und beschließt, später ihrer Vermutung nachzugehen.

Silvia ist nun beruhigt, ihre Tochter hat wohl tatsächlich nur geträumt. Später, als sie eine Pause an einem großen Springbrunnen machen, sagt sie: „Du sag mal, dieser Stephano, will der was von Dir?" Als ihre Tochter nur die Augen verdreht, fügt sie hinzu: „Er ist ja ganz süß, doch weißt Du, er ist doch viel zu alt für Dich!" Silvia muss ihre Tochter unbedingt über diese Jungs aufklären. Sie weiß, dass sie an diesen Orten den Touristen den Kopf verdrehen und nachher nichts mehr von ihnen wissen wollen. Früher ist sie dieser Masche auch erlegen.

„Ach Mama, er ist doch in Maria verliebt! Er will, dass sie seine Freundin ist.", erklärt Tanja.

„Wollte Maria nicht auf euch aufpassen? War sie denn mit in der Ruine?", Silvia bekommt so langsam alle Puzzleteile zusammen.

„Ach was, sie passt doch nicht durch die Tür!"

„Soll das heißen, Du hast auf die Kleine aufgepasst, damit sich Maria mit diesem Stephano vergnügen kann?"

„Ich hab doch nicht auf Gina aufgepasst! Wir haben zusammen gespielt! Maria wollte zu Stephano, doch Gina

darf nicht zum Hafen, deshalb sind wir ja auch in der Altstadt geblieben!", erklärt Tanja. Sie versteht nicht, dass sie
Maria nur ausgenutzt hat, schließlich hatte sie ja viel Spaß
mit Gina.

„Dieses kleine Miststück!", denkt Silvia laut. „Ich habe
gedacht, sie will auf euch aufpassen, doch dabei hat sie
nur ihre kleine Schwester auf Dich abgeschoben!", erklärt
sie ihrer Tochter.

„Ach Mama, Gina kennt sich doch hier aus! Maria
braucht doch gar nicht auf uns aufzupassen!

Tom hat sich derweil eine Infotafel angesehen und entdeckt nun die beiden vor dem Springbrunnen. „Hey, bleibt
genau so stehen!" Er holt seinen Fotoapparat hervor und
visiert die beiden an, dann setzt er ihn wieder ab. „Was ist
los? Ihr solltet genauso strahlen wie die Sonne!" Er schaut
wieder durch den Sucher und nun lachen seine Mädels mit
der Sonne um die Wette. „Tanja, stell Dich doch mal hinter Deine Mutter und das Lachen nicht vergessen!", mahnt
er, denn Silvia verzieht schon wieder das Gesicht. Sie mag
diese gestellten Bilder nicht.

Silvia lacht und Tanja steht hinter ihr auf dem Rand des
Brunnens. „Das muss jetzt aber reichen, Tom!" Silvia hilft
ihrer Tochter von dem Brunnen herunter und dann gehen
die drei weiter, bis Silvia vor einem Schuhgeschäft stehen
bleibt und schon etwas entdeckt. „Da muss ich rein!", teilt
sie ihrer Familie mit. „Tanja, kommst Du mit rein oder
willst Du bei Papa bleiben?"

„Geh nur, ich bleib bei Papa!" Nachdem ihre Mutter im Laden verschwunden ist, holt Tanja den Schlüssel heraus. „Du Papa, ist der von einem Vorhängeschloss oder passt der in eine richtige Tür.

Tom nimmt ihr den Schlüssel ab und schaut ihn sich genauer an. Er ist recht einfach gehalten, sein Bart ist nur wenig verschlungen. „Kann schon sein, dass der von einem alten Vorhängeschloss ist. Woher hast Du ihn denn?"

Tanja nimmt ihre Trophäe wieder zurück und antwortet: „Den habe ich nach meinem Traum in der Hosentasche gehabt!"

Tom grübelt, was sie damit wohl meint. „Hast Du es nur geträumt oder gab es diesen Mann wirklich?"

„Ich habe von einem kleinen Mann geträumt, der mir was zeigen wollte und als ich aufgewacht bin, hatte ich den Schlüssel in meiner Tasche!", erklärt sie erneut ihr Abenteuer in der Ruine.

Tom überlegt, versucht seiner Tochter zu folgen, dann sagt er: „Hast Du den Schlüssel gefunden und nur geträumt, dass ihn Dir ein Zwerg zugesteckt hat?" Seine Tochter sieht ihn genervt an. „Was Du in einem Traum bekommst, das bleibt auch im Traum! Also hast Du den Schlüssel entweder gefunden oder jemand hat ihn Dir zugesteckt!", erklärt er seine Skepsis.

Warum glauben ihr die Erwachsenen nicht? „Ach Papa, Du verstehst mich nicht!"

„Hat denn Gina dasselbe geträumt?" Tom versucht, seiner Tochter zu glauben und will den wahren Kern ihrer Geschichte herausfinden.

„Nein, also naja, sie kann sich an ihren Traum nicht mehr erinnern!", erklärt Tanja.

„Aber Du kannst Dich an alles erinnern?"

„Ja, obwohl ich sonst auch immer gleich vergesse, was ich geträumt habe, wenn ich aufwache.", berichtet Tanja.

„Das ist ja eigenartig!" Tom kann seiner Tochter nicht folgen, aber schließlich ist sie noch ein Kind und hat viel Fantasie. Tanjas Stimme reißt ihn aus seinen Gedanken.

„Da ist Mama, sie hat was gekauft!"

„Dabei hat sie doch so viele Schuhe!" Tom erkennt den Schuhkarton in ihrer Hand.

Silvia hört die Bemerkung ihres Mannes. „Aber keine schwarzen, die auch zu Deinem Lieblingskleid passen!"

„Du meinst das kleine Schwarze?" Tom liebt tatsächlich dieses besonders kurze und enge Kleid, dass sie so selten trägt. „Ziehst Du es jetzt öfter an?" Tom lacht sie frech an.

Silvia lacht genauso frech zurück. „Vielleicht!"

„Du Papa? Können wir auf dem Rückweg probieren, ob der Schlüssel in das Vorhängeschloss passt?"

„Welches Vorhängeschloss?" Tanja reißt ihn aus seinem Tagtraum, in dem Silvia dieses verführerische schwarze Minikleid trägt. Er schaut seine Tochter an, die sich mal wieder vernachlässigt fühlt. „Ach ja, das Schloss! Von mir aus. Findest Du denn dieses Haus nochmal wieder?" Tom würde es nicht finden, in dieser verwinkelten Altstadt.

„Ja, so schwer ist das doch nicht!", erklärt Tanja.

„Wir irren jetzt aber nicht stundenlang umher, um Dein Abrisshaus zu finden!", sagt Silvia.

„Nein! Glaubt mir, ich weiß genau, wo es ist!" Tanja ist sich ihrer Sache sicher und sie führt ihre Eltern auch schnurstracks zu dem alten Haus. Schon von weitem kann sie es sehen. „Da ist es!" Tanja reißt sich von der Hand des Vaters los und rennt zu der Tür, die mit einer Kette und einem alten Schloss gesichert ist. Sie schaut sich das Schloss an. Es hat einige Spuren von dem Versuch es zu knacken. Tanja will den Schlüssel in das Schloss stecken, doch der Schlüssel ist zu groß für das Schloss.

„Und, passt er?", fragt Tom.

„Nein, der Schlüssel ist zu groß! Willst Du es mal probieren?" Tanja hält ihm den Schlüssel hin.

Tom steckt ihn erst gar nicht in das Schloss. „Nein, der passt nicht!" Er zieht die eine Türhälfte etwas vor, sodass sich die Kette spannt, dann versucht er einen Blick ins Innere zu werfen. Es ist viel zu dunkel, um etwas zu erkennen. „Man sieht gar nichts!"

Silvia schaut sich verwundert den schmalen Spalt an. „Da wart ihr drinnen?"

„Ja, ich habe gerade so hindurch gepasst!", erklärt Tanja.

„Du gehst da nicht mehr rein! Schließlich haben sie die Tür nicht umsonst verschlossen!", mahnt Tom. „In Deutschland würde es sowas nicht geben, da hätte man so eine gefährliche Baustelle ordentlich gesichert!", erklärt er seiner Familie.

„Aber Papa, es ist doch nichts passiert!", beruhigt Tanja.

„Eine Ruine ist kein Spielplatz!" Silvia wird lauter. „Da gehst Du nicht mehr rein! Ist das klar?"

Tanja gibt auf. „Ja, Mama." Vielleicht hätte sie ihren Eltern nichts davon erzählen sollen. Wo passt bloß dieser Schlüssel? Tanja umklammert ihn in ihrer Hosentasche.

„Es ist einfach zu gefährlich, in einer Ruine zu spielen!", fügt ihr Vater hinzu und geleitet seine Tochter sanft an der Schulter.

Zu Ostern wird das Wetter richtig warm, die Sonne gibt ihr Bestes und die Familie verbringt den ganzen Tag am Strand. Der kurze Frühlingsurlaub wird ein wunderbarer Ausblick auf den Sommer. Glücklich reisen sie am Dienstag nach Ostern ab. Erst im Flieger nach Deutschland ärgert sich Tanja, dass sie die Ruine nicht noch einmal besucht hat. Tanja muss unbedingt nach Monopoli zurück.

Vier Jahre später

Tanja hat ihre Eltern immer wieder bekniet, nochmal nach Monopoli zu reisen, doch immer kam etwas dazwischen. Mal haben sie den Urlaub mit einer Dienstreise verbunden, mal bekam Tom in den Ferien keinen Urlaub, dann kam so eine Pandemie dazwischen und irgendwie hat Tanja dieses Abenteuer verrückte Abenteuer in all den Jahren vergessen. Tanja ist nun fünfzehn und ein bildhübsches Mädchen. Sie interessiert sich schon lange nicht mehr für magische Schlüssel oder verstaubte Ruinen. Tanja ist ein normaler Teenager, der sich nicht für Träumereien, sondern für die harte Realität interessiert. Tanja muss die immerwährenden Rivalitäten unter den Mädchen und die Machtkämpfe der Jungs verarbeiten. Sie ist erst seit kurzem mit Jonas zusammen und sie ist nicht die Einzige, die auf ihn steht.

Zwei Wochen vor Ostern kommt Tom freudestrahlend nach Hause. „Wir haben den Auftrag fertig, also kann ich Ostern ein paar Tage Urlaub nehmen!"

„Was heißt ein paar Tage?", will Silvia wissen, denn sie müsste spontan noch etwas buchen. „Wir waren schon lange nicht mehr über Ostern weg!"

Tom überlegt und sagt dann: „Ja stimmt! Vor drei Jahren, oder? Wir waren doch in Italien!"

„Schatz, das ist bereits vier Jahre her!", berichtigt Silvia. „Ab wann kann ich denn buchen und für wie lange?" Silvia hasst diese Lastminute Reisen, doch so ist es immer.

„Ab Mittwoch! Dienstag muss ich bestimmt nochmal in die Firma! Donnerstag nach Ostern will der Chef das neue Projekt vorstellen, da muss ich dabei sein!"

„Nur eine Woche? Das ist nicht viel, …aber besser als gar nichts!" Silvia setzt sich gleich an ihren Computer und sucht nach Lastminute Angeboten. „Tanja wird sich bestimmt freuen!"

„Ich hoffe es! Hatte sie schon etwas für Ostern geplant?"

Silvia überlegt, ob Tanja etwas erzählt hat. „Ich glaube nicht!" Silvia schließt die Seite mit den Angeboten wieder. „Nur noch Ostsee und zu Ostern wird's kalt!"

„Dann such doch was im Süden!", sagt Tom.

Silvia gibt Italien ein, da sie weiß, wie sehr Tanja diese Sprache mag. „Sizilien ist ausgebucht!", sie sucht weiter. „Hier, für Bari gibt es noch freie Plätze." Silvia aktualisiert das Datum. „Donnerstag bis Mittwoch!" als Tom nicht protestiert, bucht sie. „Wie hieß denn noch der Ort, wo wir damals waren?"

„Der hieß doch wie dieses Spiel? …Ja, genau: Monopoly!", erinnert sich Tom.

„Das wird aber mit I geschrieben!" Silvia gibt in die Suche Monopoli ein und wird auch fündig. „Hier, schau mal! Ist das nicht sogar unser Zimmer gewesen?" Zwei Bilder sind auf ihrem Bildschirm zu sehen.

„War das nicht damals schon zu klein?", gibt Tom zu bedenken. „Haben die auch was Größeres? Tanja ist schließlich schon eine junge Dame und will bestimmt nicht mit uns in einem engen Zimmer schlafen!"

„Nur noch das Zimmer!" Silvia zeigt auf das andere Bild.

„Das ist ja romantisch…, aber auch zu klein!" Er stellt sich vor, wie er mit seiner Frau in diesem romantischen Zimmer schläft. Spontan sagt er: „Nimm doch beide!"

„Meinst Du? Ist Tanja nicht zu jung für ein eigenes Zimmer?", gibt Silvia zu bedenken.

„Ach was, überraschen wir sie!", sagt Tom.

Silvia bucht die Zimmer. „Ich freue mich schon! Das wird bestimmt ein richtig schöner Urlaub, wenn auch etwas kurz!" Genau in diesem Moment müssen die beiden ihren innigen Kuss unterbrechen, denn sie hören, wie die Tür aufgeschlossen wird. „Hallo Schatz, wie war Dein Tag?", fragt Silvia ihre Tochter.

„Beschissen, wie immer!", antwortet Tanja und will in ihr Zimmer gehen.

„Tanja!", mahnt Tom.

Tanja merkt, dass sie sich etwas im Ton vergriffen hat, sie berichtigt sich: „Naja, es ging so!" Jetzt, wo sie ihre Eltern anschaut, bemerkt sie ihre gute Stimmung. „Was ist mit euch los?"

„Wir fliegen über Ostern nach Italien!", freut sich Silvia.

„Wie jetzt? Wir drei?" Tanja hat keinen Bock auf heile Familie, sie hatte andere Pläne. Pläne mit Tom.

„Ja, wir drei!", sagt Tom. „Was meinst Du wohl, wo es hingeht?" Er ist schon gespannt auf ihre Reaktion.

„Italien? …habt ihr schon verraten!"

„Wir sind über Ostern in Monopoli!", sagt Tom und erwartet eine freudige Reaktion.

„Wo ist das denn?" Tanja ist in Gedanken noch bei Jonas, mit dem sie zu Ostern so einiges geplant hatte, schließlich ist auch hier in Deutschland jede Menge los.

„Na weißt Du nicht mehr? Wir waren vor vier Jahren dort und Du hast uns immer wieder bekniet, nochmal dahinzufahren!", erläutert Tom.

„Was? Da war ich doch noch ein Kind! Da ist es doch voll öde! Können wir nicht nach Rom oder Neapel oder von mir aus auch nach Florenz? Irgendwohin, wo auch was los ist?" Tanja ahnt, das Osterfest ist versaut. Sie wird in dieser öden Kleinstadt verkümmern und Jonas… Was ist mit Jonas? Wird er sich mit einer anderen treffen?

„Ich finde das ganz schön undankbar von Dir! Erst bettelst Du jahrelang, dort nochmal hinzufahren und nun zickst Du so rum!" Silvia ist enttäuscht, wollte sie doch ihrer Tochter einen großen Wunsch erfüllen.

„Ich war doch da noch ein kleines Kind! Was soll mich denn dahin ziehen? Der einsame Strand oder vielleicht der kleine Spielplatz in der Altstadt?" …Oder das verlassene Haus des Zauberers? Aber das sagt Tanja nicht laut, es wäre ja auch albern, schließlich ist sie kein kleines Kind.

„Wir werden das Beste draus machen! Es ist ja nur für ein paar Tage! Länger habe ich nicht frei bekommen!“, entschuldigt sich Tom.

Tanja findet sich damit ab, schließlich mag sie ja Italien und spricht auch gern diese Sprache. Nun muss sie Jonas absagen. „Haben wir denn dieses Mal wenigsten ein richtiges Hotel?“ Tanja mag diese schicken Hotels mit dem Service. Obwohl ihre Eltern immer kleine Pensionen oder Ferienwohnungen mieten, waren sie im Winter in Kitzbühel in einem Hotel und Tanja hatte ihr eigenes Zimmer. Zwar war es an dem ihrer Eltern mit dran und sie musste immer durch das Zimmer der Eltern durchgehen, aber sie hatte ihr eigenes. Tanja mag ihre Eltern und wenn ihre Freunde so von ihren Eltern berichten, stellt sie immer wieder fest, dass sie es eigentlich ganz gut mit diesen beiden getroffen hat. Tanja checkt das Wetter in Italien, schließlich will sie auch die richtigen Klamotten dabeihaben. „Ich krieg das nie in diesen kleinen Koffer!“, beschwert sie sich bei ihrer Mutter.

„Jeder nur einen Koffer! Ich habe keine Lust auf Diskussionen bei der Abfertigung!“ Silvia ist genervt, denn ihr geht es genauso, doch kann sie das nicht zugeben.

„Och Mama, können wir nicht noch einen Koffer dazu buchen?“ Tanja steht neben ihrer Mutter, die im Schlafzimmer versucht, Toms und ihre Sachen in zwei viel zu kleine Koffer zu quetschen. „Ach nee, Papa braucht wohl nicht so viel Sachen!“ Tanja hat gesehen, wie unter Toms Wäsche Silvias Kleid liegt.

„Bring mir mein System nicht durcheinander! Außerdem hast Du schon den größten Koffer!" Silvia mag es nicht, wenn sie beobachtet wird.

„Der ist genauso groß wie Deiner, nur dass er weiß ist!", verteidigt Tanja ihren Koffer, der tatsächlich etwas größer ist, aber nur ganz minimal. „Dafür hast Du zwei Koffer!"

„Wir sind ja auch zu zweit!", kontert Silvia.

„Das zählt nicht! Für Papa brauchst Du doch nicht so viel einpacken, er hat doch eh immer nur seine Shorts an!" Tanja versucht es weiter.

„Aber ich muss ihm wenigstens was zum Wechseln mitnehmen!" Silvia hat es nicht leicht, denn ihre Tochter feilscht um jeden Zentimeter. „Jetzt reicht´s! Ein Koffer, mehr gibt's nicht!"

„Na toll, ich pack bestimmt wieder genau das Falsche ein!", mault Tanja.

„Soll ich Deinen Koffer packen?", schlägt Silvia vor.

„Bloß das nicht! Ich will ja nicht wie eine Oma rumlaufen!" Tanja dreht sich um und packt nochmal neu.

Donnerstagfrüh geht es dann zum Flughafen. Im Kofferraum liegen genau drei Koffer. Tom sieht seine Tochter an und fragt: „Was ist mit Dir? Irgendwie hast Du Dich verändert!" Es kommt ihm so vor, als hätte sie zugenommen, doch er weiß, so etwas darf er nie zu einer Frau sagen und schon gar nicht zu einem Teenager.

„Mit mir ist nichts!", sagt Tanja und zwängt sich auf den Rücksitz.

Auch Silvia kommt ihre Tochter irgendwie verändert vor, doch auch sie weiß nicht, was es ist. Nach den ersten fünf Minuten Fahrt, wird es immer wärmer im Auto. Es hat geregnet und die Straßen sind noch nass. Das Thermometer zeigt nur gerade mal sieben Grad an. Tanja lässt ihr Fenster herunter, weil es ihr deutlich zu warm ist. „Mach das Fenster zu, es zieht!", beschwert sich Silvia.

„Ja dann macht es doch nicht so heiß hier drinnen! Es ist ja wie in einer Sauna!" Tanja ist warm.

„Zieh doch Deine Jacke aus!", sagt Tom, dem es auch sofort im Nacken zieht.

„Ach, das lohnt doch nicht, wir sind ja gleich am Flughafen!", sagt Tanja.

Tom schaut aufs Navi und sagt: „Das dauert mindestens noch eine halbe Stunde!"

„Lohnt trotzdem nicht!" Tanja wird's immer wärmer. Auf dem Weg von Parkplatz zum Terminal macht Tanja dann einen Fehler. Sie eilt den beiden voraus.

Silvia schaut sich ihre Tochter von hinten an. Sie ist ein sehr hübsches Mädchen. Tanja ist schlank und recht groß für ihr Alter. Ihr fällt nun auf, dass ihre schlanken Beine nicht zum Oberkörper passen, Silvia hat sie ertappt. Im Terminal laufen dann Mutter und Tochter nebeneinander. „Wie viele Jacken hast Du eigentlich an?"

„Ich? Na eine! Naja, eigentlich zwei, aber die andere ist nur eine ganz dünne zum Unterziehen!", erklärt Tanja ganz unschuldig.

„Zum Unterziehen? Verstehe! Und Du meinst, das hältst Du bis Bari aus?" Silvia weiß nun, wie ihre Tochter mit dem beschränkten Platz im Koffer zurechtgekommen ist.

„Ach was, so warm ist mir ja nicht!" Tanja schwitzt.

Sie haben drei Plätze nebeneinander und Tanja rutscht gleich als Erste durch bis zum Fenster. Ehe sich Silvia zu ihr setzt, sagt sie leise zu ihrer Tochter: „Gib schnell Deine Jacken her!" Tanja schaut sie mit großen Augen an. „Nun mach schon, ehe Dein Vater dahinterkommt!" Schnell zieht Tanja die ersten beiden Jacken aus. Silvia nimmt sie ihr ab und stopft sie in die Handgepäckablage, dann zieht sie ihre beiden Jacken aus und stopft sie dazu. Frech grinst sie dabei ihre Tochter an.

„Und Du fragst immer: Woher hat sie das nur?", sagt Tanja zu ihrer Mutter, denn sie hatte die gleiche Idee, wie ihre Tochter, doch hat Tanja mit drei Jacken und einem Pullover reichlich übertrieben.

„Was ist los, hab ich was verpasst?", fragt Tom, als er dazu kommt. Ein älteres Pärchen hat ihn aufgehalten. „Zieh Dir doch was aus! Es ist doch warm hier drinnen!", sagt er zu Tanja, die mit Pullover und Jeansjacke dasitzt.

„Ach, es geht schon!", sagt Tanja.

„Nun komm, zieh wenigstens die Jacke aus!", sagt Tom.

Tanja denkt sich, was soll's, schließlich sind sie ja schon im Flieger. Sie zieht sich ihre Jeansjacke aus und gibt sie ihrem Vater. Als der die Jacke in die Staubox über den Sitzen stecken will, sagt Silvia: „Die sind schon voll! Da passt nichts mehr rein."

„Was, das kann doch nicht sein! Die ist doch nur für uns!" Tom öffnet die Gepäckklappe und es purzeln vier Jacken heraus. „Oh… äh Schei…!", er beißt sich auf die Zunge und hebt die Jacken auf. „Sind das alles unsere?" Er kennt diese Jacken. „Woher habt… alles klar! Verstehe!" Tom quetscht nun fünf Jacken in die Staubox, die mal gerade für zwei ausgelegt ist, doch es gelingt ihm und er bekommt die Klappe sogar noch zu. „Ich hoffe bloß, der Verschluss hält das aus!" Die drei lachen, dann sagt Tom zu seiner Tochter: „Ich hatte mich schon gefragt, ob Du zugenommen hast!"

Tanja bleibt das Lachen im Halse stecken und nun lacht Tom über seine Mädels. „Warum habt ihr nicht noch einen Koffer mehr mitgenommen?"

Jetzt ist es Tanja, die die richtige Antwort hat: „Weil wir eben mit nur einem kleinen Koffer auskommen und nicht zwei brauchen!"

„Ich versuche das erst gar nicht zu verstehen!" Tom setzt sich die Kopfhörer auf und sucht sich einen Film aus. Nach der Landung will Tom seinen Mädels die Jacken geben. Er zieht an der kleinen Lasche, die in die Klappe eingelassen ist. „Sie hat sich wohl verklemmt!"

„Warten Sie, ich helfe Ihnen!" Die Stewardess langt über ihre Köpfe hinweg und will die Klappe öffnen. „Oh, die ist aber fest!" Mit einem beherzten Ruck zieht sie an der Lasche und mit einem Knall platzen die fünf Jacken heraus. Die Stewardess erschrickt sich, dann sieht sie die Jacken und fragt: „Wie haben Sie die da reingekriegt?"

„Ich habe zwei Frauen, da lernt man sowas!" Tom lächelt die junge Frau charmant an und sagt zu Tanja und Silvia: „Zieht euch an! Ihr habt gehört, hier sind es eisige achtzehn Grad!" Damit geht er hinaus und wartet im Terminal auf seine beiden Frauen. Vom Flughafen aus geht es direkt hinüber zur Autovermietung. Das Angebot ist nicht besonders groß. Er hat die Wahl zwischen einem Fiat Panda und einem Audi A6.

Enttäuschung macht sich bei Tanja breit, als ihr Vater den kleinen Fiat der Limousine vorzieht. „Wie sollen wir denn in dieses kleine Auto passen?", fragt sie ihren Vater, bevor er den Mietvertrag unterschreibt.

„Keine Angst! Ich habe vorhin im Flugzeug geübt!" Tom lacht und nimmt den Schlüssel für den kleinen Fiat Panda.

Wie in einer Konservendose kommt sich Tanja vor, als sie sich auf die hintere Bank quetscht. „Bist Du sauer auf uns oder warum hast du diese kleine Karre genommen?"

Auch Silvia schaut ihn fragend an, da er sonst nicht so knauserig im Urlaub ist. „Keine Sorge! Ich habe ihn genommen, weil wir damit viel leichter einen Parkplatz in den engen Gassen bekommen!"

Tanja ahnt Schlimmes. „Habt ihr etwa wieder so eine enge Ferienwohnung genommen?" Sie weiß, dass die großen Hotels großzügige Tiefgaragen haben.

Silvia dreht sich zu ihr: „Besser, mein Schatz! Ich konnte unser altes Zimmer bekommen!"

„W a a a s?" Tanja kann sich noch an dieses kleine Zimmer mit dem engen Bad und der schmalen Kochnische erinnern. Sie kann sich auch noch an die Campingliege erinnern, die neben dem Doppelbett für sie dazugestellt wurde. „Das ist doch nicht euer Ernst?"

„Oh, Du wirst sehen, das wird ein regelrechter Nostalgie Urlaub!", sagt Silvia mit breitem Grinsen.

Tom blickt kurz zur Seite. „Oh ja, genau wie damals."

„Oh nein! Wie könnt ihr mir das antun?" Tanja bricht fast zusammen. Eilig schaut sie aus dem Fenster, um nicht in Tränen auszubrechen, schließlich ist sie kein Kind mehr. Tanja bemerkt in den spiegelnden Fenstern, wie sich ihre Eltern ansehen, so als ob sie noch irgendeine Gemeinheit für sie planen. Was hat sie nur verbrochen, dass sie ihr das antun? Auf dem Bürgersteig beobachtet Tanja eine glückliche Familie. Sie scherzen miteinander und strahlen so viel Zufriedenheit und Glück aus. Tanja kann sich erinnern, dass auch sie mit ihren Eltern so verspielt und glücklich war. Warum machen sie das jetzt mit ihr? Haben sie eine Überraschung für sie? Spannen sie Tanja nur auf die Folter, um sie nachher noch mehr zu überraschen? Tanja hofft es, denn so fies können ihre Eltern doch nicht sein! Sie sieht die vielen Baustellen, als sie in die Altstadt hineinfahren. Überall wird verputzt, gestrichen oder angebaut. Ob die Ruine noch steht? Haben sie vielleicht ein Apartment mit mehreren Zimmern aus ihrer alten Herberge gemacht?

„Schaut nur! Es ist alles noch so wie damals!" Tom zirkelt den kleinen Fiat durch die Gassen und erreicht den kleinen Hof vor ihrer Pension. „Wisst ihr noch, wie uns Lucia in Empfang genommen hat?" Die alte Frau hat damals genau gehört, wenn die neuen Gäste ihre Koffer polternd über das Pflaster zerrten.

„Vielleicht rechnet sie nicht damit, dass wir mit dem Auto kommen?", sagt Tanja.

„Wer weiß, was mit ihr ist. Wir haben diesmal einen Code für die Schlüsselbox. Ich denke nicht, dass sie uns empfangen wird!" Silvia ist etwas betrübt, das die alte, freundliche Frau sie nicht empfängt. Tanja war die Einzige, die sie damals verstanden hat, aber ihre Art war so herzlich.

„Steigt erst mal aus, dann fahre ich das Auto dichter an das Haus!" Tom wartet, bis seine Mädels ausgestiegen sind, dann rangiert er den Fiat so dicht es geht ans Haus. Tanja schaut sich das alte Haus an. Es hat sich nichts verändert. Kein Anbau, kein neuer Putz und keine frische Farbe, es ist alles wie damals.

Nur Silvia entdeckt etwas Neues! „Hier ist die Schlüsselbox!" Sie stellt die richtige Zahlenfolge ein und öffnet dann den kleinen grauen Kasten neben den Briefkästen.

Es fallen ihr die Schlüssel entgegen und sie fängt sie auf. „Ich hab den Schlüssel! Wollen wir erst mal hochgehen und uns das Zimmer ansehen?"

„Was gibt's da anzusehen! Es wird immer noch genauso winzig sein wie damals!" Tanjas Hoffnung auf ein modernes Apartment in der Altstadt sind zerplatzt. Sie schnallt ihren Koffer ab, denn er hatte im Kofferraum keinen Platz, deshalb war er neben ihr auf dem Rücksitz angeschnallt. „Mann, ist der schwer!", beschwert sie sich, als sie ihren Koffer aus dem engen Wagen zerrt.

„Gib her, ich trag ihn Dir hoch!" Tom nimmt ihr den Koffer ab und geht Silvia hinterher. Das Treppenhaus ist so eng, dass er den Koffer um die Kurven herumzirkeln muss, damit er nicht an der Wand anschlägt.

Tanja betritt als letzte das Zimmer. Ihre Mutter öffnet das Fenster, um frische Luft reinzulassen und ihr Vater legt ihren Koffer auf das Doppelbett. Irgendetwas fehlt! „Wo ist die Campingliege? Wo soll ich denn schlafen?"

Silvia dreht sich mit einem breiten Grinsen um und schaut in die entsetzten Augen ihrer Tochter. „Du schläfst hier! Wir haben unser eigenes Zimmer!"

„Oh Mama!" Tanja umarmt ihre Mutter. Sie ist glücklich, nicht mit ihren Eltern zusammen in diesem engen Zimmer eingesperrt zu sein. Dafür hat sie nun diesen riesigen Raum mit dem großen Bett, ganz allein für sich. Tanja strahlt mit der Sonne um die Wette. „Das ist der schönste Urlaub! Soll ich euch mit den Koffern helfen?"

„Lass nur! Richte Dich in Ruhe ein!" Tom nimmt seine Tochter in den Arm. Diesen Moment, in dem sie so glücklich ist, muss er einfach auskosten. „Wenn Du ausgepackt hast, kannst Du ja zu uns kommen, wir haben das Zimmer über Dir!" Zu Silvia sagt er: „Geh schon mal hoch, ich hole die Koffer!" Dann geht er runter zum Auto.

Tanja weiß nun, wie ihre Eltern sie lieben. Irgendwie hat sie geahnt, dass sie nicht so gemein zu ihr sein können. Sie öffnet ihren Koffer, der fast aufplatzt, als sie die Verschlüsse öffnet. Sie räumt ihre Sachen in den schmalen Schrank und fragt sich, wie sie damals zu dritt in diesem kleinen Zimmer wohnen konnten. Der Schrank ist fast voll, obwohl es nur ein Koffer war. Nun schaut sie auch nochmal aus dem kleinen Fenster. Viel ist nicht zu sehen. Gerade so kann sie neben dem anderen Haus ein kleines Stück des alten Hafens sehen. Tanja nimmt sich ihre Handtasche und schaut in den Spiegel, ob alles sitzt. Sie stellt den Kragen ihrer Jeansjacke hoch, doch dann klappt sie ihn wieder runter. Nachdem sie sich die Haare gerichtet hat, geht sie hoch zu ihren Eltern. „Euer Zimmer ist ja noch kleiner!", stellt sie entsetzt fest.

„Ja schon, aber dafür ist die Aussicht besser!", sagt ihre Mutter und weist zum Fenster.

Tanja schaut über das Nachbarhaus aufs Meer. „Ja wirklich!" Sie umarmt ihre Mutter und sagt: „Danke, Mama!"

Tom balanciert gerade die beiden Koffer in das Zimmer. „Ist das meiner?" Er weist auf einen der Koffer.

„Lass nur, ich packe die schnell aus und dann gehen wir zu Angelo!" Silvia freut sich schon auf den herrlich duftenden Cappuccino in dem netten Café am Hafen.

„Ich schau mich etwas in der Altstadt um!", sagt Tanja.

„Sei vorsichtig! Lass Dich nicht wegfangen!" Tom lächelt seine hübsche Tochter an.

„Ach was, Papa! Ich pass auf mich auf! Bis später!" Tanja geht aus dem Zimmer und will am liebsten die Treppe herunterrennen, doch sie geht langsam und irgendwie ahnt sie, dass noch etwas von ihren Eltern kommt. Doch außer ein: „Sei vorsichtig!", von ihrer Mutter schreiben sie ihr nichts weiter vor. Tanja spaziert durch die Altstadt, sie denkt an Gina und auch an deren große Schwester Maria und an Stephano. Wie mag es ihnen jetzt gehen? Sind Maria und Stephano ein Paar geworden? Es ist fast Fünf, bald wird die Stadt erwachen. An einem Café befreit eine junge Frau die Tische und Barhocker vom Staub der Mittagspause. Maria müsste nun in ihrem Alter sein. Würde sie ihre Freunde von damals erkennen? Sie kennt nicht einmal den Familiennamen. Wie soll sie da nach ihnen fragen? Eine Gruppe Mädchen schlendert durch die Gassen, sie gackern genau so, wie es Tanja mit ihren Freundinnen zuhause macht, wenn sie um die Häuser ziehen. Nur hört es sich auf Italienisch etwas anders an.

„Da, schaut nur! Jetzt kommen sie wieder!", sagt eines dieser Mädchen, als sie Tanja entdeckt.

„Was sucht die nur?", fragt eine andere.

„Ja, die hält bestimmt Ausschau nach unseren Jungs!“, sagt eine andere und schaut verächtlich zu Tanja herüber.

„Oh, sie sind so dumm, diese Touristinnen fallen immer wieder auf sie herein!“, sagt die erste wieder.

„Ja Gina, genau wie Deine Schwester!“

Tanja bedauert es, dass sie sofort von ihnen als Touristin erkannt wird, doch was hört sie da? Gina, die eine Schwester hat? Tanja belauscht die Mädchen weiter.

„Oh, Maria ist so dumm! Jetzt wird ihr dasselbe bei Mario passieren! Sie ist ja so verliebt in ihn!“, sagt diese Gina.

Die Mädchen lachen wieder und eine sagt: „Mario ist noch viel schlimmer als Stephano!“

Jetzt ist sich Tanja sicher, dass es die Gina von damals ist. „Hey, bist Du Gina?“, fragt Tanja, ihre vermeintliche Freundin von damals.

„Wer will das wissen?“, fragt Gina überlegen zurück.

„Ich bin Tanja, aus Deutschland! Ich war vor vier Jahren schon mal hier!“

„Ja, meinst Du denn, ich kann mir alle Touristen merken, die hier ihren Urlaub verbringen?“, sagt Gina.

„Hast wohl recht! Es ist ja auch schon eine Weile her!“ Tanja schaut in ihre abweisenden Augen und muss dann erkennen, wie recht sie hat. Schließlich haben sie damals nur einen Tag zusammen verbracht, wie soll sie sich daran noch erinnern. „Wie geht es Maria?“, fragt sie höflich.

„Maria? Meine Schwester studiert in Rom!“ Gina denkt nach. „Woher kennst Du meine Schwester?“

„Sie wollte damals mit Stephano allein sein und hat gehofft, ich würde auf Dich aufpassen!“ Tanja schaut in ihre überraschten Augen. Auch die anderen Mädchen sind überrascht, dass diese Touristin so gut Bescheid weiß.

Gina erinnert sich so langsam. „Du bist diese Deutsche, die so gut italienisch spricht! Ja, ich erinnere mich an Dich! Besonders gut hast Du ja nicht auf mich aufgepasst!“ Sie umarmt Tanja und gibt ihr einen Kuss, wie es üblich ist unter Freundinnen. „Willkommen in Monopoli!“ Zu den anderen Mädchen sagt sie: „Das ist Tanja, eine ganz besondere Touristin aus Deutschland!“ „Sag mal Tanja, wie lange bleibst Du hier?“

„Nur über Ostern! Dienstag fliegen wir wieder zurück!“

„Wo wohnt ihr?“, will nun Gina wissen.

„Ich bin in unserem alten Zimmer in der Via Cimino bei Lucia!“, sagt Tanja und hofft, sie können damit etwas anfangen.

„Lucia ist kurz vor Weihnachten gestorben!“, sagt eins der Mädchen. „Giuseppe vermietet jetzt die Zimmer!“

„Uns ist es aufgefallen, dass die kleine, alte Frau uns nicht begrüßt hat! Sie haben jetzt solche Schlüsselboxen an der Wand!“, erklärt Tanja.

„Ja, die Alte war schon lustig!“, sagt das andere Mädchen.

„Was macht ihr eigentlich zu dieser Jahreszeit hier? Es ist doch noch viel zu kalt.“, fragt Gina.

„Ich denke, wir fahren wohl morgen an den Strand!“ Tanja freut sich schon aufs Meer. „Ich hoffe, es bleibt so schön warm!“

„Was wollt ihr denn am Strand?“ Gina findet diese Touristen schon etwas seltsam. Nie würde sie zum Strand fahren, wenn sie nicht baden kann.

„Wenn es morgen genauso schön ist wie heute, dann gehe ich selbstverständlich baden! Es ist doch viel angenehmer, als wenn es so heiß ist. Glaube ich.“ So recht kann sich Tanja nicht mehr erinnern. „Wir waren mal in Rimini, aber das ist schon so lange her! Ich war da erst zehn!“

„Kommst Du noch mit zum Hafen?“, fragt eins der anderen Mädchen.

„Ihr könnt ja schon vorgehen, ich komme später!“ Gina widmet sich wieder Tanja zu: „Hast Du einen Freund?“

Tanja denkt an Jonas. „Ja, habe ich. Er ist in Deutschland. Und was ist mit Dir?“

„Weißt Du, das ist hier etwas schwierig! Im Winter kommen sie angekrochen und wenn dann im Sommer die Ausländer hier sind, rennen sie den Mädchen hinterher. Im Herbst kommen sie dann wieder zu uns. Meine Schwester hat´s auch mehrfach erwischt!“

„Mit Stephano?“ Tanja erinnert sich an ihn. „Der müsste doch jetzt Neunzehn sein?“, rechnet sie kurz nach.

„Ja, nehme Dich nur vor ihm in Acht! Er rennt jedem Mädchen hinterher!" Gina hat den gutaussehenden Jungen vor Augen. „Und das mit Erfolg!", seufzt sie.

„Ach sag mal, was ist denn eigentlich aus diesem Abrisshaus geworden? Warst Du nochmal da drin?"

„Abrisshaus?" Gina überlegt und dann fällt ihr wieder ein, dass sie sich darin früher oft versteckt hat. „Das steht noch… glaube ich! Ich war da schon ewig nicht mehr drin. Damals war ich neun oder zehn Jahre alt! Ja stimmt! Mit Dir war ich das letzte Mal da drin!" Gina hat schon ewig nicht mehr daran gedacht. „Gott, ist das lange her!"

„Ich will da nochmal rein gehen!", sagt Tanja.

„Was willst Du da drin? Da ist es dreckig und…" Gina fällt wieder ein, dass damals ihre ältere Schwester nicht durch passte. „…Du passt da nicht mehr rein!", lacht sie.

„Können wir es uns mal ansehen?" Tanja wird einen Weg finden, um in den Hinterhof zu gelangen.

„Von mir aus, komm!" Gina geht mit ihr durch die Gassen, schon nach zwei Ecken sieht sie es. „Da ist es!"

Tanja sieht es von weiten. „Es ist genauso, wie ich es in Erinnerung habe!", stellt Tanja fest und rennt zu dem Haus. Die Kette und das alte Schloss sehen aus: „Als ob da nie jemand drinnen war!"

„Wer soll denn da auch rein gehen?" Gina lacht. „Den Touristen können wir hier Besseres bieten, als staubige, verfallene Abrisshäuser!"

Tanja hat eine Idee. Da es schon dunkel ist, muss sie eh bald zurück, aber morgen könnte sie sich den ganzen Tag Zeit nehmen, um diese Ruine gründlich zu erkunden. „Gina, kannst Du mich morgen früh abholen?"

„Was heißt morgen früh?" Gina ist froh, dass sie ausschlafen kann und nicht in aller Frühe in die Schule muss.

„So gegen zehn?", fragt Tanja zaghaft nach. Da hat sie ausgeschlafen und Frühstück gibt es so früh auch noch nicht. Tanjas Eltern schlafen auch lange.

„Sagen wir elf, da bin ich wach!", handelt Gina.

„Gut, um elf! Ich sage meinen Eltern, wir fahren zusammen an den Strand! Wäre das für Dich okay?"

„Ich will nicht an den Strand, da ist es viel zu kalt!" Gina friert jetzt schon, nur beim Gedanken daran.

„Ich will auch nicht an den Strand! Ich will hier rein!" Tanja tippt an die alte Holztür, die sich ihr mit der dicken Kette massiv entgegenstellt.

Gina zerrt an einem der Flügel und sagt: „Du passt da nicht durch, wir sind nicht mehr so dünn wie damals!"

Tanja sieht die schmale Lücke. „Ach, es wird schon irgendwie gehen!"

„Von mir aus, aber ich komme da nicht mit!", warnt Gina.

„Sollst Du ja auch nicht, bloß meine Eltern wollen doch immer wissen, wo ich bin! Soll ich ihnen sagen, ich will ein Abrisshaus erkunden?", erklärt Tanja und wie auf

Kommando meldet sich ihr Handy. „Meine Eltern!", erklärt sie ihrer Freundin. „Also, ich warte dann auf Dich vor unserem Haus!"

„Jaja, bis morgen!" Gina macht sich auf den Weg zum Jachthafen, wo ihre Freundinnen auf sie warten.

Tanja tippt schnell ins Handy: *Bin gleich da*. Sie berichtet ihren Eltern, dass sie ihre alte Freundin von damals getroffen hat. „Wir wollen morgen zum Strand fahren!"

„Na das passt doch! Wir fahren auch zum Strand!", erklärt ihr Vater.

„Papa, die haben doch ihren eigenen Strand, da wo es keine Touristen gibt!", erklärt Tanja.

„Und wo ist der?", Tom lässt nicht locker.

„Och, das weiß ich doch nicht, ich bin schließlich ein Touri! Mach Dir mal keine Sorgen, ich habe doch mein Handy dabei!", beruhigt Tanja ihren besorgten Vater.

„Na gut! Aber sei vorsichtig!", warnt Tom.

„Und nimm Dich vor den Jungs in Acht!", fügt ihre Mutter lachend hinzu.

„Ach Mama, ich habe doch einen Freund!" Jonas schreibt ihr täglich eine SMS, Tanja hat erst einmal geantwortet, denn die Gebühren sind ihr zu hoch.

„Na so ein kleiner Urlaubsflirt?", sagt ihr Vater grinsend.

„Tom! Was soll denn das heißen?", empört sich Silvia.

„Na ich doch nicht, aber wenn man jung ist? Wer weiß, vielleicht findet man ja was Besseres!“, sagt Tom. Er mag diesen Jonas nicht besonders.

„Na Mama, dann pass mal auf Papa auf! Genießt euern freien Tag!“ Tanja grinst ihre Eltern an.

Das Haus des Zauberers

Am Morgen packt Tanja zur Tarnung ihre Badesachen und ein Handtuch ein. Außerdem hat sie noch einen alten Schraubenzieher unter dem Spülbecken gefunden. Sie verabschiedet sich von ihren Eltern und dann wartet auch schon Gina auf sie. „Da ist Gina!", ruft sie ihren Eltern zu. „Bis heute Abend! Tschüss!" Schon verschwindet sie mit Gina in der Altstadt.

„Du, ich treffe mich mit Silvio am Jachthafen! Kannst ja auch hinkommen, wenn Du hier fertig bist!" Gina lacht, als sie den schmalen Spalt sieht, dann geht sie los.

Tanja stemmt sich gegen den einen Flügel und zerrt am anderen. Sie muss sich eingestehen, dass sie da nicht mehr durch passt. Als Gina bereits außer Sichtweite ist, unternimmt sie einen weiteren Versuch, doch dieses Mal knackt und kracht es im Holz und nun verkantet die Tür so, dass unten ein wesentlich breiterer Spalt entsteht. „Ha, wer sagt's denn!" Tanja schaut sich kurz um und als sie niemand beobachtet, schiebt sie sich durch den Spalt hindurch. Es ist genau wie damals, als sie hinter Gina her ging. Tanja wartet einen Moment, damit sich ihre Augen vom hellen Sonnenschein auf die Dunkelheit des kleinen Flures umstellen können. Schon kann sie deutlich den Ausgang auf den kleinen Lichthof sehen und wie damals ist er grün und voller Blüten. „Werde ich Dich heute wiedertreffen, kleiner Mann?" Tanja hält den alten Schlüssel fest in ihrer Hand. Als Erstes geht sie nach oben, doch es ist sehr gefährlich, auf den alten, morschen Stufen. Es knackt und ächzt als sie vorsichtig, Stufe für Stufe erklimmt. Auch der Boden ist sehr morsch. Hier oben ist es wesentlich heller, da die Fenster noch intakt und nicht vernagelt sind. Sie sind nur so verdreckt, dass sie nicht mehr allzu viel Licht hereinlassen. Entweder wurde hier schon einiges an Möbeln hinausgetragen oder der Zauberer hat sich damals noch nicht vollständig eingerichtet. Tanja geht in den nächsten Raum, es ist wohl das Wohnzimmer gewesen, denn hier dominieren drei Sessel um einen eleganten Tisch herum das Bild. Der Zahn der Zeit hat an den Möbeln schon heftig genagt, doch erkennt Tanja den noblen Stil des einstigen Bewohners. In einer Nische befindet sich eine Bibliothek, doch sind nicht mehr viele Bücher in den Regalen. Die Bücher sind alt. Tanja nimmt einige heraus und schaut auf die Titel. Es sind Romane auf Deutsch oder Italienisch, sie handeln von Magie und Zauberei. Ein deutlich schmäleres und einfacheres Buch sticht aus den alten Bänden heraus. Es ist auf Deutsch, in großen Buchstaben steht ‚Das Portal‘ auf dem Einband. Tanja nimmt es mit. „Scheiße! Was war denn das?“, fragt sie in den verfallenen Raum hinein. Es knackt und kracht unter ihren Füßen. Tanja geht einen Schritt zurück, dicht an die Wand heran, in ihrer Hand hält sie das Buch, als ob sie sich daran festhält. Am Rand scheint es sicherer zu sein, also schleicht sie an der Wand entlang zurück zum ersten Raum und mit allergrößter Vorsicht geht sie wieder die Treppe hinunter. „Kleiner Mann, was kann ich hier noch finden? Lüftest Du heute Dein Geheimnis?“, fragt sie in den hellen Lichthof hinein.

Genau wie damals legt sie sich in das Gras, das durch die Steine hindurch wächst, doch vorher legt sie das Buch und ihren Schlüssel unter ein altes Brett, das am Boden liegt. Tanja entspannt sich, ihr Atem wird flacher, sie schließt die Augen und denkt an gar nichts. Was ist passiert? Tanja schaut sich um, sie steht plötzlich auf einer grünen Wiese und als sie sich wieder umdreht, steht dieser wunderschöne junge Mann vor ihr. Unsicher schaut sie ihn an und drückt ein kurzes: „Hallo!", heraus.

Nicht ganz vor ihr, etwa drei Meter entfernt ist er. „Hallo Tanja, da bist Du ja wieder!" Der junge Mann geht zwei Schritte auf sie zu.

Tanja muss sich ein Lachen verkneifen, denn es ist schon grotesk. Tanja schätzt ihn auf Anfang zwanzig, doch ist er höchstens einen Meter vierzig hoch und je näher er kommt, umso komischer wirkt es. „Warum bist Du so klein?" Tanja hofft, dass es nicht unhöflich war.

„Ich bin nicht klein! Du bist es, die zu groß geraten ist!", antwortet er mit einem netten Lächeln.

„Wo bin ich hier?" Tanja erkennt, dass es nicht mehr die kleine Hafenstadt in Italien ist. Rings herum ist saftiger, grüner Wald, eine ganz andere Vegetation als in Süditalien. „Ist das noch Italien? Sind wir in den Bergen?" Nein, da oben wäre es jetzt zu kalt.

„Du bist hier in Pitatia, so nennen wir unsere Welt!"

„Wie bin ich hierhergekommen?" Tanja ist sich nicht sicher, ob es nicht doch nur ein Traum ist.

„Du besuchst uns gerade durch ein Portal!", erklärt er.

Was meint er mit Portal? Tanja hat kein großes Tor gesehen. „Ein Portal? Bekommt ihr denn öfter Besuch?" Tanja ist doch nicht durch einen Eingang gegangen.

„Nein, nicht mehr! Wir besuchen uns schon lange nicht mehr! Du bist seit langem die erste, die zu uns herüberkommt! Bleibst Du hier? Wie alt bist Du jetzt?"

„Du sprichst ja Deutsch!", fällt ihr jetzt erst auf. „Sind wir hier in Deutschland?" Tanja versteht es immer noch nicht.

„Ach Tanja, Du bist nicht mehr in Deiner Welt, du bist nun hier bei uns!" Er schaut sie an, mustert ihre Figur. „Naja, Du besuchst uns nur, Dein Körper ist noch da, wo Du ihn zurückgelassen hast! Für uns gibt es keine Sprachen, so wie ihr sie habt!"

Tanja tastet sich selbst ab, es fühlt sich alles normal an, ihr Fleisch ist fest wie immer. „Bin ich etwa ein Geist?"

„Nicht so ganz! Kurek kann es Dir besser erklären. Ich werde Dich zu ihm bringen. Warum bist Du beim letzten Mal so schnell wieder gegangen? Ich hatte noch so viel mit Dir vor!"

Tanja überlegt, was sie damals geweckt hat, dann fällt ihr ihre Uhr ein. „Meine Zeit war um, ich musste wieder nach Hause!" Tanja ist völlig überfordert. Sie hat so viele Fragen, doch sie kann sie nicht formulieren.

„Hast Du heute mehr Zeit?", fragt der kleine Mann.

Tanja rechnet kurz nach, wie lange sie im Obergeschoss war und wann sie besser gehen sollte. Es wird ihr wohl nur noch der Nachmittag bleiben. „Ich muss abends wieder zuhause sein!"

„Das ist schade, ich hätte Dir gern mehr von unserer Welt gezeigt! Glaub mir, Du wärst begeistert!", und wieder dieses freundliche Lächeln, das so viel Vertrauen in Tanja weckt. Nein, dieser kleine Mann ist nicht böse!

Tanja denkt an das Buch, das sie gefunden hat. „Was hat es mit diesem Buch auf sich, das ich in dem Haus gefunden habe?"

„Welches Buch meinst Du?", fragt der kleine Mann.

Tanja will nicht weiter darauf eingehen. „Ist nicht so wichtig!", relativiert sie. „Wie heißt Du eigentlich?"

„Ich bin Balthasar, der Hüter des Tores …auf unserer Seite." Balthasar verneigt sich vor Tanja. „Wer behütet es auf Deiner Seite?"

„Naja, meinen Namen kennst Du ja! Das alte Haus fällt wohl bald zusammen, alles, was Fremde abhält, ist eine Kette mit einem Schloss davor!"

„Du hast einen Schlüssel für das Schloss?", fragt Balthasar überrascht, denn eigentlich sollte dieses Portal bewacht sein.

„Ach ja, was hat es denn nun mit diesem Schlüssel auf sich? In das Schloss passt er jedenfalls nicht, das habe ich damals schon probiert!"

„Du hast den Schlüssel bekommen?“ Neugier ist in Balthasars Augen zu sehen. „Hast Du ihn mitgebracht?“

„Nein, ich habe ihn gut versteckt! Nun sag schon, was öffnet er?“ Tanja platzt vor Neugier.

„Pass gut auf ihn auf, er bringt Dich wieder…“

„Tanja! Hey Tanja, wach auf, sie suchen schon alle nach Dir!“ Etwas rüttelt an ihr und Balthasar verschwindet, wie auch der Wald, in dem er eben noch gestanden ist.

Tanja erkennt Gina, die an ihr rüttelt. „Scheiße! Mensch Gina, Du bist zu früh! Nun weiß ich immer noch nicht, wo dieser Schlüssel passt!“ Tanja kommt so langsam zu sich. Sie hebt das alte Brett etwas an und zieht dieses Buch und den Schlüssel hervor.

„Was machst Du noch hier? Deine Eltern suchen überall nach Dir!“ Gina ist ganz aufgebracht.

„Wie spät ist es denn?“ Tanja holt ihr Handy hervor, sie hatte es auf Lautlos gestellt, um nicht gestört zu werden. Etliche Nachrichten und Anrufe ihrer Eltern zeigt das Display und als sie auf die Uhr schaut, fällt sie aus allen Wolken. „Halb elf? Ach du Scheiße!“ Tanja will sofort ihre Eltern anrufen, doch was soll sie ihnen sagen? „Hör zu, ich bin am Strand eingeschlafen und Du… Du konntest mich nicht sehen, weil… weil ich…?“ Tanja sucht nach einer plausiblen Erklärung.

„Weil… Du Dich hinter eine Mauer gelegt hast… und wir Dich dort nicht gesehen haben?“, erfindet Gina dazu.

„Ja, gute Idee! Wo sind meine Eltern?" Tanja muss los.

„Was ist das für ein Buch?" Gina weist auf ihr Buch.

„Das hier?" Tanja nimmt das Buch. „Es ist von Georgius, er hat hier wohl mal gewohnt!" Sie steckt das Buch ein und kriecht durch die Tür. Als sie wieder in der Gasse steht, nimmt sie das Telefon und drückt den Rückruf. „Bitte entschuldigt! Ich bin eingeschlafen! Ja, ich bin gleich zurück!"

Gina drückt die beiden Türflügel wieder zusammen und dann fragt sie sich, wie sie da durch gepasst hat. Sie öffnet die Flügel nochmals und es ist wieder dieser schmale Spalt, wo nur ein kleines Kind durchschlüpfen kann. „Ich war doch eben noch da drinnen? Was ist denn hier los?" Gina schaut Tanja hinterher, die, so schnell es nur geht, zu ihren Eltern rennt. „Was für ein Tag!", sagt sie in die dunkle Gasse hinein und geht verwundert nach Hause.

Tanja hetzt zurück zur Herberge, wo ihre Eltern sie schon erwarten. „Oh, bitte entschuldigt! Ich bin eingeschlafen und weil ich hinter einer kleinen Mauer lag, haben mich die anderen nicht gesehen! Gina dachte, ich wäre schon gegangen!", platzt ihr die einstudierte Erklärung heraus.

„Du willst mir doch nicht ernsthaft erklären, dass Du die ganze Zeit am Strand geschlafen hast?", faucht ihre Mutter wütend, aber auch froh, dass ihre Tochter wohlbehalten wieder zurück ist.

„Doch! Genau so war es! Es lag wohl daran, dass ich die letzte Nacht nicht so gut geschlafen habe!", erklärt Tanja.

„Bist Du krank?“, fragt ihr Vater besorgt. „Sollen wir zu einem Arzt gehen?“

„Ach was, ich hab den Schlaf ja nachgeholt!“ Tanja setzt ein gequältes Lächeln auf. Als Tanja am Abend in ihrem Zimmer ist, nimmt sie sich einen Zettel und schreibt auf, was sie erlebt hat. Tanja macht nur grobe Stichpunkte und schreibt jeweils die Zeit dazu. Von dem Moment, wo sie sich in den kleinen Innenhof gelegt hat, bis dahin, wo Gina sie geweckt hat, sind gerade einmal wenige Minuten vergangen. Sie hat sich nur kurz mit Balthasar unterhalten, er wollte ihr zwar noch mehr zeigen, doch ist sie gleich wieder von ihm weg. Tanja grübelt und grübelt, doch selbst, wenn sie großzügig rechnet, kommt sie zu dem Schluss, dass sie höchstens eine halbe Stunde in der anderen Welt war. Tatsächlich waren es aber acht Stunden, die sie im Hof lag. Was hätte sie alles in acht Stunden erleben können? Balthasar hätte ihr so viel zeigen können, doch ihre Zeit hat nur für ein kurzes Gespräch gereicht. Tanja muss sich etwas einfallen lassen. Wenn sie etwa fünf Stunden bei ihm sein will, müsste sie… ja, sie müsste etwa fünf Tage im Hof liegen bleiben. Wie soll sie das anstellen, wenn sie doch schon nach acht Stunden vermisst wird? Was würde mit ihrem Körper passieren, wenn sie ihn fünf Tage allein lässt? Vielleicht steht ja was in dem Buch, was sie gefunden hat. Tanja nimmt ihre Tasche, um sie auszuräumen, als Erstes holt sie das Buch heraus. Sie legt die Tasche mit ihren Badesachen wieder zur Seite und starrt dieses Buch an, anstatt ihren Badeanzug und das Handtuch wegzupacken.

Tanja hält dieses alte Buch in der Hand. Es ist nicht schön, hat nur einen einfachen Einband und scheint auch nicht sehr umfangreich zu sein. Geschrieben ist es von einem Giovanni Terone, der, wie sie im Vorwort erfährt, der Zauberer Georgius ist. Er hat das Buch nach einer Reise in die Unterwelt geschrieben, um nachfolgenden den Weg dorthin zu erleichtern. Er plant einen längeren Aufenthalt in dieser Unterwelt und beschreibt hier seine Vorbereitungen und die Reise dorthin. Tanja nimmt das Buch zur Seite und lässt die Worte auf sich einwirken. Unterwelt, Balthasar hat von seiner Welt und ihrer, Tanjas Welt, geredet. Was ist eine lange Reise? Wie lange hat seine erste Reise gedauert? Tanja liest weiter und erfährt, dass er das Buch 1968 geschrieben hat. Was es besonders schwierig macht, das Buch zu lesen, ist die Tatsache, dass es mit der Hand geschrieben wurde. Tanja muss sich allerdings eingestehen, dass seine Handschrift recht leserlich ist, obwohl sie sehr verschnörkelt ist. Allem Anschein nach hat er sich fürs Schreiben viel Zeit genommen. Bevor Tanja etwas unternimmt, muss sie mehr von diesem Georgius erfahren und sie muss dieses Buch lesen. Doch warum ist es auf Deutsch geschrieben? Georgius ist doch Italiener. Es klopft kurz an Tanjas Tür und schon geht sie auf. Ihre Mutter steht in der Tür. Sie sieht so elegant in ihrem schwarzen Minikleid aus. „Hör mal, wir wollen heute Abend ausgehen. Was hast Du für heute…“ Sie schaut sich dabei in ihrem Zimmer um und entdeckt ihre gefüllte Tasche. „Hast Du Deine Sachen noch nicht ausgepackt? Das fängt doch an zu stinken!“ Silvia nimmt die

Tasche und will das feuchte Handtuch und ihren Bikini zum Trocknen aufhängen, dabei stellt sie fest, dass nicht nur alles trocken ist, sondern auch unbenutzt scheint. „Wo warst Du?" Sie riecht an dem Bikini. „Du warst nicht am Strand!" Ihre fragenden Augen durchdringen Tanja.

„Doch, war ich!" Tanja überlegt, was sie sagen soll. „Ich äh… ich habe mich erst mal in die Sonne gelegt und… und wollte dann später baden gehen!", stottert Tanja.

„Du? Sonst gehst Du immer sofort ins Wasser! Erzähl mir doch nichts!" Im Treppenhaus steht ihr Vater und wartet auf seine reizende Frau. „Wir reden morgen darüber! Heute bleibst Du hier! Ist das klar?"

„Ja, ich wollte sowieso etwas lesen!" Tanja sitzt auf dem Stuhl und hält das alte Buch in der Hand.

„Was ist bloß mit Dir los?" Silvia versteht ihre Tochter nicht. Sie sollte Spaß am Strand haben, mit Jungs flirten und nicht in einem kleinen Zimmer sitzen und ein altes, ranziges Buch lesen. Silvia geht aus dem Zimmer und schließt hinter sich die Tür.

Tanja schaut aus dem Fenster und sieht ihre Eltern, wie sie fein zurecht gemacht ausgehen. Wie ein verliebtes Pärchen sehen sie aus. Tanja setzt sich und widmet sich wieder dem Buch. In seinem Vorwort beschreibt er sich als Zauberkünstler, der von 1953 bis 1967 an der Adriaküste die meist deutschen Touristen mit seinen Zauberkunststücken verzaubert hat. Die Zauberei hat wohl nicht so viel eingebracht, weshalb er sich weit im Süden nach einem geeigneten Haus umgesehen hat, um sich zur Ruhe zu setzen. In diesem Zusammenhang hat er dort ein Haus besichtigt. Die alte Witwe, die es verkaufen wollte, war nicht mehr so gut zu Fuß, deshalb geleitete sie ihn nach dem Verkaufsgespräch nicht nach unten. Doch anstatt zu gehen, wollte Georgius noch ein paar Minuten das Haus auf sich wirken lassen. Er hat sich auf den geflochtenen Korbsessel im kleinen Innenhof gesetzt und ist eingeschlafen. Erst am nächsten Tag hat ihn die Alte geweckt und wütend rausgeworfen. Georgius war etwa eine Stunde mit Balthasar zusammen. Er beschreibt die andere Welt genau so, wie Tanja sie erlebt hat. Dieser Balthasar, so steht es weiter geschrieben, macht ihn mit einem gewissen Kuno bekannt, der ihm vom Geschäft seines Lebens erzählt. Doch Details konnte er nicht erfahren, denn auch er wurde unerwartet aus diesem, wie er schreibt, Schattenreich herausgerissen. Tanja nimmt sich ihr Handy und googelt nach diesem Georgius, doch erfährt sie auch nur das, was er selbst über sich geschrieben hat. Es ist schon spät und obwohl Tanja acht Stunden geschlafen hat, ist sie müde. Sie geht ins Bett und schläft sofort ein.

Silvia und Tom haben einen schönen Abend. Sie waren schon lange nicht mehr Tanzen. Tom ist ein guter Tänzer und mit seinen erotischen Tanzbewegungen hat er Silvia schon damals, als sie sich kennen lernten, den Kopf verdreht. Nun will Silvia nur noch mit ihm ins Bett, doch bevor sie nach oben gehen, schaut Silvia noch kurz bei Tanja ins Zimmer. „Sie schläft, tief und fest!", sagt sie verwundert zu Tom.

Erst auf der Treppe antwortet Tom: „Das ist eigenartig, wo sie doch den ganzen Nachmittag verschlafen hat!"

„Sie sagt uns nicht die Wahrheit! Ich wette, sie war gar nicht am Strand und so tief und fest, wie sie schläft, hat sie sicherlich so Einiges erlebt!", sagt Silvia.

Tom streichelt erregt seine Frau. „Es steckt bestimmt ein netter junger Mann dahinter!" Er öffnet den Reißverschluss an ihrem engen Kleid.

Silvia genießt seine Liebkosungen, doch macht sie sich auch um Tanja Sorgen. „Das befürchte ich auch!" Als Tom ihr das Kleid von den Schultern streift und es ihr dann auszieht, ist es um sie geschehen. Die beiden gehen ins Bett und lieben sich ausgiebig und lange. Am nächsten Morgen macht sie Kaffee, dann geht sie runter. „Tanja, aufstehen! Wir wollen frühstücken!" Sie rüttelt das Mädchen wach.

Wie gerädert fühlt sich Tanja. Als ob sie gerade erst ins Bett gegangen ist. Sofort erinnert sie sich wieder an den gestrigen Tag, an das Abrisshaus, an Balthasar und an ihre Lüge. „Guten Morgen!" Die Sonne scheint zwar nicht direkt in ihr Fenster, es ist schlichtweg zu klein, doch dafür ist es extrem hell im Zimmer.

„Du hast heute aber einen gesunden Appetit!", sagt Tom, als sich Tanja ihr drittes Brötchen nimmt.

Tanja isst eigentlich nie sehr viel, doch heute hat sie regelrecht Hunger. „Oh ja!" Tanja legt das Brötchen wieder zurück und zügelt sich. „Du hast recht, das reicht wohl!"

„Iss ruhig! Du hattest ja gestern einen anstrengenden Tag!“, sagt Silvia.

„Oh ja, dass hatte ich!“ Zu spät bemerkt sie, dass es eine Falle war, in die Tanja geradewegs hineingetappt ist.

„Na dann erzähl mal, was Du so gestern getrieben hast!“ Silvia erwartet nun die ehrliche Geschichte, von einem Jungen, der ihr den Kopf verdreht hat.

Was soll Tanja nun machen? Sie wurde beim Lügen erwischt. Soll sie weiter lügen oder die Wahrheit erzählen? Tanja trifft die falsche Entscheidung. „Ja, wisst ihr, ich war gestern nicht am Strand, ich war in diesem alten Haus in der Altstadt!“

„Mit wem?“, fragt Tom.

„Alleine! Ich habe ein wenig herumgestöbert und bin dann, wie damals, im Hof eingeschlafen!“ Ihre Eltern hören gespannt zu und Tanja will ihnen nun von Balthasar berichten. „Genau wie damals habe ich dann diesen kleinen Mann getroffen, er hat…“ Weiter kommt sie nicht.

Silvia reicht es. „Fällt Dir echt nichts Besseres ein?“ Silvia steht wütend auf, rauft sich die Haare und wird lauter: „Für wie blöd hältst Du uns? Willst Du uns jetzt noch was von Feen und Einhörnern erzählen?“

Tom hat einen schrecklichen Verdacht: „Hast Du Drogen genommen? Was war es? Pillen oder hast Du was geraucht?“ Tom kennt sich nicht besonders damit aus, doch weiß er, wie schnell gerade Teenager süchtig werden.

Tanja versteht nicht, was los ist, warum sie ihr nicht glauben wollen, wo sie doch die Wahrheit erzählt. „Papa, ich habe doch keine Drogen genommen!" Sie schaut ihren Eltern abwechselnd in die Augen. „Ihr wisst doch, dass ich sowas nicht anfasse! Ja zugegeben, es klingt alles etwas seltsam, doch ich habe ein Buch gefunden! Jemand hat genau dasselbe erlebt!", berichtet sie und glaubt einen Beweis zu haben.

„Lass mich raten!", sagt Silvia. „Grimms Märchen?"

„Ach Mama!" Tanja weiß nun, dass sie ihr kein Wort glauben werden. Wahrscheinlich haben sie ihr damals auch schon nicht geglaubt. „Ich will euch nicht belügen! Doch was soll ich machen, ihr glaubt mir ja eh nicht!" Tanja resigniert.

„Gut, wenn Du es so willst! Du wirst den Rest des Urlaubs immer mit uns zusammenbleiben!" Silvia ist wütend.

„Ja, ich glaube auch, das wird wohl das Beste sein!", bestätigt Tom.

„Darf ich jetzt wenigstens in mein Zimmer gehen?", fragt Tanja.

„Ja, aber da bleibst Du auch! Nachher fahren wir an den Strand! Wir drei!", bestimmt Silvia

„Ja gut!" Tanja geht in ihr Zimmer. Sie ist wütend auf sich selbst, dass sie ihnen nicht die Geschichte erzählt hat, die sie hören wollten. Sie ist aber auch sauer auf ihre Eltern, weil sie ihr kein einziges Wort glauben. Sie nimmt sich das Buch und liest mühsam weiter. Georgius beschreibt, wie er noch so einige Versuche unternommen hat, um der alten Frau das Haus abzukaufen. Sie wollte nichts mehr von ihm wissen, hat ihn auch nicht mehr ins Haus gelassen. Im Sommer ist er dann wieder auf Tournee gegangen. Er hat zwischen Rimini und Venedig die Leute mit seinen Kunststücken unterhalten und hat dabei so manche D-Mark verdient. Nun wollte er der Alten ein besseres Angebot machen, doch hat er ihr das Haus lieber über einen Mittelsmann abgekauft.

„Komm Tanja, wir wollen los!", reißt sie Silvia aus den Aufzeichnungen des Zauberers heraus.

„Ja, ich komme!" Tanja greift sich ihre Tasche, stopft den Bikini und ihr Handtuch hinein und rennt dann die Treppe herunter. Sie steigt in das kleine Auto und am Strand vergisst sie ihr Buch, das sie sich mit eingepackt hat. Kaum haben Tanja die ersten Sonnenstrahlen am Strand getroffen, hat sie sich ihren Bikini angezogen und ist ins Wasser gerannt. Das Meer ist noch sehr kalt um diese Jahreszeit, weshalb sie es auch nicht lange aushält. Kaum kommt sie frierend aus dem Wasser, kümmert sich auch schon ein netter, junger Mann um Tanja.

„Komm Mädchen, ich wärme Dich!" Der gutaussehende Kavalier schwingt ein knappes Handtuch um ihre Schultern und legt seine warme Hand auf ihre Taille. Der Kavalier versucht umständlich, Deutsch zu reden. „Ich bin Stephano, meine Schöne!"

„Stephano?", fragt Tanja überrascht nach. „Jagst Du immer noch den Mädchen hinterher? Ich dachte, Du bist mit Maria zusammen!" Tanja weiß von Gina, dass ihm Maria den Laufpass gegeben hat. Sie schaut in seine verwunderten Augen. „Ich bin Tanja!" Er erkennt sie immer noch nicht. „Wir haben uns vor vier Jahren kennen gelernt! Wie alt bist Du jetzt? Achtzehn? Nein warte, Du musst schon Neunzehn sein!"

Stephano hat so eine Situation noch nicht erlebt, doch von seinem Bruder weiß er, dass so etwas passieren kann. „Tanja? Das ist ein ausgesprochen hübscher Name! Woher kommst Du?" Stephano muss Zeit gewinnen, denn er kann sich an dieses Mädchen nicht erinnern. Vor vier Jahren hat sie gesagt? Oje, da war er fünfzehn. Er war gerade mit Maria zusammen. „Du bist die Kleine, die auf Gina aufpassen sollte!" Jetzt hat er sie erkannt. „Du hast Dich aber rausgemacht!" Stephano öffnet das Handtuch, das er ihr um die Schultern gelegt hat. „Oh ja! Du bist sehr schön geworden!"

Silvia beobachtet ihre Tochter und als sie von diesem jungen Mann abgefangen wird, geht sie zu ihr. „Wer ist das? Hast Du mit ihm den Tag verbracht?" Schon von weitem hat sie den jungen Mann ausgiebig gemustert. Er gefällt ihr, doch scheint er zu alt für Tanja zu sein

„Ist das Deine Schwester?", fragt Stephano mit seinem besonderen Blick. „Ihr seht euch sehr ähnlich!", stammelt er auf Deutsch zusammen. „Ich bin Stephano!" Er gibt alles, kramt all seine deutschen Vokabeln heraus.

Silvia ist geschmeichelt von seiner Anmache, doch sie weiß, es sind nur einstudierte Sprüche und ihr Mann sitzt einige Meter weiter. „Tut mir leid, ich bin ihre Mutter!"

„Bitte spiel mit!", sagt Tanja auf Italienisch zu Stephano. „Mama, das ist Stephano! Wir haben gestern im Park gesessen und die Zeit verging wie im Fluge!"

„Wusste ich's doch!", sagt Silvia. „Hallo, junger Mann! Wie alt sind Sie eigentlich?"

Noch bevor Stephano antworten kann, sagt Tanja: „Stephano wird bald achtzehn!"

Stephano ist es egal, Hauptsache er kommt zum Zug. Er weiß, dass die beiden in ein paar Tagen wieder abreisen werden und neue Touristinnen an die Strände kommen. „Si Bella, Sie haben eine sehr schöne Tochter!" Er wendet sich kurz zu Tanja. „Du hast eine sehr schöne Mama!"

„Schleimer!", antwortet ihm Silvia und hofft, dass er es nicht verstanden hat. Zu Tanja sagt sie: „Komm bitte mal mit! Allein!"

„Moment Stephano, ich komme gleich wieder!" Tanja geht mit ihrer Mutter zu Tom. Sie setzen sich auf ihre Stranddecke. „Entschuldigt bitte, ich habe mich wohl in Stephano verliebt und habe einfach Angst gehabt, dass ihr mich dafür hasst!"

„Ach meine Kleine, wir hassen Dich doch nicht! Aber Du weißt doch, die hübschen Italiener machen Dir doch nur etwas vor!", sagt Silvia und schaut verlegen zu Stephano.

„Ja, ich weiß Mama, aber er ist so süß und ich will doch nur einen kleinen Flirt!" Tanja schaut verträumt ihre Mutter an, sie hofft darauf, dass sie sie versteht.

Wie gern würde Silvia mit ihrer Tochter tauschen, doch so eine kleine Urlaubsaffäre kann sie sich mit Tom an ihrer Seite nicht leisten. „Tanja, sei bloß vorsichtig!", warnt sie.

„Ja, lass Dich nicht verführen!" Tom erkennt, dass die Verführung genau ihr Ziel ist. „Und nimm ein Kondom!"

„Hast Du eines dabei?", fragt Silvia ihren Mann.

„Mama! Ich will doch nicht…"

„Nimm schon!" Ihr Vater kramt in seiner Tasche und reicht ihr das schwarze Päckchen.

„Glaube mir, Liebes, es ist nie geplant!", sagt Silvia.

„Danke!" Tanjas Ablenkungsmanöver scheint zu funktionieren. „Kann ich wieder zu ihm?"

„Ja, mach schon!", lächelt Silvia.

„Danke Mama! Hab euch lieb!" Tanja rennt zu Stephano, der gelangweilt bereits nach der nächsten Beute Ausschau hält. Tanja umarmt Stephano und küsst ihn. „Danke Dir! Du hast mich aus einer misslichen Situation befreit!" Tanja fühlt seine warmen Hände auf ihrem kalten Po.

„Was hast Du angestellt?" Er lässt sie nicht los.

„Ich war in diesem alten Haus!" Sie schaut ihm in seine leuchtenden Augen. „Du siehst gut aus! Aus Dir ist ein gutaussehender Mann geworden!"

„Du bist auch zu einem schönen Mädchen gereift!" Stephano streichelt ihren Rücken. „Ist Dir nicht kalt?"

„Ich sollte mich in die Sonne legen!" Tanja legt sich in den warmen Sand. Eigentlich wollte sie nur ein Täuschungsmanöver für ihre Eltern abhalten, doch nun streichelt sie Stephano über ihre kalte Haut. Es fühlt sich gut an, seine sanften Hände und die warme Sonne. Tanja möchte auf keinen Fall, dass er damit aufhört. „Das machst Du gut, hör nicht auf!" Tanja genießt es.

Stephano nimmt, was er kriegen kann. Es ist ihm egal, ob es eine reifere Frau ist oder ein junges Mädchen. Alle haben ihre Vorzüge, doch dass er es ist, der nur benutzt wird, ist ihm neu. Er küsst ihren flachen Bauch und kann das Salz auf ihrer zarten Haut schmecken. „Was hast Du eigentlich vor?", fragt er vorsichtig.

Tanja genießt sein Spiel mit ihr. Immer wieder redet sie sich ein, dass es nicht echt ist, dass er nur mit ihr spielt, doch das macht er soooo gut! Sie schaut in seine treuen, strahlenden, blauen Augen. „Hast Du eine Idee?" Tanja hat bereits das Buch und Balthasar und das alte Haus vergessen. Tanja hat sich verliebt!

„Hey, ihr beiden Turteltäubchen! Wir gehen was essen! Hast Du Hunger?" Tom steht grinsend neben ihr.

„Nein, geht nur!", dann fällt Tanja wieder ihre Strafe ein. „Darf ich noch etwas hierbleiben?"

Tom schaut auf den verliebten Teenager. „Ja! Um zehn bist Du aber zurück!" Er stellt ihre Tasche neben ihr ab.

„Ja, Papa!" Als er sich umdreht, fügt sie noch ein: „Danke!", hinzu.

„Jaja, schon gut! Sei pünktlich!" Tom konnte gerade Silvia überzeugen, Tanja ihren Freiraum zu lassen. So kann er auch die Zeit mit seiner Frau nutzen, denn im Alltag fehlen ihnen oft diese Stunden zu zweit.

Tanja mag Jonas, doch Stephano ist ein ganz anderes Kaliber. Während Jonas sie nur ab und zu auch nur ganz zaghaft küsst, weiß Stephano genau, wie man mit einem Mädchen umgeht und da es ja nur ein Urlaubsflirt ist, kann sie Jonas ja auch noch weiterhin lieben. Da streichelt er sie auch schon wieder und es ist genau der Punkt, der sie in eine andere Sphäre treibt. Tanja schließt die Augen und flüstert: „Oh ja, mach weiter!" Sie vergisst alles, was um sie herum passiert. Was macht Stephano nur mit ihr? Dieser Junge hat es echt drauf, er küsst ihren Nacken, streichelt über ihre Haut und macht Tanja ganz wuschelig. Ach, wenn doch nur Jonas ein wenig von ihm hätte. „Oh Stephano, was machst Du nur mit mir?"

„Tanja, Du bist das schönste Mädchen hier am Strand!", schwärmt Stephano, während er sie liebkost.

Tanja wollte nur mit ihm spielen, doch nun ist sie seinem Charme verfallen. Sie darf sich ihm nicht hingeben… noch nicht! Sie widersteht ihm und sagt: „Stephano, ich habe Durst! Gehen wir was trinken!"

„Gut, gehen wir zu Bertone, den kenne ich!", nur widerwillig gibt er das Mädchen frei. Sie gehen ein Stück zur nächsten Strandbar und Stephano klopft an der Hintertür, statt sich mit Tanja an die Bar zu setzen. „Hallo Bertone, das ist Tanja!", stellt er seine Begleitung vor. Tanja fragt er: „Möchtest Du Wein oder lieber was anderes?"

„Cola bitte!", sagt Tanja zu Bertone, der sie ausgiebig mustert.

„Nur Cola? Pur?", fragt Bertone nach.

„Ja, pur bitte!", bekräftigt Tanja. Bertone zuckt nur mit der Schulter und reicht dann eine kalte Flasche Cola und einen Becher Weißwein für Stephano heraus. „Danke!", sagt Tanja zu Bertone. Die beiden setzen sich wieder an den Strand und reden noch ein wenig. Bevor Stephano wieder aktiv wird, beendet sie den Abend. „Stephano, ich muss los! Wir sehen uns?"

„Willst Du schon gehen? Der Abend hat doch gerade erst begonnen!", spielt er den Betrübten. „Morgen ist Tanz!"

„Ich muss erst meine Eltern fragen! Ruf mich an!" Sie lässt sich noch einmal von ihm küssen und geht dann zurück zur Altstadt in ihre Pension. Als Tanja wieder zurück ist, klopft sie oben bei ihren Eltern. Ihre Mutter hat nur einen Slip an und Tom kommt gerade aus der Dusche. „Ich wollte nur Bescheid geben, dass ich wieder zurück bin!" Sie will die beiden auch gleich wieder allein lassen.

„Komm ruhig rein!", sagt ihre Mutter. „Wie war´s?"

„Oh, ganz gut! Ach, Mama, er ist so süß!", schwärmt Tanja leise und hofft, dass ihr Vater sie nicht versteht.

„Ist er nicht ein bisschen zu alt?“ Tom legt sein Handtuch weg und zieht sich wieder an.

„Ich will ihn ja nicht heiraten!“, erklärt Tanja.

„Pass bloß auf, diese Italiener wissen nur allzu gut, wie sie ein Mädchen herumkriegen!“, sagt Silvia.

„Oh ja!“, seufzt Tanja.

„Ich glaube, diese Warnung kommt zu spät!“, lacht Tom.

„Was ist? Liebst Du ihn etwa?“ Silvia wird ernst.

„Nein!... Ja!... Ach, ich weiß nicht! Er hat mir total den Kopf verdreht! Glaub mir, ich wollte mich nicht in ihn verlieben!“, gesteht Tanja ihre Gefühle.

„Wir wollen heute Abend ausgehen. Du bleibst doch hier?“, sagt Silvia. „Oder habt ihr euch verabredet?“

„Nein, ich bleibe hier! Allein!“ Tanja senkt den Kopf. „Stephano will morgen mit mir in einen Club gehen?“

„In was für einen Club?“, fragt Tom.

Stephano hat ihr alles per SMS geschrieben: „Es ist so eine Art Disco, draußen am Stadtrand! Stephano hat einen Roller und will mich abholen.“

„Ist es diese Italian Night?“, fragt Tom nach.

„Ja, ich glaube, das hat er geschrieben.“, sagt Tanja.

Tom sieht seine Frau an. „Da wollten wir eventuell auch hingehen!“ Als Silvia ihn anlächelt, fügt er hinzu: „Wenn, dann gehen wir gemeinsam dahin!“

„Und wir fahren auch gemeinsam wieder zurück!“, vervollständigt Silvia.

„Oh, das wäre super!“ Tanja freut sich. „Ich geh wieder runter, ich will noch etwas lesen! Ich wünsche euch viel Spaß!“ Tanja glaubt, so hat es Stephano viel schwerer, sie zu verführen. Tanja verlässt das Zimmer ihrer Eltern und geht runter in ihr Zimmer. Sie setzt sich hin und hat Stephano vor Augen. „Jetzt nicht!“, sagt sie ihm, doch er will ihren Kopf nicht verlassen, also nimmt sich Tanja Georgius Buch und konzentriert sich darauf. Schon ist Stephano verschwunden und Tanja liest da weiter, wo sie aufgehört hat. Es gelingt ihr nicht. Was ist bloß mit ihr los? Sie wollte doch nur ablenken, hat sie sich jetzt tatsächlich in diesen Italiener verliebt? Nein, das darf nicht sein! Sie hat doch einen Freund und außerdem reist sie in zwei Tagen ab. Tanja kann sich nicht konzentrieren, sie geht ins Bett und denkt an Stephano… und an Jonas. Sie weiß, dass sie einen Fehler macht, doch sie will sich ja nicht in ihn verlieben, denn er würde ihr nur das Herz brechen, so wie er es bei Maria gemacht hat. Was ist eigentlich mit Maria? Kommt sie über Ostern nach Hause? Wird sie auch im Club sein? Tanja schläft ein.

Morgens will Tanja Stephano zusagen, doch sie kann ihm nicht schreiben, die Roaminggebühren würden ihr Guthaben sprengen. „Papa, kann ich Stephano eine Nachricht von Deinem Handy schreiben?“

Tom reicht ihr das Handy. „Hast Du schon wieder nichts drauf?“

„Nicht mehr viel, hier ist es doch so teuer!" Tanja tippt: *Hi Stephano, ich komme zum Club! Wir sehen uns dort. Tanja.* Sie legt das Handy auf den Tisch und hofft, dass er mitbekommt, dass es eine andere Nummer ist. Nicht, dass er etwas Anzügliches schreibt und ihr Vater es dann liest.

Nur wenige Augenblicke später spielt das Handy ihres Vaters diese schreckliche Standardmelodie ab. Reflexartig greift er sich sein Telefon und schaut nach. „Ist für Dich!" Er reicht ihr das Telefon mit der Nachricht, die vor Smileys und Herzen nur so wimmelt. Leider kann Tom die SMS nicht lesen, da Stephano auf Italienisch antwortet. „Und, freut er sich?", will Tom von Tanja wissen.

Tanja versteht seine Frage erst nicht, doch dann denkt sie daran, dass ihre Eltern ja kein Italienisch sprechen. „Ja, er schreibt, dass wir uns draußen treffen! Er will mit mir hinten reingehen!"

„Was meint er damit?", will Silvia wissen.

Tanja zuckt mit den Schultern. „Keine Ahnung!" Doch dann denkt sie an Bertone und hat einen Verdacht: „Vielleicht will er den Eintritt sparen!"

„Gehen wir essen? Ich habe Hunger!", sagt Tom.

Auf dem Weg in die Altstadt schaut er sich das Werbeplakat für die Italian Night an. Er merkt sich die Daten. Beginn ist um zehn und auch mit der Anfahrtsbeschreibung kommt er klar. „Was bedeutet diese 16 hier?", fragt er seine Tochter.

Tanja geht zu ihm und schaut auf das Plakat. „Scheiße! Mindestalter 16 Jahre!", liest sie vor.

Silvia lacht. „Das hat Dein Stephano damit gemeint! Er wird Dich wohl irgendwie rein schmuggeln!"

„Und wenn's schief geht?", bangt Tanja.

„Was soll's. Entweder gehen wir alle oder wir fahren wieder zurück!", sagt Silvia.

„Ihr habt also nichts dagegen?" Tanja ist froh, so coole Eltern zu haben.

„Die Hauptsache ist, Du bleibst da und gehst nicht mit ihm woanders hin!", sagt Tom.

„Nein, mach ich nicht! Sowie ich drin bin, melde ich mich bei euch! Versprochen!" Tanja freut sich schon auf Stephano und da ihre Eltern mit dabei sind, wird er sie auch nicht verführen können. „Fahren wir noch an den Strand?", fragt Tanja nach dem Essen.

„Auf jeden Fall, das Wetter ist herrlich!", sagt Tom. Sie fahren zum Strand, legen sich in die Sonne und nach einer Weile sieht Tanja Stephano über den Strand stolzieren. Sie steht auf und will ihm gerade winken, da beobachtet sie, wie er mit den weiblichen Badegästen flirtet. Auch ihre Eltern beobachten die Szenerie. „Schatz, wir müssen nicht dahinfahren!", sagt Tom, als er sieht, wie sich der Blick seiner Tochter verfinstert.

„Hey, ich lass mir doch von ihm nicht den Spaß verderben!", wehrt Tanja ab. Schließlich weiß sie, dass er ein

Casanova ist. „Klar gehe ich mit ihm dahin und ich werde Spaß haben!" Tanja würde sich am liebsten hinsetzen und losheulen, doch stattdessen rennt sie in das kalte Meer und friert ihre Gefühle ein. Sie schwimmt ein wenig und als es ihr nach kurzer Zeit zu kalt wird, verlässt sie das Meer. Wie es der Zufall will, kniet Stephano gerade neben einer sehr attraktiven Frau. Tanja geht recht dicht an ihm vorbei und schmettert ihm ein: „Ciao, Bello!", herüber.

Unsicher dreht sich Stephano um. „Ah, Tanja! Wie geht´s?" Es ist ihm sichtlich unangenehm und die Frau wendet sich von ihm ab. Völlig verunsichert steht er nun da und weiß nicht, ob er zu Tanja gehen soll und sich vor ihren Eltern bei ihr entschuldigen soll oder ob er einfach weiterflirtet. „Wir sehen uns heute Abend?", schmettert er Tanja zu und bleibt bei seiner neuen Eroberung stehen.

Tanja dreht sich nur halbherzig um. „Jaja, bis heute Abend!" Sie ist ihm nicht böse, sie auch nicht verliebt.

„Wau, das war ja cool!", sagt Tom zu seiner Tochter, als sie neben ihm Platz nimmt.

„Findest Du?", fragt Tanja.

„Auf jeden Fall! Ich wäre nicht so cool gewesen! Was hat er eigentlich gesagt?" Silvia hätte ihm eine Szene gemacht.

„Er wollte wissen, ob wir uns heute Abend sehen und ich habe ja gesagt.", erklärt sie ihren Eltern.

„Sie ist halt mein Mädchen!", erklärt Tom stolz.

„Pah, das hat sie von mir!", erwidert Silvia.

„Jaja, ihr seid beide ganz okay!", schlichtet Tanja und macht sich mit ihren Eltern einen netten Nachmittag am Strand. Danach essen sie zu Abend, fahren kurz vor zehn los, um dann ein paar Minuten nach zehn vor der Party Location einzutreffen. „Wir sehen uns dann drinnen!", sagt Tanja zu ihren Eltern und hält schon nach Stephano Ausschau.

„Denke dran, kein Alkohol!", ermahnt Silvia.

„Ja Mama!" Da sieht sie ihn auch schon, als er seinen Roller abstellt. „Ciao, Stephano!", begrüßt ihn Tanja.

„Hallo, Tanja! Bist Du böse mit mir?" Er hofft, sie macht ihm keine Szene vor den anderen.

„Ach was, ich weiß doch, wie Du bist!" Tanja schenkt ihm ein Lächeln, das er nicht so recht deuten kann.

„Komm, ich kenne hier einige Leute!" Stephano geht mit ihr an einen Seiteneingang, vor dem jede Menge leere Getränkekisten stehen. Er klopft an die Tür, erst nach einer Weile und mehrfachem Klopfen öffnet jemand. „Hey, danke Mann!" Es hört sich nicht so an, als ob die beiden befreundet sind.

„Hallo!", grüßt Tanja den Barmann und läuft hinter Stephano hinterher. Sie gehen durch ein Lager und kommen an der Bar heraus.

„Was möchtest Du trinken?", fragt Stephano, als sie sich durch den Barbereich schlängeln.

„Ich will nichts trinken, ich will tanzen!" Tanja zerrt nun Stephano durch den Saal zur Tanzfläche. Sie war lange nicht mehr aus und spürt sofort den Beat in ihrem Körper. Tanja tanzt gerne und sie kann sich gut im Rhythmus der Musik bewegen.

Stephano hat Mühe, mit ihr mitzuhalten, obwohl er auch ein guter Tänzer ist. „Du tanzt gut!", sagt er bewundernd. „Wer war das?", fragt er, als Tanja einem älteren Mann zuwinkt.

„Mein Vater!" Tanja lächelt ihn an und freut sich kurz darüber, wie sie ihn nun verunsichert hat, dann gibt sie sich dem Rhythmus der Musik hin und saugt die geladene Atmosphäre in sich auf.

„Dein Vater ist hier?", fragt Stephano verwundert.

„Ja! Danke, dass Du mich reingebracht hast! Mein Vater hat sich schon Sorgen gemacht, wie ich hier reinkomme!"

„Äh… ja…, kein Ding!" Stephano ist verwirrt. Er weiß nicht, wie er diese Situation einordnen soll. Tanja scheint sich zu amüsieren, doch sie schaut ihn nicht so verliebt an, wie er es gewohnt ist. Nach einer Weile lässt seine Kondition nach. „Ich hole mir einen Becher Wein! Du nimmst doch auch einen?" Den Wein reicht ihm der Barmann so herüber, doch für Cocktails muss er bezahlen, also hofft er, sie gibt sich mit dem billigen Wein zufrieden.

„Danke! Ich will nichts! Außerdem darf ich noch keinen Alkohol trinken!" Tanja tanzt weiter und kaum ist Stephano an der Bar, kommt ein anderer junger Mann auf sie zu.

„Hallo, schönes Mädchen! Du musst nicht allein tanzen!"

Er bewegt sich ganz gut und scheint auch nett zu sein, denkt sich Tanja. „Hi, ich bin Tanja!"

„Welch ein schöner Name! Ich bin Marco! Bist Du aus Rom?" Elegant hält er ihre Taille beim Tanzen.

„Ich mache hier Urlaub!", sagt Tanja, ohne allzu viel zu verraten. „Bist Du allein hier?"

„Nein, ich bin in Begleitung, mit Dir!", sagt er kühn. „Möchtest Du was trinken?"

„Oh nein, ich will nur tanzen. Meine Begleitung hat mich auch schon gefragt." Sie weist auf die Bar, wo sich Stephano gerade seinen Wein holt. Die beiden nicken sich zu. „Du kennst Stephano?"

„Ja, so kann man es nennen!" Marco merkt, dass er im fremden Revier fischt und sagt: „Ich geh kurz an die Bar!"

„Ja, mach nur!" Tanja ist es warm geworden, sie braucht eine Pause. Ihre Eltern haben einen Tisch und so setzt sie sich zu ihnen. „Ist das Cola pur?", fragt sie ihren Vater.

„Ja, nimm ruhig!" Tom schiebt ihr sein Glas zu.

Tanja amüsiert sich, tanzt und flirtet. Stephano lässt sich nur selten bei ihr sehen, Immer wieder sieht Tanja ihn mit anderen Frauen flirten. Was ihr auffällt, ist, dass all diese Frauen schon wesentlich älter als er sind, auch entsprechen sie nicht seinem Beuteschema. Doch Tanja ist viel zu aufgedreht, um sich dadurch den Abend zu verderben.

Silvia und Tom genießen auch den Abend, bis Tom seine Tochter beim Tanzen anspricht: „Komm Schatz, Du bist doch bestimmt auch müde!"

Tanja hat gerade mit einem jungen Mann getanzt, der stets versucht hat, mit ihr zu flirten. Er ist ziemlich überrascht, als dieser ältere Mann sie anspricht und noch mehr überrascht ihn ihre Reaktion darauf. „Ja, ich muss ins Bett! Lass uns gehen!" Sie wendet sich an ihren Kavalier und sagt: „Danke für den Tanz, jetzt will ich schlafen!" Sicherlich hat sich Tanja etwas ungeschickt ausgedrückt, denn der junge Mann denkt nun, sie lässt sich gerade abschleppen und das auch noch, wo er sich so viel Mühe gegeben hat, um diesem Mädchen zu imponieren.

Als Silvia morgens Kaffee kocht, sagt sie voller Stolz zu Tom: „Ich glaube, wir brauchen uns um Tanja keine Sorgen machen. Hast Du gesehen, wie souverän sie gestern Abend mit den vielen Verehrern umgegangen ist?"

„Ja, sie wirkte regelrecht unnahbar! Ich fand es aber auch sehr gut, dass sie nicht mal versucht hat, Alkohol zu trinken!" sagt Tom voller Stolz auf seine Tochter.

„Ich geh sie wecken!" Silvia geht nach unten, klopft kurz an und da es keine Reaktion gibt, geht sie in Tanjas Zimmer. Wie ein Stein schläft ihre Tochter. „Schatz, komm frühstücken!", sanft streichelt sie Tanjas Wange.

Tanja wird aus einem tiefen und erholsamen Schlaf gerissen. „Ist es schon Morgen?" Tanja hofft auf eine Gnadenfrist. „Noch zehn Minuten?"

„Es ist bereits Mittag! Komm, wir müssen auch noch packen, um vier geht unser Flieger!"

Tanja folgt im Nachthemd ihrer Mutter und setzt sich an den Tisch. Sie bekommt nur ein paar Bissen herunter. Erst als der Kaffee seine Wirkung zeigt, wird sie munter. „Was hast Du gesagt? Wir fliegen heute?"

„Ja, Schatz! Der Urlaub war viel zu kurz, aber so ist das immer!" Es tut Silvia leid, ihrer Tochter nur einen viel zu kurzen Urlaub zu gönnen.

Tausend Dinge wuseln durch ihren Kopf. Sie muss all ihre Sachen wieder in den Koffer bekommen und mit drei Jacken in das Flugzeug steigen. Und dann ist da noch dieser Innenhof in dem alten Haus. „Oh Mann, ich hab noch so viel zu erledigen!"

„Geh erst mal duschen, damit Du wach wirst!", sagt Tom. „Ich geh nachher noch mal in die Stadt, ein paar Kleinigkeiten besorgen! Braucht ihr noch was?"

„Ich komm mit! Lass mich noch schnell duschen!" Tanja eilt in ihr Zimmer, duscht sich und als sie danach richtig wach ist, geht sie mit Tom einkaufen. Tanja bleibt an dem alten Haus stehen, sie schaut sich die Tür an, öffnet sie und stellt fest, dass sie wieder in ihrem ursprünglichen Zustand ist. Der Spalt ist so klein, dass gerade mal eine Katze hindurch schlüpfen könnte. „Was ist hier passiert?" Hat sie das alles nur geträumt? Hat es Balthasar nie wirklich gegeben? Nein, schließlich sind da noch das Buch und der Schlüssel, den sie schon seit damals hat.

„Was ist los, Tanja?" Tom sieht, wie sie an der Tür rüttelt. „Vor vier Jahren hast du versucht, das Schloss aufzusperren. Weißt Du noch?"

„Äh ja…, deswegen schaue ich ja…, was daraus geworden ist.", stammelt sie. Ist es denn nun passiert oder war es doch nur ein Traum? Tanja geht weiter und trifft Gina.

„Hey, ich hab gehört, Du warst gestern bei der Italian Night? Marco hat erzählt, Du bist mit einem alten Mann abgezogen?" Gina wartet nun auf eine schmutzige Geschichte. „Los, erzähl schon!"

„Ja, bin ich! Mit dem da!" Tanja zeigt auf ihren Vater, der gerade in einem kleinen Laden verschwindet.

„Hä, ist das nicht Dein Vater?" Nun versteht Gina gar nichts mehr.

„Ja, ich war mit meinen Eltern da. Stephano hat mich rein geschmuggelt!"

„Stephano? Sag nicht, Du bist seine neue Eroberung!"

„Ja, er hat mir ganz schön den Kopf verdreht. Fast hätte ich mich in ihn verliebt!" Tanja denkt an den gutaussehenden Italiener.

„Jaja, so geht's all seinen Eroberungen!" Gina lacht. „Kommst Du heut Abend zum Hafen? Wir hängen da ein bisschen ab!"

„Heute Abend bin ich schon wieder in Deutschland!", sagt Tanja wehmütig. „Wir fliegen nachher zurück!"

„Was willst Du denn in Deutschland? Ach ja, Du bist ja ein Touri!" Gina hielt Tanja eher für eine Freundin, nicht für eine dieser Touristen, die hierherkommen, ihren Spaß haben und dann wieder verschwunden sind.

„Ja, leider! Ich wäre gern noch länger geblieben!"

„Wann kommst Du wieder?", fragt Gina.

„Ich weiß nicht, ich hoffe bald!" Tanja schaut auf das alte Schloss mit der Kette, an der dicken Tür. „Sehr bald, ich habe noch etwas zu erledigen!"

„Ja, verstehe!" Gina denkt an Stephano. „Willst Du Dich an ihm rächen?"

„Wie? An wem soll ich mich rächen?" Tanja ist noch bei dem Haus vom Zauberer.

„Na Stephano! Weil er Dich doch sitzen gelassen hat!"

„Ah! Nein! Den hab ich schon vergessen! Weißt Du, was eigenartig war? Er hat den ganzen Abend über alte Frauen angebaggert, obwohl genug junge Mädchen da waren." Nun denkt Tanja wieder an Stephano.

Gina lacht. „Das ist doch sein Job! Darum kommt er auch umsonst rein!", erklärt Gina.

„Was? Ist er so eine Art Anheizer?", so langsam versteht Tanja, was da gestern ablief.

„Ja, genau! Er soll sie unterhalten und zum Trinken animieren! Was meinst Du, wie locker bei diesen aufgebrezelten Weibern das Geld sitzt!"

„Kommst Du mit zurück?", fragt Tom, der gerade aus dem Laden kommt.

„Ja!" Tanja wendet sich an Gina: „Ciao, bis zum nächsten Mal!" „Papa, was hast Du da alles gekauft?" Sie sieht die große Plastiktüte.

„Eine Überraschung für euch!" Tom lacht, da er weiß, was seine Mädels wirklich brauchen.

„Was ist es?", fragt Tanja voller Neugier.

Tom holt eine einfache, aber große Reisetasche aus der Tüte. „Damit ihr nicht so schwitzen müsst!"

„Ja, Papa, Du weißt, was Frauen wirklich wollen!"

Zurück in Deutschland

„Was ist das für ein Buch?", fragt Silvia, als sie am nächsten Tag die Koffer auspackt, um die Wäsche für die Waschmaschine zu sortieren.

„Och, das hab ich gefunden! Ich muss es unbedingt noch lesen!" Tanja nimmt das Buch und da sie erst noch andere Dinge erledigen will, legt sie es vorerst zur Seite. Sie will sich viel Zeit nehmen, um es zu lesen, damit sie es auch versteht. Nach den Osterferien stehen die Vorbereitungen zu den Prüfungen an. Tanja hat keine Zeit, sich in Ruhe das Buch durchzulesen. Es bleibt im Schrank und wandert immer weiter nach unten. Auch die Erinnerung an dieses besondere Erlebnis verblasst immer mehr. Tanja macht ihr Abitur und ist viel mit Lernen beschäftigt. Erst in den Sommerferien, als sie zwei Wochen mit Jonas, seinem Moped und einem Zelt an die Ostsee fährt, findet sie endlich die Ruhe, um über diese Unterwelt nachzudenken. Sie liegt neben Jonas am Strand, während er unvermittelt fragt: „Was ist eigentlich mit Dir los? Du bist heute so still und baden warst Du auch noch nicht."

„Ja, weißt Du, ich denke gerade über etwas nach, was mir in Italien passiert ist!" Tanja hatte gerade den kleinen Balthasar vor Augen.

„Was ist Dir da passiert?" Er hat geahnt, dass sie ihm nicht treu war, denn sie hat sich seitdem verändert.

„Okay, ich hatte... naja, so eine Art Tagtraum. Ich bin eingeschlafen und war in dieser Zeit in einer anderen Welt gewesen." Sie schaut ihn an. „Ich weiß, das klingt jetzt komisch, aber ich habe das tatsächlich so erlebt."

„Du hast geträumt, das macht doch jeder!", sagt Jonas.

„Nein, Du verstehst nicht! Es war kein normaler Traum. Ich war in einer anderen Welt und habe da mit einem dieser Bewohner geredet. Das Verrückteste daran war, ich war nur ein paar Minuten dort und in dieser Zeit sind mehr als acht Stunden vergangen!" Tanja hofft, dass sie endlich mit jemandem darüber reden kann.

Jonas versucht zu verstehen, was sie ihm erzählen will. „Du hast also acht Stunden geschlafen. Ist das am Tag oder in der Nacht passiert?"

„Es war am Tag und ich habe dann die Nacht tief und fest geschlafen! Dieser Tagtraum war keine Erholung." Tanja erzählt ihm die ganze Geschichte.

„Das ist schon eigenartig. Man möchte meinen, nach acht Stunden Schlaf solltest Du ausgeruht sein! Ist Dir das nochmal passiert?"

„Ja! Das war vier Jahre vorher an derselben Stelle! Und damals hatte mir Balthasar einen Schlüssel mitgegeben!"

„Wer ist Balthasar?", will Jonas wissen.

„Na, Balthasar habe ich in der anderen Welt getroffen." Tanja merkt, Jonas hört ihr nicht richtig zu. „Wir haben uns unterhalten und dann wollte ich wissen, wo dieser Schlüssel reinpasst und genau in diesem Moment hat mich Gina geweckt!"

„Wer ist denn nun wieder Gina?“ Jonas sieht nicht mehr durch. So lange war sie doch nicht weg.

„Gina ist eine Freundin. Ich habe sie damals bei unserem ersten Besuch kennen gelernt und sie hat mir auch dieses Haus gezeigt!“, erklärt Tanja.

„Welches Haus denn nun wieder?“

„Na das Haus, in dem dieses Portal ist!“

„Was denn jetzt nun wieder für ein Portal?“

„Ach, Jonas, Du hörst mir ja gar nicht zu!“

„Es ist schon schwierig, Deiner Geschichte zu folgen!“

„Ich glaube, wir sollten das Thema wechseln. Wenn Du nicht bereit bist, mir zu folgen, dann lassen wir es einfach!“, resigniert Tanja.

„Ach was, erst erzählst Du mir eine völlig wirre Geschichte und dann sagst Du, ich bin nicht bereit, Dir zu folgen. Diesem Wirrwarr kann man einfach nicht folgen.“ Jonas zügelt sich. „Du hast recht, wechseln wir das Thema!“ Nun versteht er langsam, was die Alten meinen, wenn sie von den Gedanken der Frauen reden.

„Ich geh baden, kommst Du mit?“ Tanja hat genug.

„Okay!“ Jonas steht auf und geht mit Tanja baden.

Tanja redet nie wieder mit Jonas über ihre Erfahrungen in der anderen Welt. Erst als Tanja wieder zuhause ist, nimmt sie sich die Zeit, um das handgeschriebene Buch von Georgius weiterzulesen. Nachdem Georgius nun endlich das

Haus erwerben konnte, zog er dort ein. Er bereitete sich auf einen längeren Aufenthalt in der anderen Welt vor. Er ging nur sehr selten raus, verkleidete sich oftmals und versuchte so, als ein sehr zurückgezogen lebender Ausländer zu wirken. Wahrscheinlich würde ihn so auch keiner vermissen, wenn er für ein paar Tage nicht zu sehen ist. Georgius plante etwa zehn bis fünfzehn Tage ein. Er hat vorher gut gegessen, damit er entsprechende Reserven hat. Er hat sich auch einen Krug mit Wasser auf einen Schrank gestellt. Tanja schaut sich die Zeichnung dazu an. Der Krug hatte einen dünnen Schlauch dran, den er sich in den Mund stecken wollte. So tropfte stets etwas Wasser in seinen Mund, damit er nicht verdurstet. Tanja macht sich so ihre Gedanken. Sie will unbedingt noch ein drittes Mal zu Balthasar reisen. Doch auch sie will sich dieses Mal richtig darauf vorbereiten. Mit viel Spannung liest sie weiter, denn sie will wissen, wie lange er bei seinem zweiten Mal in der anderen Welt war. Georgius hat sich gründlich vorbereitet. Er hat sich einen dicken Bauch angegessen, um genug Energie für seine Reise zu haben. Er hat einen Versuch unternommen. Eine Nacht lang hat er sich in sein Badezimmer gesetzt und den Wasserschlauch in den Mund genommen. So ist er dann auch eingeschlafen. Am Morgen tropfte immer noch Wasser aus dem Schlauch, aber sein Hemd war trocken. Daraus schloss er, dass er das Wasser getrunken hat. Er hat sich weder verschluckt noch ist ihm das Wasser aus dem Mund geflossen. ‚Ich musste pissen, wie ich noch nie in meinem Leben gepisst habe‘, schrieb er.

Tanja liest aufgeregt weiter. Seine Handschrift ist sehr verschnörkelt und so muss sie manche Stelle öfter lesen, um die Worte zu entschlüsseln. Sie erfährt, dass er sich unbekleidet in den Korbstuhl setzen will, damit sein Urin einfach abfließen und im Pflaster des kleinen Innenhofes versickern kann. Tanja erkennt die Gefahr, eines solchen Experiments. Sie könnte sich verschlucken und sterben. Sie könnte aber auch in ihrer eigenen Scheiße sitzen, denn darüber, dass er auch seinen Kot ausscheidet, hat er nichts berichtet. Hat er daran nicht gedacht, oder hat er es schlichtweg verdrängt? Tanja bräuchte jemanden, der sie dabei begleitet. Der auf ihren Körper aufpasst und sie im Notfall oder nach einer festgelegten Zeit wieder zurückholt. Nachdem Georgius nun explizit seine Vorbereitungen geschildert hat, kann Tanja kaum noch das Ergebnis seiner Reise erwarten. Sie liest, wie er sich am 5. April 1968 auf die Reise begibt. Tanja blättert voller Spannung um, doch ab da ist das Buch leer. Nicht ein einziger Eintrag! Nur leere, weiße Blätter. Was ist passiert? Hat er es geschafft? Ist er nie wieder zurückgekommen? Warum hat er nicht aufgeschrieben, was passiert ist, als er zurückkam? Tanja muss unbedingt mehr, über diesen Georgius erfahren. Wenn er es nicht geschafft hat, macht es auch für sie keinen Sinn, es zu versuchen. Welchen Fehler hat er gemacht? Kann Tanja diesen Fehler umgehen? Tanja wird vom Alltag eingeholt. Irgendwann unternimmt sie noch einen Versuch, mit Jonas zu reden. Es war nach einem Film, den sie sich gemeinsam angesehen haben. „Glaubst Du, es gibt noch andere Wesen da draußen?"

„Ja, bestimmt beobachten sie uns. Vielleicht studieren sie uns auch, so wie in dem Film.", sagt Jonas auf dem Rückweg vom Kino.

„Genau so etwas habe ich erlebt!" Tanja glaubt, er ist nun bereit, ihr zu glauben.

„Ja, echt krass, der Film!", pflichtet er ihr bei.

„Nein Jonas, ich war wirklich in einer anderen Welt!"

„Das liegt an den ganzen 3D-Effekten. Du glaubst, dass Du wirklich dabei bist!" Jonas hält Tanja, um ihr zu zeigen, dass sie wieder in der Realität ist.

„Du glaubst mir nicht.", resigniert Tanja.

„Doch Schatz, ich glaube Dir! So ein Abenteuer kann einen schon heftig mitnehmen, vor allem wenn es in 3D ist." Jonas ist schon beeindruckt über diesen Film, doch weiß er, wo die Grenzen zur realen Welt sind. Für Tanja ist es wohl nicht so einfach, die Grenze zwischen Fiktion und Realität zu erkennen.

„Ich glaube, ich habe mich zu sehr in diesen Film hineingesteigert." Tanja gibt auf, sie erkennt, dass sie mit Jonas darüber nicht reden kann. „Entschuldige, dass ich mit Dir darüber reden wollte.

„Ist doch kein Problem!", sagt Jonas großzügig.

Tanja löst sich aus seiner Umarmung. Als sie an einer Fußgängerampel warten müssen, legt Jonas auch gleich wieder seinen Arm um Tanjas Taille, doch Tanja entfernt seine Hand wieder. „Lass nur, ich kann alleine gehen! Ich bin ja kein kleines Kind mehr." An der nächsten Kreuzung biegt sie ab. Jonas folgt ihr selbstverständlich, obwohl er eigentlich in die andere Richtung muss. „Keine Angst, ich finde schon nach Hause!", beruhigt ihn Tanja.

„Aber ich dachte, wir lassen den Abend noch gemütlich ausklingen." Jonas wollte eigentlich auch die Nacht mit ihr verbringen.

„Du hast doch ein gemütliches Zimmer!", spielt Tanja die Naive. Ihre Eltern haben nichts dagegen, wenn jemand bei ihr übernachtet. Jonas Mutter ist da anders.

„Ja, schon, aber ich wollte bei Dir sein.", gesteht Jonas.

„Lass mal, ich muss diesen Film erst verarbeiten. Du würdest mich nur ablenken." Tanja grinst ihn frech an und lässt ihn stehen. Als sie wieder zuhause ist, denkt sie lange über Jonas nach. Sie glaubt, er ist wohl nicht wirklich so verständnisvoll, wie er sich immer gibt, doch gibt sie ihm noch eine Chance. Eine Woche später sind sie bei einem seiner Freunde und feiern seinen achtzehnten Geburtstag. Jonas ist etwas distanzierter als sonst, er hat wohl ihre Abweisung noch nicht so verarbeitet. Während Tanja sehr vorsichtig mit dem Alkohol umgeht, schlägt er kräftig zu.

Der Film über die entfernte Welt, ist bei den jungen Leuten das Gesprächsthema schlechthin und so reden sie auch an diesem Abend über diesen Film. „Stellt euch vor, Tanja glaubte sogar, dass sie selbst bei den Außerirdischen war." Jonas kann sich vor Lachen kaum einkriegen.

„Ist das wahr?", fragt ein Mädchen.

„Ach was, er übertreibt mal wieder!", relativiert Tanja.

„Du hast mir wieder diese Geschichte von diesen kleinen Männern erzählen wollen!", prahlt Jonas. „Wisst ihr, sie hat mir erzählt, dass sie durch ein Portal gegangen ist und mit Außerirdischen gesprochen hat." Es folgt ein Lachanfall. „Und dann ist sie aufgewacht!" Jonas steht mal wieder im Mittelpunkt.

Alle schauen nun mitleidig auf Tanja. Am liebsten würde sie im Boden versinken, sodass sie keiner mehr sehen kann, doch Tanja geht zu Jonas und sagt: „Du Arschloch, fühlst Du Dich jetzt besser?" Sie schüttet ihr Glas in sein Gesicht, doch leider ist nicht mehr viel von der Schorle darin. „Amüsiere Dich noch schön!" Tanja geht zum Flur, nimmt ihre Jacke und geht.

„Ach Tanja, hab Dich doch nicht so!" Jonas steht immer noch im Mittelpunkt, aber Tanja reagiert nicht mehr auf ihn. Nach und nach wenden sich auch die anderen Mädchen von ihm ab. Nicht aus Mitleid mit Tanja, nein, sie wollen ihre Jungs warnen, nicht so mit ihnen umzugehen.

Noch am selben Abend blockiert Tanja seine Nummer. Sie redet kein Wort mehr mit Jonas. Doch er hat es nach dieser Aktion nun wesentlich schwerer eine neue Freundin zu finden. Tanja schließt die Schule recht gut ab und ohne große Pause geht es für sie direkt an die Uni. Sie hat sich für BWL entschieden, da es ihr so manchen Weg offenhält. Ihr großer Vorteil ist, dass ihre Uni in der Nähe liegt, sie bleibt also bei ihren Eltern wohnen. Tanja sieht nach zwei Wochen an der Uni das erste Mal diesen süßen Jungen. Sie verliebt sich auf den ersten Blick in ihn, obwohl sie weiß, dass er mit Sicherheit nicht der Richtige für sie ist. Er sieht aus, wie ein waschechter Italiener, obwohl er keiner ist. Nicht mal seine Eltern sind italienischen Ursprungs. Erst nach einem halben Jahr spricht sie ihn an und das auch nur, weil ihre Freundin sie an ihn heran schubst. „Oh, äh entschuldige!", sagt sie schüchtern zu ihm und saut ihn dabei tief in die Augen.

„Hey, ist doch kein Ding!" Er schaut sich Tanja genauer an. Sie ist ausgesprochen hübsch und hat so ein unschuldiges Lächeln. „Bist Du neu hier?" Sie ist ihm bis jetzt noch nicht aufgefallen.

„Zweites Semester!", antwortet sie schüchtern.

„Hi, ich bin Roland! Wollen wir was trinken?"

„Oh ja gerne… äh… ich bin Tanja.", stammelt sie schüchtern. Sie gehen in die Mensa und Roland holt zwei Cappuccino. Die beiden unterhalten sich und so werden sie ein Paar. Roland wohnt in einer Studenten WG, wo sie sich auch meistens treffen, denn Tom mag ihn nicht, was er Roland auch spüren lässt, wenn er Tanja besucht. Doch Tanja mag ihn, sie kann sich durchaus vorstellen, mit ihm zusammen eine Familie zu gründen, doch darüber will sie erst entscheiden, wenn sie mit dem Studium fertig ist. Roland beendet nach gut einem Jahr sein Studium und bekommt eine sehr begehrte Anstellung an einem archäologischen Institut. Von seinem guten Gehalt kann er sich eine schicke Wohnung leisten und Tanja ist ihm bei der Inneneinrichtung behilflich.

Als er für seine Freunde eine Einweihungsparty geben will, fragt er Tanja: „Willst Du nicht mit einziehen? Die Wohnung ist groß genug für uns beide!"

Tanja dachte erst, er will ihr auch einen Antrag machen, doch so weit geht er nicht. „Warum nicht?", ist alles, was sie sagt. Sie macht sich Gedanken darüber, ob sie ihn heiraten würde, wenn er sie fragt. Tanja kommt zu dem Schluss, dass sie erst ihr Studium beenden will. Als sie ihre Sachen sortiert und die Kisten auspackt, fällt ihr dieses Buch von Georgius wieder in die Hände. Was soll sie nur damit machen? Tanja studiert noch. Sie hat nicht viel Zeit für Recherchen, doch sie will endlich wissen, was es mit diesem Innenhof auf sich hat. „Schau mal, was hältst Du davon?" Sie gibt Roland das Buch.

„Ist das Handgeschrieben?" Er blättert es kurz durch. „Worum geht es darin?"

„Lese es Dir durch und dann sag mir, was Du davon hältst!", sagt Tanja, ohne weiter auf den Inhalt dieses Buches einzugehen.

Roland legt es erst mal beiseite, doch da Tanja mit Einräumen beschäftigt ist, packt ihn die Neugier und er liest es sich durch. „Was für ein Spinner! Es hat ja nicht mal ein richtiges Ende!", sagt Roland, als er ihr das Buch zurückgeben will.

„Hältst Du so etwas für möglich?" Tanja muss wissen, wie er drüber denkt.

„Naja, es gibt da so einige, die an diese Parallelwelten glauben und auch nach Portalen dahin suchen. Aber gefunden wurde wohl noch nichts!", sagt Roland.

„Aber was ist, wenn es in dieser anderen Welt so schön ist, dass keiner mehr zurückwill? Wie sollten wir dann jemals davon erfahren?", überlegt Tanja laut.

Roland lässt Tanjas Worte wirken. „Das ist ein gutes Argument, aber ich glaube nicht, dass ein Wissenschaftler nicht zurückkommen würde und über seine Erkenntnisse berichten würde! Woher hast Du eigentlich dieses Buch?"

Tanja erzählt ihm von ihrem Urlaub vor fünf Jahren, als sie fünfzehn war. „Ich war in diesem Haus! Da habe ich auch dieses Buch gefunden!"

„Ach was. Bist Du Dir sicher, dass es dasselbe Haus war?" Roland ist skeptisch.

„Ja, er hat alles genauso beschrieben, wie es dort war. Nur mit dem Unterschied, dass das Haus schon ziemlich verfallen war, als ich sie besucht habe.", erklärt ihm Tanja.

„Was? Wen hast Du da besucht? Ich denke, das Haus war leer?" Roland kann ihr nicht so recht folgen.

„Sie leben nicht in dem Haus, sondern das Haus ist ein Portal, in ihre Welt.", sagt Tanja genervt, doch sie muss schon zugeben, dass es für andere schwierig ist, eine solche Geschichte zu glauben. Sie muss nachsichtig sein.

Roland ist recht aufgeschlossen, er hat auch schon viel von Telepathie und mentalen Reisen gelesen, doch hat er sich bisher noch nie wirklich damit befasst. „Ein Portal? Wie muss ich mir das vorstellen? Ist das ein spiritueller Ort, an dem Du mit ihren Geistern in Kontakt trittst?“

„Es ist so, wie er es in diesem Buch beschrieben hat! Ich habe mich in den Innenhof gelegt und muss dort auch gleich eingeschlafen sein. Ich war für etwa zwanzig Minuten in dieser anderen Welt, habe mit Balthasar gesprochen und als er mir erklären wollte, wofür der Schlüssel ist, hat mich eine Freundin geweckt!“, berichtet Tanja und wartet nun auf seine Reaktion.

„Freundin? Ich denke Du warst allein da drin?“, wundert sich Roland.

Tanja holt etwas weiter aus: „In unserer Welt sind inzwischen über acht Stunden vergangen und meine Eltern haben schon nach mir gesucht! Gina wusste, dass ich in die Ruine wollte und hat mich dann dort gefunden!“ Tanja erzählt Roland alles, was sie erlebt hat, sie erzählt ihm auch von ihrem ersten Besuch, als sie elf Jahre alt war und dass sie danach einen Schlüssel in der Hand hielt. Tanja geht an ihr kleines Schmuckkästchen und holt einen alten Schlüssel hervor. „Das ist er!“ Sie gibt ihm den Schlüssel.

Roland nimmt den Schlüssel in die Hand. Es ist ein einfacher alter Schlüssel ohne jeglichen Schnickschnack. „Das ist interessant! Bist Du dann nochmal mit ihnen in Kontakt getreten?

„Nein! Ich wollte immer wieder dorthin zurück, doch es ist immer etwas dazwischengekommen." Tanja muss nochmal dahin, doch wann soll sie das machen?

Roland ist begeistert von ihrer Geschichte. Er vergisst immer gleich, was er geträumt hat. Es müssen wohl ganz besondere Träume sein. Roland ist kein spiritueller Mensch, doch er findet es interessant, daran zu forschen. Er will auf jeden Fall herauskriegen, wer dieser Georgius ist. „Kann ich das Buch mit ins Institut nehmen?"

„Du willst aber nicht ohne mich daran forschen?" Tanja ist froh, dass er sie nicht auslacht, wie all die anderen. Endlich hat sie jemanden gefunden, mit dem sie darüber reden kann. Noch schöner ist, dass es ihr Freund ist.

„Komm doch nach der Uni vorbei!", schlägt Roland vor. „Wir können uns dann dieser Geschichte gemeinsam annehmen." Zurzeit ist eh nicht viel los im Institut.

In den nächsten Tagen und Wochen besucht Tanja ihren Freund so oft sie kann und gemeinsam bekommen sie so einiges über Georgius heraus. Unterstützung bekommen sie aus Neapel. Das dortige Institut erforscht hauptsächlich die alte Stadt Pompeji und unterhält sehr gute Beziehungen zum deutschen Institut. Mit ihrer Hilfe kommen sie auch an die Daten aus dem Stadtarchiv von Monopoli. Bei solchen länderübergreifenden Forschungen sind schon die interessantesten Dinge zu Tage gefördert worden und so ist man immer bemüht, anderen Instituten zu helfen, vor allem weil auch in der Öffentlichkeit darüber berichtet wird. Ihre Forschung schlägt einige Wellen, so kann ein ungelöster Kriminalfall aus dem Jahre 1952 nun endlich abgeschlossen und zu den Akten gelegt werden. Tanja erfährt, dass der Zauberer Georgius eigentlich Rolf Hofreiter heißt, der 1952 aus der BRD geflüchtet ist, nachdem man ihm einen Mord anhängen wollte. Er war in München in der Nachkriegszeit als Unterhaltungskünstler unterwegs. Sein Vater musste im Krieg als Kanonenfutter herhalten und seine Mutter konnte ihn dann vor einer Einberufung bewahren, jedoch hat sie die Befreiung nicht überlebt. Nach dem Krieg verzauberte dann der damals Sechsundzwanzigjährige die Menschen auf den Marktplätzen und durfte sogar in Varietés auftreten. Als er bei einem Kunststück einen Mann aus dem Publikum verschwinden ließ, wurde dieser hinter der Bühne erdrosselt aufgefunden. Die Polizei beschuldigte Hofreiter des Mordes, weil er ihm seinen Anteil vorenthalten wollte. Doch Rolf Hofreiter sagte aus, der Mann habe sich in den Seilen der Falltür verheddert, weil er betrunken war. Als sie ihm keinen Glauben schenkten, nahm er Reißaus und wurde nie wieder gesehen. Die Polizei hatte den Fall schnell gelöst, doch nun konnte er nicht abgeschlossen werden. Hofreiter besorgte sich gefälschte italienische Papiere und tingelte dann als Giovanni Terone, alias Georgius der Magier, in den Urlaubsorten an der Adria. Er verzauberte die meist deutschen Urlauber mit seinen Kunststücken. Wie in seinem Buch beschrieben, kaufte er sich ein Haus im süditalienischen Monopoli. Entgegen seinem Auftreten als Zauberkünstler lebte er dort völlig abgesondert, bis man ihn am 22. August 1972 in seinem Haus fand. Es wird angenommen, dass seine Leiche schon über ein Jahr in einem Korbstuhl gelegen ist und dort zur Unkenntlichkeit verweste. Nur sein Skelett, Haare und eigenartigerweise keinerlei Kleidung, bis auf ein paar Sandalen, blieben von ihm übrig. Da seine Papiere gefälscht waren, konnte sein Haus nicht verkauft werden, weil es noch Erben von ihm geben könnte. So gerieten sein Fall und auch sein Haus in Vergessenheit. Keiner scherte sich um das Haus. Erst wenn es einstürzt, kann die Gemeinde es verkaufen, doch diese massiven, alten Gebäude stürzen nicht einfach so ein, schließlich gibt es sie schon seit vielen Generationen. „Darum haben sie also sein Haus verfallen lassen!", bemerkt Tanja, als sie die letzten Puzzleteile zusammenführen. „Er ist also dort geblieben!"

„Du glaubst doch nicht wirklich, dass er in einer anderen Dimension ist und dort weiterlebt?", sagt Roland.

„Wieso denn nicht? Es deutet doch alles genau darauf hin!", widerspricht Tanja.

„Er war ein Zauberkünstler! Sicherlich sollte das alles ein Trick werden! Vielleicht wollte er ja irgend so ein Riesending abziehen! Vielleicht wollte er auch nur sein Haus mit einem Riesengewinn verkaufen, weil sich doch darin ein Portal in eine andere Welt verbirgt. Nein, ich glaube nicht daran! Wer weiß, ob es wirklich seine Leiche war."

„Aber ich habe es selbst zweimal erlebt!", protestiert Tanja. Er hat doch jetzt die Beweise, warum also die Zweifel?

„Du wirst das alles nur in seine Geschichte hineinprojiziert haben!", wiegelt Roland ab.

„Aber Roland, ich habe es erlebt, bevor ich sein Buch gelesen habe!" Tanja kann seine Skepsis nicht verstehen.

„Du warst ein Kind! Da geht die Fantasie schon mal mit einem durch!", kontert er. „Ich habe mir einen Eimer auf den Kopf gesetzt und war ein Astronaut!"

„Ein Kind? Roland, ich war fünfzehn, als ich zum zweiten Mal durch das Portal gegangen bin."

„Du glaubst wirklich daran? Tanja, das Ganze kann einfach nicht möglich sein! Ich meine, Du bist auf einen gepflasterten Innenhof eingeschlafen! Wenn es eine technische Apparatur wäre oder ein Computer, aber es soll der Innenhof einer verfallenen Ruine sein?"

„Ich verstehe!" Tanja hat gehofft, dass er sie bei einer dritten Reise begleiten würde, auf ihren Körper aufpassen würde, während sie sich mit Balthasar trifft. „Dann gib mir mein Buch wieder!"

„Eigentlich ist es nun das Eigentum des Instituts." Da jeder diese Story für ein Hirngespinst hält, hat das Institut kein Interesse daran. „Hier ist es! Leg es weit weg!"

„Danke!" Tanja hält sich das Buch vor die Brust und flüstert: „Ich komme wieder!", dann legt sie es in ihr Nachtschränkchen. Tanjas Liebe zu Roland hat einen tiefen Riss bekommen. Die beiden haben schon oft über ihre gemeinsame Zukunft geredet und auch darüber, eine Familie zu gründen. Tanja hofft nun, dass er nicht um ihre Hand anhält, bevor sie ihr Studium beendet.

Die Wochen vergehen und denkt Tanja nur noch selten an Italien. Sie konzentriert sich auf ihr Studium und arbeitet nebenbei als Kellnerin in einem Café in der Innenstadt. Das üppige Trinkgeld spart sie sich und einen Teil ihres Lohnes steuert sie zum Haushalt bei. Obwohl Roland sehr gut verdient, will sie sich nicht von ihm abhängig fühlen. Tanja macht nebenher den Führerschein und schließt auch bald ihr Studium ab. Ihr Vater ist so stolz auf seine Tochter, dass er ihr einen Kleinwagen schenken will. „Papa, ich will mir einen Camper kaufen! Wenn Du willst, kannst Du mir was dazugeben!"

„Was wollt ihr denn mit einem Camper?" fragt Tom.

„Roland weiß nichts davon! Ich will ihn für mich!", sagt Tanja und schaut dabei ihren Vater an.

Nach einigen Tagen ruft Tom bei Tanja an: „Du hör mal, in meiner Firma verkaufen sie so einen VW-Bus. Den könntest Du dir doch selbst ausbauen!"

Tanja ist überrascht. „Was soll er denn kosten? Oh Mann, ich habe doch keine Ahnung, wie man sowas macht!"

„Ach was, das packen wir schon! Ich helfe Dir dabei!", erklärt Tom freudestrahlend.

„Und was soll der nun kosten?", wiederholt Tanja. Sie hat sich schon einige Ausbauvideos angesehen, doch allein traut sie sich das nicht zu. Roland will sie da raushalten.

„Schatz, der steht hier schon vor meiner Garage! Komm am Wochenende vorbei und schau ihn Dir an!"

„Ach, Papa!" Tanja rinnen die Tränen aus ihren hübschen Augen, als sie das Gespräch beendet und auflegt.

„Was ist denn los?" Roland sieht ihre Tränen und wundert sich, weil sie sich dabei freut.

„Mein Papa hat mir einen VW-Bus gekauft!", erklärt sie ihm freudestrahlend.

„Was soll das denn? Was willst Du mit einem VW-Bus? Ein Kleinwagen hätte es doch auch getan.", sagt Roland.

„Wir wollen ihn zusammen zum Camper ausbauen!", erklärt Tanja.

„Was heißt wir? Schatz, ich habe für sowas keine Zeit!"

„Ach Roland, ich mach das mit meinem Vater zusammen! Du hast doch von sowas auch keine Ahnung!"

Wie jeder Mann hört das Roland nicht so gern. „Warum mieten wir uns nicht einfach ein vernünftiges Wohnmobil, wenn Du unbedingt damit verreisen willst?" Roland versteht seine Tanja nicht mehr.

Tanja atmet tief durch. „Ich will mir eine Auszeit nehmen und damit durch Europa reisen!" Sie redet nun zum ersten Mal mit Roland über ihre Pläne.

„Meinst Du wirklich, dass wir mit so einem VW-Bus in den Urlaub fahren sollten?" Roland verabscheut Camping.

„Roland, ich werde diese Reise ganz allein machen!"

„Bist Du denn verrückt? Buch Dir eine anständige Pauschalreise in einem Esoterik Resort oder was weiß ich wo, aber Du kannst doch nicht allein durch die Gegend ziehen?“ Was ist nur mit ihr los?

„Roland, ich habe mir das gut überlegt! Ich muss mich selbst finden…“

„Oh Gott! Soll das also so ein Selbstfindungstrip werden? Tanja ich will mit Dir eine Familie gründen! Jetzt, wo Du mit dem Studium fertig bist, sollten wir an unserer Zukunft arbeiten, heiraten und Kinder großziehen!“

„Roland, ich will auch eine Familie gründen, doch ich weiß nicht, ob ich das jetzt will und ob ich es mit Dir will!“ Nun ist es raus!

„Ach so ist das? Du gehst auf einen Selbstfindungstrip, vögelst Dich durch Europa und wenn Dir das Geld ausgeht, kommst Du einfach zurück?“ Roland braucht eine Weile, um damit klarzukommen und Tanja reagiert erst gar nicht auf diese Unverschämtheit.

Tanja zieht kurzerhand bei ihren Eltern ein, um den VW-Bus mit ihrem Vater auszubauen, nicht aber, weil sie die Beziehung zu Roland beenden will. Tanja mag ihn, sie weiß nur nicht, ob er auch der Familienvater sein kann, den sie sich wünscht. Schon nach drei Wochen ist ihr kleines Wohnmobil fertig und sie sagt zu Roland; „Schatz, ich mag Dich! Ich muss mir nur selbst darüber im Klaren sein, was ich will. Dafür mache ich diesen Trip, nicht um einen anderen zu finden!“ Damit verabschiedet sich Tanja.

Sie hat Tränen in den Augen, die auch Roland sieht, doch kann er sie nicht so recht deuten. Er hat sich mit ihrer Urlaubstour abgefunden. „Gute Fahrt! Sei vorsichtig und melde Dich mal!" Roland denkt, dass sie in zwei oder drei Wochen zurück ist. „Schönen Urlaub! Ich liebe Dich!"

Tanja klopft ihm auf die Schulter. „Danke! Mach's gut!" Sie steigt in ihren Camper und fährt los. Absichtlich blickt sie nicht zurück, denn ab jetzt will sie nur noch nach vorn schauen.

Der Roadtrip

Tanja fährt direkt zur Autobahn, doch welche Zufahrt soll sie nehmen? Sie hat keinen Plan. Da es fast Herbst ist, entscheidet sie sich für die zweite Auffahrt, die nach Süden führt. Tanja reiht sich in den Verkehr ein, schaltet in den sechsten Gang und lässt den Transporter dahin rollen. Erst jetzt hat sie plötzlich dieses Gefühl, dass sie nicht so recht deuten kann. Sie fühlt sich befreit, vor ihr liegt nun eine Reise ins Ungewisse, doch eins weiß sie, die Reise wird in Monopoli enden. Nur noch die Straße liegt vor ihr und so rollt sie einfach nur dahin. Sie weiß immer noch nicht, wohin sie eigentlich fährt. Nach gut zwei Stunden steuert sie einen Rastplatz an, vertritt sich etwas die Beine, reckt sich nach der ermüdenden Fahrt und besucht die Toilette. Bevor sie dann weiterfährt, sucht sie nach einem geeigneten Übernachtungsplatz. Ihre App bietet ihr einige Plätze entlang der Autobahn an. Tanja studiert die Kommentare und entscheidet sich für einen, der etwas weiter abseits liegt. Nach einer knappen Stunde Fahrt ist sie angekommen. Neben ihr ist noch ein weiteres Wohnmobil auf diesen Platz aufmerksam geworden. „Guten Abend!", sagt sie zu dem älteren Pärchen, als sie aussteigt.

„Oh, auch Ihnen einen guten Abend, junge Frau!", grüßt der Mann übertrieben freundlich zurück, während seine Frau sich skeptisch zurückhält.

Tanja ist sich noch unsicher, schließlich ist es ihre erste Nacht in ihrem VW-Bus. „Darf man hier übernachten?", fragt sie den freundlichen Mann, der sie lächelnd mustert.

„Hier ist das kein Problem! Machen Sie es sich ruhig bequem hier!", sagt der Mann mit seinem grauen Bart und den wenigen Haaren auf dem Kopf. „Sie haben den wohl noch nicht so lange!" Er weist auf ihren Camper.

„Nein! Ich bin das erste Mal damit unterwegs. Es ist meine erste Nacht!", sagt Tanja unsicher.

„Die nächste, die uns die Plätze kaputt macht!", ist seine Frau hinter dem Wohnmobil zu hören.

Tanja erschrickt etwas, doch der Alte flüstert: „Hören Sie einfach nicht hin!" Er wird leiser und fährt fort: „Ich mach es auch nicht mehr!" Er kommt weiter auf Tanja zu. „Ich bin Werner und der Drachen da hinten ist Gerda, meine Frau!"

„Hi, ich bin Tanja! Sie campen wohl schon länger?"

„Vor über vierzig Jahren, haben wir uns auch einen Bulli gekauft! Damals war alles noch anders! Es gab keine Stellplätze, man konnte fast überall stehen! Es war irgendwie schöner, zwar nicht so komfortabel, aber man war freier!", erklärt Werner.

„Oh ja, das kann ich mir vorstellen!", sagt Tanja.

Werner denkt oft an seine Anfänge. „Bist Du auf der Durchreise oder ist es nur ein Wochenendtrip?"

„Ich will nach… naja… in den Süden. Ein konkretes Ziel habe ich noch gar nicht! Mal sehen, wo es mich hintreibt!", sagt Tanja.

„Ich wollte das auch immer! Überwintern im Süden. Ja, das war auch mal mein Traum!", schwärmt Werner.

Tanja wundert sich, er ist schließlich Rentner. „Warum machen Sie es nicht einfach?"

„Sag doch Werner, schließlich haben wir dasselbe Hobby!" Er lächelt Tanja an und erzählt dann weiter: „Als wir noch jung waren, ging das nicht, wegen der Arbeit und jetzt, wo wir es könnten, machen uns die Ärzte einen Strich durch die Rechnung! Mal hat Gerda einen Termin, mal muss ich zu irgendeiner Untersuchung, immer ist irgendwas!"

„Bist Du denn sehr krank? Du siehst eigentlich recht gesund aus!" Tanja will auch mal ein Kompliment machen.

„Krank? Nein, eigentlich nicht, das Übliche halt!" Jetzt kommt es ihm auch eigenartig vor, dass er seine Arzttermine vorschiebt. „Naja, irgendwas ist ja immer! Du machst das schon richtig!"

„Ich muss mich entscheiden, was ich wirklich will!" Tanja hat noch einen anderen Grund für diese Reise. „Und ich habe noch etwas in Italien zu erledigen!"

„Oh, Italien! Im Herbst soll es dort ja sehr schön sein. Im Sommer ist es uns zu warm dort. Früher konnte es mir nicht warm genug sein, aber heute… Wir sind ja auch viel an der Adria gewesen! Ach, das waren noch…"

„Werner! Komm essen!", ist Gerdas kreischende Stimme zu hören. Werner zuckt regelrecht zusammen.

„Schönen Abend noch! Die Chefin ruft!", entschuldigt sich Werner und geht. „Ich komm ja schon!", ruft er seiner Frau zu.

Tanja geht zu ihrem VW-Bus und holt ihren Campingstuhl heraus. Sie setzt sich neben ihren Bulli und genießt den Sonnenuntergang. Ist das die Freiheit, von der die Vanlife-Gemeinde immer redet? Tanja genießt es auf jeden Fall. Als die Sonne weg ist, wird es frisch. Tanja holt sich eine Jacke und bleibt draußen. Ja, sie wird nach Monopoli fahren, doch erst muss sie sich darüber im Klaren sein, was sie aus ihrem Leben machen will. Tanja muss alles hinter sich lassen. Roland, die Wohnung und die Zukunft, die andere für sie schon geplant haben. Tanja hat nur das eine Leben und das will sie auskosten, nicht so wie Werner, der immer noch davon träumt, den Winter in Italien zu verbringen. Sie hat jetzt die Chance dazu und muss sie auch nutzen, denn wenn sie erst selbst im Hamsterrad feststeckt, wird sie da nie wieder rauskommen.

Tanja fährt das erste Mal über den Brennerpass, sonst ist sie immer geflogen. Sie nimmt bewusst den Weg durch die Ortschaften, um sie auch zu sehen. In fast jedem dritten Ort hält sie an, besonders die alten Dörfer haben es ihr angetan. Sie schaut sich die Kirchen und Häuser an und streift durch die engen Gassen, dann fährt sie weiter oder sucht einen abgelegenen Parkplatz zum Übernachten.

Tanja denkt an den Sommerurlaub in Rimini. Ohne groß nachzudenken verlässt sie das Brennertal und fährt durch die Poebene nach Rimini. Es ist eine so ganz andere

Landschaft. Die vielen Kanäle, die die saftigen Felder abgrenzen, auf den Straßen ist nicht viel los, nur in den Ortschaften ist es recht chaotisch. Es ist bereits Abend, als sie das Zentrum von Rimini erreicht. Jetzt muss sie aufmerksam die Schilder studieren, um in Strandnähe einen Parkplatz zu finden, auf dem sie übernachten darf. Tanja parkt auf einem großen Parkplatz, direkt hinter dem Strand. Jetzt im Hebst ist das Parken kostenlos und der Parkplatz ist auch nicht besonders voll. Zwei Tage lang irrt Tanja durch die Straßen, doch sie kann das Hotel aus ihrer Kindheit nicht finden. Zu eintönig sehen diese Hotelanlagen aus. Vielleicht wurde es inzwischen abgerissen und durch ein neues ersetzt. Als sie zu ihrem Bulli zurückkehrt, lernt sie Simon kennen, der direkt neben ihr parkt. Simon hat einen alten Mercedes, in dem er seit einem Jahr durch Europa reist. Er macht es wie Tanja. Nach dem Studium ist auch er losgefahren, um sich selbst zu finden. Die beiden gehen zusammen baden, bevor sie es sich am Strand gemütlich machen. Simon hat eine Flasche Wein dabei, den er bei einem Bauern in Spanien gekauft hat. Er erzählt von seiner bisherigen Reise, von Spanien, Portugal und Frankreich. Seine nächsten Ziele sind Griechenland, die Türkei und über den Balkan will er dann zurück nach Deutschland. „Was hast Du dann vor?", will Tanja nun wissen.

„Ich weiß es noch nicht, doch eines steht fest. Ich werde nicht so einen normalen Job machen! Ich könnte mir vorstellen, an zwei Orten zu leben! Im Sommer in den Bergen und im Winter am Mittelmeer.", erklärt Simon.

„Dann brauchst Du aber auch zwei Häuser, zwei Jobs und… zwei Frauen!" Tanja lacht, denn er sieht schon zum Anbeißen aus. Seinem Charme reicht für zwei Frauen.

„Wo würdest Du denn leben wollen? In den Bergen oder lieber am Mittelmeer?" Nun ist er es, der lacht.

„Vergiss es! Ich will einen Mann, den ich ganz für mich allein habe!", lacht Tanja. Etwas ernster sagt sie dann: „Und einen Mann, der mich nicht für verrückt hält!"

„Hast Du so einen Mann?", fragt Simon, etwas ernster.

„Mein Freund ist zuhause geblieben, er macht Karriere."

„Wie kann er nur so ein hübsches Mädchen allein reisen lassen? Also ich würde Dich nicht so einfach aus den Augen lassen!", schmeichelt Simon.

Ja, Tanja würde ihn auch nicht einfach so verlassen, dafür sieht er viel zu gut aus, doch wie er wirklich ist, weiß sie nicht. „Du kennst mich doch gar nicht!"

„Genau das will ich ja ändern!", sagt Simon und verzaubert sie mit seinem jugendlichen Lächeln.

„Ich bin mir sicher, Du lernst hier jede Menge hübscher Mädchen kennen!"

„Keine ist so hübsch wie Du!" Er ist bereits etwas näher an sie heran gerutscht und nun küsst er sie.

Tanja will ihn erst von sich schieben, doch dann gefällt es ihr, wie er sie küsst. Sie lässt ihn gewähren. Simon schaut sich flüchtig um, der Strand ist bereits leer und er verwöhnt die junge Frau nach allen Regeln der Liebeskunst. Tanja lässt sich verführen, gibt sich ihm völlig hin, denn er weiß, was er macht. Anschließend bleiben sie noch eine Weile in der warmen Herbstnacht am Strand sitzen. Am Morgen wird Tanja von den Autos geweckt, die auf den Parkplatz fahren, sie bleibt aber im Bett liegen. Zu schön ist es, so in den Tag zu starten. Plötzlich klopft es an ihrem Heckfenster. Tanja zieht die Gardine etwas zur Seite und vor ihr steht Simon und hält eine Tüte aus der Bäckerei an ihr Fenster. „Ach, könnte nicht jeder Morgen so schön sein?", sagt sie leise, dann öffnet sie die Tür. „Guten Morgen! Du bist aber früh wach!" Der leckere Duft aus der Tüte weht ihr entgegen und auch er ist so lecker!

„Ich dachte mir, Du brauchst ein gutes Frühstück!" Sein Lächeln strahlt heller als die Morgensonne.

„Gehen wir am Strand frühstücken?", auch Tanja strahlt.

„Ja, ich warte auf Dich!" Simon gönnt ihr etwas Privatsphäre, denn sie hat noch ihr Nachthemd an.

„Soll ich Kaffee machen?" Sie will auch was beitragen.

„Der ist schon fertig!" Da ist es wieder dieses Lächeln eines perfekten Gastgebers.

„Ich beeil mich!" Tanja zieht die Tür zu und zieht sich Shorts und ein frisches Top an, dann steigt sie aus. Draußen ist es noch frisch, aber nicht kalt. Die Sonne wärmt bereits sehr angenehm. Am Strand, direkt hinter dem Parkplatz, steht ein kleiner Campingtisch mit zwei einfachen Hockern davor. Auf dem Tisch stehen eine Thermoskanne, zwei Tassen und die Tüte aus der Bäckerei. „Wow, Du verwöhnst mich ja!"

„Komm, setz Dich!" Simon öffnet die Thermoskanne und gießt dampfenden Kaffee in die Tassen. „Nimmst Du Milch oder Zucker?"

„Nein, ich mag ihn schwarz!" Tanja trinkt ihren Kaffee zwar lieber schön süß, doch zum einen weiß sie, wie ungesund Zucker ist und zum anderen möchte sie ihm keine Umstände machen. Bevor Tanja den duftend heißen Kaffee probiert, bedankt sie sich bei Simon mit einem zärtlichen Kuss. „Das ist ja wie im Urlaub!"

„Ich hoffe, Du magst Croissants?"

„Ich liebe sie!" Tanja nimmt sich einen aus der aufgerissenen Tüte. „Danke!" Sie beißt in das frische, noch warme Gebäck hinein. „Mhm, ist das gut! Ich könnte mich nur von diesen Croissants ernähren, wenn die nicht so schrecklich fettig wären!"

„Ach was, Du kannst es Dir leisten!" Simon bewundert ihren schlanken Körper.

„Das bedeutet eine Woche Diät!" Tanja beißt wieder in das Croissant und genießt jeden Bissen, sie verdrängt, wie ungesund sie sind. Auch Tanja bewundert seinen durchtrainierten Körper. Simon hat meist nur seine Bade-Shorts an. Ihr gefällt sein sehniger Oberkörper. „Du siehst recht sportlich aus! Was machst Du eigentlich den ganzen Tag, wie hältst Du Dich fit?"

„Ich schwimme viel im Meer und jogge am Strand! Mehr geht hier nicht. An der Uni habe ich viel trainiert, doch das ist jetzt nicht mehr wichtig!", sagt Simon.

Tanja merkt, dass ihn irgendetwas bedrückt. Sie streicht über seinen straffen Bauch. „Du siehst gut aus! Willst Du darüber reden?" Er fühlt sich auch gut an.

„Eigentlich nicht." Er schaut ihr in die Augen. „Über mich gibt es nicht viel zu reden!" Da Tanja ihm ein Stück entgegenkommt, beugt er sich zu ihr und küsst sie.

Nach dem langen und intensiven Kuss sagt Tanja: „Küssen ist auch viel besser als reden!" Tanja ahnt, dass er Probleme hat, doch er ist nur eine flüchtige Bekanntschaft auf ihrer Reise. Tanja sucht keinen neuen Partner, sie will sich selbst finden. Kurzerhand beschließt sie, weiterzuziehen, doch kann sie sich von Simon nicht lösen. Er sieht einfach viel zu gut aus und charmant ist er auch noch. Sie weiß, dass sowas nicht lange anhält. Spätestens, wenn ihm das nächste hübsche Mädchen über den Weg läuft, hat er sein Interesse an Tanja verloren und sie wird darunter leiden. Dieses Mal nicht! Tanja lässt sich von ihm noch verwöhnen. Sie schläft am Nachmittag mit ihm, hinter einem abgestellten Boot, das am Strand liegt. Am nächsten Morgen passt sie ihn ab, als er seinen alten Mercedes-Bus verlässt. „Guten Morgen, Simon!"

„Hey, Du bist ja schon wach, ich geh schnell zum Bäcker! Magst Du den Kaffee kochen?" Seine treuen Augen blicken Tanja charmant an.

Oh, wie gern würde sie bei ihm bleiben. „Sei mir nicht böse, Simon! Die Zeit mit Dir war sehr schön und Du bist auch ein sehr guter Liebhaber, doch ich muss weiter!“ Es fällt Tanja so schwer, sich von ihm zu trennen.

„Hey, ich wollte auch weiterziehen! Mensch Tanja, lass uns doch zusammen fahren!“ Er will dieses hübsche Mädchen nicht verlieren. Tanja wäre genau die Frau, nach der er sucht. „Was meinst Du?“

„Sorry, Simon, aber ich habe noch etwas zu erledigen!“

„Dabei kann ich Dir doch helfen! Tanja, ich möchte Dich einfach noch besser kennen lernen!“ Verzweiflung ist in seinen Worten zu hören.

„Wenn wir uns das nächste Mal über den Weg laufen, können wir uns ja besser kennen lernen, doch jetzt passt es bei mir nicht!“ Wie gerne würde sie sich ihm hingeben, sich weiter von ihm verwöhnen lassen und seine Nähe genießen. „Ich muss weiter!“, ermahnt sie vorrangig sich selbst. „Tut mir leid, Simon!“

„Gib mir Deine Nummer! Wir könnten uns schreiben!“ Simon lässt so schnell nicht locker. Sie ist seine erste Eroberung, die einfach so nach zwei Tagen verschwindet.

„Keine Angst, wenn es das Schicksal will, werden wir uns wiedersehen!“ Tanjas Augen werden feucht.

Simon kritzelt schnell seine Nummer auf eine Ecke eines Kartons und reicht sie ihr. „Nimm wenigstens meine, falls Du mal reden willst!“

Tanja nimmt ihm das Stück Karton nicht ab. „Simon, Du bist nicht der Typ, mit dem eine Frau reden will! Du bist der Mann für die schönen Stunden!“ Tanja denkt an den Nachmittag am Strand. Er hat sie nach Strich und Faden verwöhnt und sie könnte es jeden Tag so gebrauchen, doch er wird es sein, der sie dann bald sitzen lässt. „Lebe wohl!“ Tanja verzichtet auf eine Umarmung oder gar einen Abschiedskuss. Sie dreht sich um und steigt in ihren Bulli, dann fährt sie los. Nach zwei Kreuzungen parkt sie am Straßenrand, trocknet ihre Tränen und räumt ihren Camper auf, damit nicht alles in den Kurven herumfliegt.

Simon hatte erzählt, dass er mit der Fähre von Ancona nach Griechenland will. Tanja sucht sich deshalb erst zwanzig Kilometer hinter Ancona den nächsten Platz. Dieses Mal findet sie einen, der abseits der Stadt liegt und nur von einigen Fischern besucht wird. Einer der Fischer kommt gerade mit seinem Boot heran und macht es an einem Wirrwarr von Leinen, die im Wasser liegen, fest. Tanja schaut sich derweil um, sie entdeckt einen kleinen Strand, versteckt liegt er zwischen den Steinen. Er ist nicht breit, nur so, dass sie baden kann. Tanja geht zu ihrem Camper zurück. Das Gelände ist klein und über- schaubar. Schnell schlüpft sie in ihren Bikini und geht zu dem kleinen Strand. Eigentlich ist es nur ein etwas breite- rer Weg als Zugang zum Meer.

Luca fährt jeden Tag, an dem es der Meeresgott zulässt, hinaus, um Fisch für seine Familie zu fangen. Lucas Fa- milie ist groß und sie wissen alle, wann er mit seinem

Fang zuhause ankommt. Wer zuerst da ist, bekommt die besten Fische. Über das, was übrigbleibt, freuen sich die Hunde und Katzen. Früher war es anders, da hat seine Familie den Rest bekommen und er hat seine besten Fische auf dem Markt verkauft, doch Neptun gibt nicht mehr so viel her. Es reicht geradeso für die eigene Familie, weshalb auch die meisten Fischer aufgegeben haben. Noch bevor er sein Boot festgemacht hat, ist ihm der moderne Camper aufgefallen. Er hat diese junge Frau gesehen, als er mit seinen Tauen beschäftigt war. Ja, Luca entgeht nichts. Neptun hat es ihn gelehrt, immer aufmerksam zu sein, darum lebt der alte Mann auch noch. Das Mädchen ist hübsch und als es im Bikini an ihm vorbei geht, wünscht er sich, noch einmal so jung zu sein, dass er eine Chance bei ihr hätte. Sehr anmutig tippelt sie um den Müll herum. Luca sortiert seinen Fang, doch das Mädchen lässt er nicht aus den Augen. Warum verirrt sie sich hierher, wo es doch in der Stadt die schönsten Strände gibt? Sie will doch nicht etwa baden? Es ist doch bald Winter. „Da kannst Du nicht baden!“ Lucas Worte verlassen nur sehr undeutlich seinen Mund, da er nicht mehr viele Zähne hat. Er redet auch nicht mehr viel, seitdem er seine Fische nicht mehr lauthals auf dem Markt anpreist.

Tanja hat seine Stimme gehört, doch sie hat seine Worte nicht verstanden. Was will der Alte von ihr? Hat sie etwas falsch gemacht oder stört sie nur seine Idylle? Tanja ist freundlich, sie lässt einen anderen Menschen nicht einfach so stehen, also geht sie den Pfad zurück und begrüßt den alten Fischer. „Hallo, wie geht es Dir?“, ruft sie ihm zu.

Luca erinnert sich an die Zeit, wo er diese hübschen Mädchen angesprochen hat, doch nun ist selbst seine eigene Tochter eine alte Frau. „Was machst Du hier? Warum gehst Du nicht an den Strand wie alle anderen?“

„Oh Verzeihung, ich wollte mich nur schnell erfrischen!“

„Doch nicht hier! Mit Deinen kleinen Füßen wirst Du die giftigen Seeigel einfangen! Siehst Du nicht die Steine?“

Tanja weiß, wie gefährlich diese unscheinbaren Seeigel sind, doch sie dachte nicht, dass hier welche sind. „Vielen Dank! Da wäre ich wohl fast hineingetreten!“ Tanja wäre gern noch etwas schwimmen gegangen.

„Was machst Du hier eigentlich? Bist Du etwa allein unterwegs?“ Luca hat es immer gehasst, wenn seine Tochter allein herumgezogen ist. Viel zu aufdringlich sind diese jungen Männer heutzutage.

„Ich wollte hier ein paar ruhige Tage verbringen, fernab vom Getümmel der Stadt!“, sagt Tanja. Sie steht nun direkt vor seinem Boot, er scheint sie nicht zu beachten.

„Wer bist Du eigentlich und woher kommst Du?“ Luca kennt alle und jeder kennt Luca, den Fischer.

„Ich bin Tanja! Ich bin auf dem Weg in den Süden!“

„Was willst Du im Süden? Da ist es viel zu heiß!“ Bevor Luca von Bord geht, schaut er sich die junge Frau im knappen Bikini genauer an. Das Mädchen ist bildhübsch.

„Ich habe in Monopoli was zu erledigen!“, sagt Tanja.

„Monopoli? Das ist aber noch weit!" Nein, er kann sie hier nicht allein lassen. Die Ferienzeit ist vorbei, die Campingplätze sind geschlossen und das kleine Hotel vorn an der Straße ist auch nicht mehr auf. „Hilf mir mal!" Er schiebt seinen Fang an den Rand.

Tanja zieht an dem Griff, während der Fischer die andere Seite festhält und selbst von Bord geht. „Störe ich denn hier die Fischer?" Sie versteht nicht, warum er so unfreundlich ist.

Tatsächlich verirren sich seit einiger Zeit immer öfter Touristen in ihren Wohnmobilen an diesen Ort und die Fischer verjagen sie auch stets. „Ach was, Du störst doch nicht, aber ein Mädchen wie Du kann hier nicht bleiben!" Luca hat eine Idee. Er zeigt auf ihren VW-Bus. „Du schläfst da drin?"

„Ja, das ist mein Camper!" Tanja kann den Alten nicht einschätzen, aber so unfreundlich ist er wohl doch nicht.

Luca hat eine Idee. „Ich zeige Dir einen Platz, wo Du bleiben kannst!" Er schaut auf ihren jungen Körper, der nur von sehr wenig Stoff bedeckt ist. „Frierst Du nicht? Der Sommer ist vorbei, zieh Dir erst mal was an und dann fahr mir hinterher!"

Tanja versteht nicht so recht, denn schließlich sind es sechsundzwanzig Grad. „Wohin fahren wir?"

„Ich zeige Dir einen besseren Platz!" Luca schließt den Kofferraum und setzt sich hinters Steuer.

Tanjas Alarmglocken sollten sie eigentlich warnen, doch der Alte scheint nicht gefährlich zu sein. „Wie heißen Sie eigentlich?“

Luca schaut erstaunt zu ihr. „Ich bin Luca!“ Er wurde schon lange nicht mehr nach seinem Namen gefragt, denn jeder kennt ihn. „Luca Ornelli, ich wohne hier schon seit… naja, schon immer!“ Luca war noch nie woanders. Warum auch? Hier ist er zuhause und hier ist es auch am schönsten. „Keine Angst! Ich fahre nicht so schnell!“

Irgendwie vertraut Tanja dem Alten, obwohl er ihr nicht ganz geheuer ist. Sie geht an die Schiebetür und zieht sich ihre Shorts über, dann setzt sie sich nach vorn und startet den Motor. Luca fährt vor und sie fährt ihm hinterher.

Luca weiß, dass eine Frau nicht gut Auto fahren kann, deshalb ist er heute besonders langsam unterwegs. Er fährt den schmalen Weg zur Hauptstraße, biegt dann links ab und beschleunigt nur wenig, damit sie hinterher kommt. Er wundert sich, warum sie sich nicht auf die Straße traut und warum bei ihrem Auto diese gelbe Lampe blinkt. Endlich traut sie sich und folgt ihm.

Wie fährt dieser Alte nur, denkt sich Tanja. Er hält nicht an der Hauptstraße, zieht einfach herum, ohne zu gucken und dann tuckert er mit dreißig die gut ausgebaute Straße entlang. Nur allmählich wird er schneller. Der kleine Fiat Panda, der schon bessere Zeiten erlebt hat, wird schneller. Er fährt jetzt fast Fünfzig auf einer Straße, wo er locker neunzig fahren darf. „Was macht denn der Alte jetzt?“, flucht Tanja durch ihre Frontscheibe. Er wird langsamer und Tanja hält vorsichtshalber einen großen Sicherheitsabstand. Plötzlich biegt er links ab. Ein anderes Auto überholt Tanja gerade und kann gerade noch so um Lucas Fiat herumfahren. Tanja schaltet den Blinker ein, schaut in den Rückspiegel und als die Straße frei ist, folgt sie ihm.

Luca freut sich, dass das Mädchen es geschafft hat, ihm zu folgen. Er fährt den Weg entlang, biegt vor seinem Haus ab und fährt an die Seite. Nun wartet er auf Tanja. „Da hinten neben den Steinen kannst Du bleiben!" Er schaut auf ihr Auto. „Was soll das Geblinke?"

„Damit zeige ich den anderen, wo ich hinwill!", antwortet Tanja leicht gereizt und voller Sarkasmus.

„Wozu das denn? Die anderen sehen doch, dass Du mir folgst!" Luca kann diese jungen Leute nicht verstehen. Warum können sie nicht einfach so fahren, wie es sich gehört. Kein Wunder, wenn es immer wieder Unfälle gibt. „Egal!" Luca weist zu den Steinen. „Da bist Du jedenfalls sicher und ruhig ist es da auch!"

„Du hast es schön hier!" Tanja schaut sich um. Durch die Olivenbäume führt ein Weg zu den Klippen, wo auch die Steine liegen. Am anderen Ende steht ein kleines Haus.

„Mach es Dir bequem!" Als Tanja sich umsieht, sagt er: „Wenn es dunkel wird, gibt's Essen!"

„Oh danke! Ich habe alles dabei!" Tanja möchte niemandem zur Last fallen und sie will sich auch nicht auf seine Küche einlassen.

„Ich erwarte Dich nachher! Keine Angst, meine Frau macht das Essen!“ Luca lacht, steigt in sein Auto und fährt zum Haus. Er lässt keinen Widerspruch zu.

Tanja parkt neben den großen Steinen und ist überwältigt von dem Anblick. Sie geht vor zur Klippe, die nicht hoch ist. Ein schmaler Pfad geht hinunter zum Meer, wo ein schmaler Sandstrand ist. Ob sie hier baden kann? Sie will Luca später fragen. Da es bereits dämmert, setzt sie sich auf einen Stein. Er ist noch warm, denn er hat noch die Sonne in sich, die ihn den ganzen Tag beschienen hat. Tanja liebt das Meer. Sie könnte hier noch Stunden zubringen, doch sie muss sich ja bei ihrem Gastgeber einfinden, also macht sie sich auf den Weg zu seinem Haus. Die Tür steht offen, doch Tanja bleibt davor stehen und klopft.

„Warum kommst Du nicht rein?“, schimpft Luca. Er musste extra aufstehen und zur Tür gehen, doch dann kommt seine Freundlichkeit schnell wieder zurück: „Du bist hier jederzeit willkommen! Das ist meine Romina!“ Er zeigt auf seine Frau, die in der Küche steht und den frischen Fisch zubereitet. „Setz Dich!“ Luca zieht einen der vier Stühle an dem großen Küchentisch hervor, dann nimmt er auch wieder Platz. „Romina, das ist das Mädchen aus Deutschland, das sich zu uns verirrt hat!“

Tanja liebt Fisch und der Duft von frisch gebratenem Fisch liegt in der Luft. „Das ist aber nicht nötig, dass ihr mich auch noch bewirtet!“, sagt Tanja anstandshalber, doch sie hat schon einen riesigen Appetit.

„Nun zier Dich mal nicht so!", sagt Romina und fischt ihr einen gebratenen Fisch aus der Pfanne. „Lass es Dir schmecken!" Auch Luca bekommt eine große Portion.

Tanja nimmt sich noch von den Gnocchi aus der Schüssel und isst mit den beiden. Der Fisch ist voller Butter und Kräuter, er schmeckt herrlich. „Oh, der ist gut! So leckeren Fisch habe ich noch nie gegessen!", schwärmt Tanja zwischen den Bissen.

„Ja, meine Frau ist die beste Köchin weit und breit!", lobt Luca. Rominas Gesicht kann ihr Alter nicht verbergen, doch sie verdreht ihrem Mann noch immer den Verstand, wenn er sie betrachtet. Da Luca die junge Frau eingehend bewundert hat, ist er regelrecht scharf darauf, seine Romina zu verführen. „Und dabei sieht sie immer noch so gut aus!", schmachtet er sie an.

„Pass bloß auf, Mädchen, dieser alte Sack ist immer noch hinter jedem Rock her!", scherzt Romina. Sie lächelt dann ihren Mann an und weiß genau, dass er ihr treu ist. Doch ein echter Italiener kann das nicht zeigen.

Tanja schaut sich nach dem Essen etwas bei ihnen um und entdeckt eine alte Kommode, auf der jede Menge Bilder stehen. „Darf ich mir die mal ansehen?", fragt sie Romina und weist auf die Bilder. Tanja liebt alte Bilder, sie sind keine Schnappschüsse, so wie moderne Digitalbilder. Damals gaben sich die Menschen viel mehr Mühe.

„Aber ja doch! Schau sie Dir nur an!" Romina erzählt gern von ihrem Leben, da jetzt nicht mehr viel passiert.

Tanja mag die alten Geschichten und die passenden Bilder dazu. „Bist Du das?“ Sie schaut auf ein Bild mit einer jungen und sehr attraktiven Frau.

„Oh ja! Ach, Luca, weißt Du noch, der Zauberer!“, Romina schaut wehmütig auf das Bild.

„Der Zauberer?“ Tanja will mehr wissen!

„Ja, ein Zauberer hat damals am Lido di Fermo seine Kunststücke aufgeführt. Ich bin mit meiner Freundin dahin gefahren und da habe ich dann Luca kennen gelernt!“ Regelrecht verliebt schaut sie ihren Mann an.

„Oh ja, er hat´s einem nicht leicht gemacht, dieser Zauberer!“, kommentiert Luca. „Ach, er war auch Deutscher!“

„Ach was?“ Tanja ahnt etwas. „Wann war das denn?“

„Im Sommer 1962!“, antwortet Romina, ohne lange nachzudenken.

„Weißt Du noch, wie dieser Zauberer hieß?“

„Aber ja doch! Georgius nannte er sich, aber ich bin mir sicher, es war nicht sein richtiger Name!“ Romina erinnert sich wieder an diesen Tag, als wär´s gestern gewesen. „Er stand hinter seinem Tisch, der wie ein ganz normaler alter Küchentisch aussah, doch er war voller Geheimnisse!“

„Ach was, ein Scharlatan war er! Alles nur billige Zaubertricks, aber die Mädchen fallen darauf herein!“, unterbricht Luca.

„Oh, er steckte so voller Magie!“, widerspricht Romina.

„Er hat sogar ein Mädchen verschwinden lassen!"

„Ein Mädchen?", fragt Tanja nach.

„Ja! Sie setzte sich auf seinen Tisch, dann legte er ein Tuch über sie und als er es wegnahm, war sie verschwunden! War das eine Show!", schwärmt Romina.

„Alles nur billiger Zauber! Nicht umsonst war auf dem Tisch eine Decke, die bis auf den Boden reichte!"

„Ach, Luca, es war aber schön! Schließlich hast Du mich dann zum Tanz eingeladen!"

„Ist denn das Mädchen wieder aufgetaucht?", fragt Tanja.

Romina zuckt mit den Schultern. „Bestimmt ist sie wieder aufgetaucht. Wo soll sie denn sonst geblieben sein?"

„Unter dem Tisch hat sie gelegen!" Luca hat den Zauber damals schon durchschaut. „Als er dann sein Publikum mit dem nächsten Trick abgelenkt hat, ist sie wahrscheinlich einfach so herausgekrochen und hat sich unter das Publikum gemischt!"

„Hast Du es gesehen?" Tanja ahnt nichts Gutes.

Luca erinnert sich. „Nein, ich habe nur Augen für dieses hübsche Mädchen gehabt!" Er schaut seine Frau an.

„Wer war denn dieses Mädchen? Kanntet ihr sie?"

„Sie war wohl eine Urlauberin! Jedenfalls war sie nicht von hier!" Romina wundert sich über ihr Interesse an diesem Zauberer. „Du magst wohl die Zauberei?"

„Ich habe schon so einiges über diesen Zauberer gehört!“, sagt Tanja.

„Oh! Tritt er noch auf? Ach, Luca, das wäre doch was für uns!“ Romina würde ihn gern nochmal sehen.

„Da muss ich euch enttäuschen! Er ist wohl schon Ende der sechziger Jahre gestorben!“, erklärt Tanja.

„Ach schade! Was ist passiert? Er war doch auch noch so jung!“, fragt Romina.

„Erst 1972 hat man seine verweste Leiche in einem alten Haus gefunden!“

„Ist ihm ein Trick misslungen?“, fragt Luca zynisch.

„Luca!“, tadelt Romina. „Tanja, woher kennst Du den Zauberer? Du hast doch damals noch gar nicht gelebt?“

Tanja will ihnen nicht die ganze Geschichte erzählen. „Ich habe viel von ihm gehört! Er hat sich in Monopoli niedergelassen und ist dort verstorben. In Deutschland wurde er wegen Mord gesucht, deshalb ist er wohl nach Italien gegangen.“, erzählt Tanja die Kurzfassung.

„Oh Gott! Das hätte ich nie gedacht!“, sagt Romina.

„Er stand nur unter Mordverdacht! Bewiesen wurde es nie. Es war wohl ein Unfall, als er jemanden verschwinden lassen wollte!“, relativiert Tanja.

Fast eine ganze Woche bleibt Tanja an diesem kleinen, aber einsamen Strändchen bei den beiden. Romina und Tanja sitzen oft zusammen, Tanja hört ihren Geschichten zu. Sie erfährt auch, dass Georgius kein Kostverächter war. Jeden Abend hat er sich mit einer anderen vergnügt. Ja, auch Romina wäre auf ihn reingefallen, wenn sie nicht Luca an diesem Abend kennen gelernt hätte. Einmal nimmt sie Luca mit zum Fischen. An diesem Tag hat er nur drei Fische gefangen, viel zu abgelenkt war er von der hübschen Urlauberin. Luca erzählt viel von den alten Zeiten, die um einiges leichter waren. Sorgen hat er sich erst machen müssen, als seine Kinder erwachsen wurden und er nichts mehr gefangen hat. Nie konnte er sie unterstützen, so wie er es gern wollte.

Die Zeit vergeht, der Winter kommt und in den Geschäften ist alles voll mit Weihnachtsdeko. Für Tanja wird es Zeit weiter zu reisen, obwohl sie Romina und Luca ins Herz geschlossen hat. Der Abschied fällt allen schwer, denn auch die beiden haben sich an die junge Frau gewöhnt. Tanja reist gemütlich ins beschauliche Apulien. Es geht immer an der Küste entlang, denn sie ist lieber am Meer als in den Bergen. Einmal fährt sie ein Stück die Berge hinauf und genießt von ihrem Stellplatz aus den Blick nach unten aufs Meer hinaus. Es ist nur ein kleiner Parkplatz am Rande einer Siedlung.

„Wo ist Dein Hund?", fragt die junge Frau, die gerade mit ihrem kleinen Hund aus dem Wald kommt.

„Mein Hund? Ich habe keinen Hund!" Tanja erkennt die Frau wieder. Sie war gestern schon hier. Parkte ihr Auto und ging mit dem Hund in den Wald, nach einer Stunde fuhr sie wieder zurück. „Warst Du hier wandern?"

Tanja schaut sich die junge Frau näher an, sie hat ungefähr ihr Alter, ist besonders sportlich gekleidet und scheint sehr freundlich zu sein. „Ich bin eigentlich auf der Durchreise, wollte nur eine Nacht hierbleiben und nun bin ich schon den zweiten Tag hier!", erklärt Tanja.

„Was? Du schläfst da drin?", sie zeigt auf Tanjas Bulli.

Tanja zuckt mit den Schultern und sagt: „Ja. Du kommst zum Gassi gehen hierher?"

„Wir gehen fast jeden Tag durch den Wald." Sie weist auf den hechelnden Hund, der sich wohl im Wald völlig verausgabt hat.

„Ich war heute auch schon wandern. Es ist schön hier und die Aussicht aufs Meer ist fantastisch!", schwärmt Tanja.

Die junge Frau geht zum Rand des Parkplatzes und prüft die Aussicht. „Ja, tatsächlich. Das ist mir noch nie aufgefallen!", stellt sie verwundert fest. Erst von dieser Position aus sieht sie das Nummernschild an Tanjas Bulli. „Ihr seid aus Deutschland? Wo ist Dein Freund?" Sie hält Tanja für eine Italienerin.

„Ich bin allein unterwegs, mein Freund ist zuhause!"

„Warum hat Dein Auto ein deutsches Nummernschild?" Die junge Frau wittert, dass hier was nicht in Ordnung ist.

„Ich bin aus Deutschland!", sagt Tanja verwundert.

„Aber Du bist Italienerin!" Nun ist ihre Neugier geweckt. „Bist Du nach Deutschland gezogen?"

Tanja hat schon lange nicht mehr Deutsch gesprochen. Unweigerlich muss sie an Simon denken, der bestimmt schon in Griechenland ist und eine neue Eroberung hat. „Nein, es ist ganz anders! Als Kind habe ich bei einer Italienerin gelebt!", gibt Tanja ihr die Kurzversion.

So recht traut sie der vermeintlichen Deutschen nicht. „Wann fährst Du denn weiter?"

„Eigentlich wollte ich gestern schon weiter, doch hier ist es echt schön. Stell Dir vor, bis um zehn habe ich heute geschlafen!" Tanja mag die junge Frau. „Wenn Du willst, können wir ja morgen gemeinsam Gassi gehen!"

„Äh... ja gut, von mir aus." Dieses lebenslustige Mädchen ist ihr unheimlich. „Dann bleibst Du also noch?"

„Bis morgen auf jeden Fall!" Tanja schaut auf ihr Handy. Es ist Freitag. „Vielleicht bleibe ich noch übers Wochenende, bei diesem Wetter ist es bestimmt wieder voll am Strand." Kein Wölkchen ist am Himmel und selbst nachts ist es nicht zu kalt.

„Machst Du Urlaub oder bist Du... naja... wieso hast Du kein Hotel?" Die ist bestimmt auf der Flucht, denkt sie.

„Ich habe mir eine Auszeit genommen.", sagt Tanja.

„Eine Auszeit?" Was ist nur mit den Deutschen los?

„Ja, wer weiß, wann ich so eine Reise mal machen kann, wenn ich erst verheiratet bin und Kinder habe." Tanja sieht den Ring an ihrer Hand. „Oh, so war das nicht gemeint!", fügt Tanja schnell hinzu.

„Verstehe.", sagt die junge Frau nachdenklich. „Oh, ich muss jetzt los!" Sie hilft den kleinen Hund in den Kofferraum ihres kleinen roten Autos.

„Sehen wir uns morgen?", fragt Tanja.

„Morgen? Äh… ja klar!" Sie steigt ein und fährt.

Erst als am nächsten Tag der kleine rote Fiat nicht kommt, wird Tanja so langsam klar, wie eigenartig sie auf andere wirken muss. Der beginnende Winter zeigt sich von seiner besten Seite, das Wetter ist herrlich warm und trocken. Als Tanja am Montag früh die Berge verlässt, um wieder an der Adria entlang zu fahren, ist sie genervt von den vielen Weihnachtsliedern im Radio. Sie sollte nicht mehr zu viel Zeit vertrödeln, damit sie nicht zu Weihnachten in Monopoli auftaucht. Nach zwei Tagen erreicht sie die kleine Stadt. Tanja hat keinen Plan, sie weiß noch nicht, wie sie ihre Reise antreten wird. Alles, was sie weiß, ist, dass sie nach Pitatia reisen wird. In der Nähe der Altstadt findet sie einen Parkplatz, sie will gar nicht erst versuchen, mit dem Bulli durch die engen Gassen zu fahren. Voller Spannung geht sie in die Altstadt. Obwohl sie schon so lange nicht mehr hier war, findet sie das Haus auf Anhieb, doch der Anblick, der sich ihr nun bietet, verschlägt ihr den Atem. War alles umsonst? Ist das Portal für immer verloren? Nachdem sie und Roland das Geheimnis um Georgius aufgedeckt haben, konnte die Stadt endlich den Fall abschließen. Da Georgius keinen Erben hat, fällt das Haus an die Stadt, die es auch sogleich an eine hier ansässige Familie verkauft. Investoren gab es genug, doch die Regel

besagt, dass es erst einem Einheimischen angeboten werden muss. Die Familie Gonelli besitzt bereits ein Haus in
der Altstadt, das sie an Touristen vermietet. Sie haben das
Haus grundlegend saniert und dann drei Ferienwohnungen
daraus gemacht. Jede Etage hat eine Ferienwohnung. Unten im Erdgeschoß ist ein Zimmer mit Bad, darüber sogar
zwei Zimmer, Küche und Bad und unter dem Dach ist
noch ein Zimmer mit einer kleinen Terrasse entstanden.
Die drei Ferienwohnungen gehören zur gehobenen Kate-
gorie und werden auch so im Zimmernachweis von Monopoli ausgewiesen. So kurz vor Weihnachten stagniert
der Tourismus. Ein kurzes Aufleben gibt es zwischen den
Tagen und zur Jahreswende, dann ist bis Ostern wieder
Ruhe. Tanja hat alles zusammengetragen, was sie über das
renovierte Haus erfahren kann. Die Familie Gonelli vermietet es in dieser Zeit nicht, da es sich nicht lohnt, wegen
einer vermieteten Ferienwohnung, das ganze Haus zu
unterhalten. Sie schließen es im Herbst ab und öffnen
wieder in der Vorsaison, wenn es die erste Buchung gibt.
Als erstes sucht Tanja nach Gina und hofft, dass sie ihr
helfen kann. Ob sie noch in Monopoli wohnt, weiß sie
nicht. Als sie eine junge Frau aus einem der Altstadthäuser
gehen sieht, spricht sie sie an und fragt nach Gina. Tanja
kennt nicht mal ihren Nachnamen.

„Gina? Nein, die wohnt hier nicht mehr! Sie ist weggezo-
gen, aber ihre Eltern wohnen noch hier! Gleich da, im
nächsten Eingang!", erklärt die Fremde. Tanja geht zu
Ginas Eltern und erfährt, dass Gina geheiratet hat und mit
Silvio eine eigene Wohnung hat. „Nicht weit von hier,

oben in der Neustadt wohnt sie jetzt!", sagt ihre Mutter schaut auf die Uhr. „Gina hat diese Woche Frühschicht, müsste also bald zuhause sein!" Tanja bedankt sich und geht zu der angegebenen Adresse. Ihre Wohnung liegt am Ende der Stadt, fast eine Stunde hat Tanja gesucht.

Sie klingelt. „Ich kenne keine Tanja!", tönt es abweisend aus der Wechselsprechanlage.

Zufällig geht ein anderer Mieter gerade heraus und Tanja nutzt die Gelegenheit. Oben klingelt sie erneut. „Ich bin Tanja, wir waren in diesem Abrisshaus in der Altstadt!" Tanja zwingt sich ein Lächeln heraus. „Das ist jetzt fast zehn Jahre her, weißt Du noch?"

„Welches Abrisshaus?" Doch da erinnert sie sich. „Schatz, es ist diese verrückte Deutsche!", ruft sie nach drinnen.

„Ja, die verrückte Deutsche, das bin ich!", gesteht Tanja, denn genau das beschreibt ihre Absicht. Tanja freut sich riesig, dass Gina sie nicht vergessen hat und auch Gina ist erfreut über die Abwechslung. Die jungen Frauen reden den ganzen Nachmittag. Gina erklärt ihr einiges zur Familie Gonelli, die in der Stadt bekannt ist, weil sie nun schon das zweite Haus zu Ferienwohnungen umgewandelt hat. Außerdem betreiben sie ein kleines Hotel am Meer, das sehr gut läuft und ihre Haupteinnahmequelle ist. „Was, Du bist Krankenschwester?", fragt Tanja erstaunt nach, als Gina erklärt, wo sie arbeitet.

„Keine richtige Krankenschwester! Ich bin Arzthelferin!", relativiert Gina.

„Na jedenfalls weißt Du, wie man Patienten versorgt und erste Hilfe leistet!", vermutet Tanja und hat sofort einen Plan, doch sie will nicht gleich mit der Tür ins Haus fallen, obwohl sie das längst macht.

„Ja, das kann man so sagen, aber das meiste ist Papierkram. Rezepte ausfüllen, Patientenakten pflegen und so weiter!", erklärt Gina.

Tanja berichtet von ihrem Vorhaben, das ganze Haus zu mieten, damit sie ein paar Tage allein und ungestört dort sein kann. „Sie haben einfach abgelehnt, kannst Du da etwas machen? Du kennst sie doch!"

„Ich will's versuchen!" Gina ruft die Gonellis an und dann fährt sie mit Tanja zu ihnen. Es ist ein schwieriges Gespräch. Tanja gibt sich als Künstlerin aus, die viel Ruhe und das Altstadtflair sucht. Leider kann sie die Gonellis nicht dazu bringen, ihr ein gutes Angebot zu machen. „Sie haben Dich ganz schön ausgenommen!", sagt Gina nach den Verhandlungen. „Wie kannst Du Dir das leisten?"

„Ich habe gespart!", sagt Tanja lässig, doch die Miete für das ganze Haus reißt ein riesiges Loch in ihre Reisekasse.

„Ich hätte Dir eine wesentlich günstigere Bleibe besorgen können! Was hast Du nur mit diesem Haus?" Auch Gina verspürt eine ganz eigenartige Verbindung mit dem alten Gebäude, doch sie weiß nicht, warum. Sind es ihre Kindheitserinnerungen oder steckt da doch mehr dahinter? „Du willst da nochmal hin.", sagt Gina leise, obwohl sie nicht an ihre Geschichte glaubt. Sie will nicht daran glauben, doch tief in ihrem Inneren weiß sie, dass in diesem Haus etwas Merkwürdiges ist.

Tanja nickt nur. „Du musst mir helfen.", bittet sie leise.

„Vergiss es! Ich will mit diesem Haus nichts zu tun haben!", protestiert Gina sofort, doch sie weiß, dass sie nicht anders kann. Tanjas Augen bitten immer noch und so fragt Gina: „Wie hast Du Dir das vorgestellt?"

Tanjas Blick erhellt sich. „Ich muss dieses Mal länger dortbleiben."

„Länger? Was meinst Du mit länger?" Gina hat kein gutes Gefühl dabei.

„Ein paar Tage.", sagt Tanja.

„Vergiss es! Du weißt doch, was mit diesem Zauberer passiert ist?" Gina hat den langen Artikel in der Zeitung gelesen. „Nur noch sein Skelett haben sie gefunden! Tanja, Dir wird genau dasselbe widerfahren!", mahnt Gina.

„Ja, ich weiß. Ich kann aber nicht anders!" Tanja braucht Hilfe. Ginas Hilfe.

„Da spiele ich nicht mit!" Gina hat Tränen in den Augen.

„Vielleicht hat Balthasar eine Idee!", sagt Tanja, obwohl sie schon weiß, wie es funktionieren kann.

„Wer ist Balthasar?", Gina kommt der Name bekannt vor.

„Er ist aus der anderen Welt. Ich könnte für ein paar Minuten zu ihm und ihn fragen. Ich werde die Nacht im Hof schlafen und mir für morgen früh einen Wecker stellen!"

Gina hört gespannt zu und Tanja erzählt weiter. „Wenn ich Dich morgen früh nicht anrufe, kannst Du mich dann wecken?", verlegen schaut sie Gina an.

„Von mir aus! Ich fange um Acht an. Du musst also spätestens um sieben anrufen!", erklärt Gina. Sie ahnt, wo das Ganze enden wird, doch irgendwie kann sie nicht anders, als der Freundin zu helfen. „Ich hoffe, Du weißt, was Du da tust!" Gina hat Angst um Tanja.

„Gut, ich stelle mir für halb sieben den Wecker und rufe Dich dann gleich an?" So verbleiben die beiden und Tanja zieht in das renovierte Haus ein. Als Erstes durchstreift sie die Ferienwohnungen. Es ist alles sauber und modern, nicht so verfallen, wie sie das Haus in Erinnerung hat. Die Betten sind herrlich weich und Tanja beschließt, in der großen Ferienwohnung im Obergeschoß zu schlafen. Sie räumt ihre Sachen ein und entdeckt eine Yogamatte in einem Schrank. Tanja wird nicht im weichen Bett schlafen, nein, sie wird sich in den Hof legen und auf der harten Yogamatte übernachten. Mitten in den Innenhof liegt sie die Yogamatte, sie füllt fast den ganzen Hof aus. Tanja legt sich am Abend hin. Sie ist voller Neugier, denn ihr letzter Besuch ist bereits sieben Jahre her. Für Balthasar allerdings nur knapp ein Jahr. Tanja ist so aufgeregt, dass sie nicht einschlafen kann, doch kaum hat sie sich hingelegt, ist sie auch schon in der anderen Welt und dieser kleine Mann eilt auch schon herbei. „Hallo Balthasar! Ich muss mich kurzfassen, da ich in den nächsten Minuten wieder zurück muss!"

„Schön, Dich wiederzusehen! Erwachsen bist Du geworden!“ Balthasar mustert die junge Frau, die er zuletzt vor einem Jahr, als junges Mädchen gesehen hat.

„Ich plane in zwei oder drei Tagen etwas länger bei euch zu bleiben. Das wäre in Deiner Zeit etwa in sechs bis neun Stunden!“

„Das ist schön, ich freue mich!“ Balthasar lächelt sie freundlich an.

„Ich versuche, etwa eine Woche zu bleiben!“ Tanja denkt wieder an die unterschiedliche Wahrnehmung der Zeit. „Das wäre knapp ein Tag!“ Tanja kann sein Lächeln nicht so recht deuten. Freut er sich wirklich?

„Nur ein Tag? Da kann ich Dir nicht viel zeigen! Warum bleibst Du nicht länger, dann zeige ich Dir unser Reich!“

„Gibt es einen anderen Weg hierher, der nicht so gefährlich ist?“ Tanja hofft, er hat eine Lösung.

„Es ist doch nicht gefährlich, Dir wird hier nichts geschehen, hab keine Angst!“, wieder lächelt er freundlich.

„Ach, Balthasar, das ist nicht so einfach! Mein Körper würde wahrscheinlich sterben, wenn ich…“ Ein wildes Klingeln ist um Tanja herum, denn alle drei Wecker klingeln um die Wette. Der Große mit der Glocke rappelt immer noch auf ihrem Bauch. Tanja realisiert kurz, dass sie wieder zurück in ihrer Welt ist, dann nimmt sie ihr Handy und ruft Gina an: „Guten Morgen, Gina! Ich bin zurück! Du brauchst nicht vorbeizukommen!“

„Sehen wir uns heute Abend?“, fragt Gina.

„Treffen wir uns in der Altstadt?“

„Ja, beim alten Angelo, das Café am Markt!“ Gina legt auf und schenkt sich noch einen Kaffee nach, denn sie hat nun Zeit und muss nicht noch vor der Arbeit in die Altstadt, um Tanja zu wecken.

Tanja geht zu ihrem Bulli, der in der Nähe parkt. Sie folgt Ginas Tipp und fährt zum Jachthafen, wo es um diese Zeit genug freie und sichere Parkplätze gibt. Der Hafenmeister verlangt kein Geld von der hübschen Frau, ihr nettes Lächeln genügt ihm. Tanja schaltet ihre Kühlbox ab und entsorgt die letzten Lebensmittel. Sie wird nichts mehr essen, damit sie einen leeren Darm hat, wenn sie die lange Reise antritt. Als es Abend wird, geht sie zu Angelos Café, wo sie Gina trifft. „Na, wie war Dein Ausflug?“, will Gina wissen.

„Ach, viel zu kurz! Gina, ich muss länger dort bleiben!“

Gina schaut Tanja an und ahnt, dass sie etwas Bestimmtes von ihr will. „Soll ich morgen wieder nach Dir sehen?“

„So in etwa.“, druckst Tanja herum. „Gina, ich brauche Deine Hilfe! Du musst Dich um mich kümmern, solange ich weg bin!“

„Hä… was willst Du mir damit sagen?“

Tanja schaut sich im Café um, ob jemand lauscht. „Ich will mich für acht Tage in den Hof legen. Du sollst dafür sorgen, dass ich… besser gesagt, mein Körper überlebt!“

144

„Das… aber das geht doch nicht. Tanja, Du kannst doch nicht acht Tage schlafen!“ In Ginas Kopf fängt es an, zu rattern. Alles, was sie als Krankenschwester gelernt hat, geht ihr durch den Kopf. „Du brauchst Wasser, Mineralien… nein, das geht nicht!“

„Kannst Du mir nicht so eine Infusion legen?“ Tanja hat sich bereits informiert, was sie mit Komapatienten machen, um sie am Leben zu halten.

„Eine Infusion? Tanja, Du bist doch nicht…“ Gina merkt, dass sie es ernst meint. „Scheiße Tanja, was ist, wenn etwas schief geht? Ich bin doch keine Ärztin!“

„Ich weiß! Du musst Dir keine Sorgen machen! Ich sterbe ja nicht richtig, aber wahrscheinlich muss ich dann in der anderen Welt bleiben.“

„Oh Tanja, was verlangst Du da nur von mir?“ Gina schüttelt den Kopf und denkt bereits darüber nach, was Tanja alles braucht.

„Bitte, Du musst mir helfen!“, fleht Tanja.

„Scheiße!“ Gina schüttelt den Kopf. „Acht Tage sagst Du?“ Gina sucht schon in Gedanken alles zusammen.

„Ja, sonst lohnt es sich nicht.“ Tanjas Blick ist fest auf Ginas Augen geheftet.

„Du brauchst Zucker und Mineralien. Ich… ich glaube, wir haben sowas da.“ Gina geht in Gedanken die Vorräte in der Praxis durch. „Ich glaube… ja… ich muss sehen, was ich tun kann!“

Tanja Plan gelingt. „Danke, Gina!“

Gina trinkt ihren Cappuccino aus und sagt beim Gehen: „Ich melde mich bei Dir!“ Nachdenklich geht sie über den Marktplatz. Tanja trinkt auch aus und bezahlt. Sie geht zurück in ihr Gästehaus und legt sich ins Bett. Sie weiß nicht, ob es nur im Innenhof klappt oder auch im ganzen Haus. Sicherheitshalber stellt sie sich ihre Wecker, die sie am Morgen aus einem tiefen und erholsamen Schlaf reißen. Nun weiß sie zumindest, Dass nur der Innenhof das Portal ist und das Haus drumherum nur Beiwerk, ohne Funktion zu sein scheint. Wer weiß, was hier vor dem Haus stand? Tanja steht nachdenklich, vor dem kleinen Lichthof, sie denkt an Gina. Wird sie ihr helfen? Schafft sie es, diese Infusion zu besorgen? Als sie so darüber nachdenkt, fragt sie sich, warum ausgerechnet Gina ihr glaubt. Sie hat doch selbst nie diese Erfahrung gemacht. Oder doch? Redet sie nur nicht darüber oder hat sie es gar verdrängt? Tanja schaut sich im Keller um, denn sie hat den Schlüssel dafür auch bekommen. Tanja findet Reinigungsmittel und zwei Reservestühle für die kleinen Balkone. Neben einer neuen Matratze steht ein alter Rattansessel mit den passenden Polstern dazu. Tanja denkt an den Bericht von Georgius, der sich auch in solch einen Korbstuhl gelegt hat. War es derselbe? Sie muss daran denken, warum er ihn benutzt hat und ein ekliger Schauer überkommt sie beim Gedanken an den Urin, der dann dadurch gelaufen ist. Tanja beschließt aber trotzdem, sich den Stuhl näher anzusehen. Sie hält es für eine bessere Idee, als sich einen Katheter einführen zu lassen. Als erstes riecht sie an dem Rattangeflecht und kann nichts Auffälliges feststellen, dann stellt sie ihn gerade hin und setzt sich hinein. „Wer lässt denn so einen bequemen Stuhl im Keller vergammeln?", fragt sie laut, als sie testet, wie angenehm es sich darin sitzt. Also schleppt sie diesen unhandlichen Sessel nach oben und stellt ihn in den kleinen Innenhof, dann holt sie sich einen starken Reiniger und putzt den Rattansessel gründlich ab.

Pitatia

Tanja geht in Gedanken nochmals alles durch. Sie muss sich auf Gina verlassen, doch eine andere Wahl hat sie nicht, denn Gina ist die Einzige, die ihr glaubt. Tanja muss sie unbedingt fragen, warum sie das alles für sie tut, da ist sie auch schon da. „Oh Mann, was mache ich hier bloß?" fragt sie, als sie zwei Taschen in den Flur schleppt.

„Hallo Gina, hast Du alles bekommen?", fragt Tanja aufgeregt und hilft ihr, die Taschen zu tragen.

„Sei vorsichtig! Da ist Glas drin!", mahnt Gina. „Ich hoffe, dass ich an alles gedacht habe!" Gina öffnet eine der Taschen. „Mit den Infusionen solltest Du acht Tage auskommen!", sagt sie, als sie ihr den Infusionsbeutel vor die Nase hält. „Wann willst Du es denn machen?"

„Heute Abend!", sagt Tanja, obwohl sie es noch gar nicht geplant hat.

„Was? Heute schon? Das geht nicht! Du musst Dich doch vorbereiten!", protestiert Gina.

„Ich habe doch alles vorbereitet!" Tanja zeigt auf den Korbstuhl im Hof.

„Du musst Dich vorbereiten!", erklärt Gina und holt einen Zettel mit Anweisungen aus ihrer Tasche. „Kein Alkohol, Du solltest auch nichts mehr essen und Dich gründlich ausschlafen!"

Tanja denkt nach. „Hab ich! Ich habe seit zwei Tagen nichts gegessen, bin ausgeschlafen und getrunken habe ich auch nichts! Wasser, sonst nichts!" Demonstrativ setzt sie sich in den Korbstuhl. „Es kann los gehen!", fordernd schaut sie Gina an.

„Du bist verrückt!" Gina kann nicht verstehen, wie Tanja an diesem seltsamen Traum festhält. „Tanja, Du jagst einem Hirngespinst hinterher!"

„Hilfst Du mir nun?" Tanja weiß, es macht wenig Sinn, sie von der anderen Welt zu überzeugen.

„Ja! Aber nur auf Deine Verantwortung! Ich habe keine Lust, wegen Dir in den Knast zu gehen! Wenn Du tot bist, lasse ich Dich hier liegen und verschwinde!" Gina hat die ganze Nacht darüber gegrübelt, was passiert, wenn sie Tanja tot auffindet.

„Ach was, Gina! Was soll denn schief gehen?" Tanja kennt die Gefahren, doch sie glaubt fest daran, dass sie in der anderen Welt überleben wird, wenn sie in dieser stirbt. „Mach Dir keine Sorgen!"

Gina hängt den Infusionsbeutel mit der Glukoseinfusion an den alten Garderobenständer, den Tanja ebenfalls aus dem Keller hat. „Das sollte Dich zwei Tage am Leben halten! Ich werde alle zwei Tage den Beutel auswechseln!" Gina hat extra Gummihandschuhe an, um im Ernstfall keine Fingerabdrücke zu hinterlassen. „Bist Du Dir sicher, dass ich Dich erst am nächsten Mittwoch wecken soll?" Gina hat Angst.

„Ja, so wie besprochen! In acht Tagen!" Tanja hat auch Angst, doch sie glaubt an Ginas Hilfe.

„Willst Du wirklich so lange mit dieser Infusion hier sitzen? Tanja, ich habe hier keine modernen Geräte, die Deinen Kreislauf überwachen und mich im Ernstfall alarmieren! Alles, was ich habe, ist mein Zeigefinger, mit dem ich Dir abends den Puls messen kann!" Gina weiß, dass sie täglich nach ihr sehen wird.

„Gina, mach Dir keine Gedanken! Es wird schon gut gehen, da bin ich mir sicher!", beruhigt Tanja.

„Na denn!" Gina sticht die Kanüle in Tanjas Vene und versorgt die Einstichstelle mit einem Pflaster. „Ruf mich an, wenn was ist! Ich komme dann am Donnerstag wieder und wechsle den Infusionsbeutel!"

„Ich danke Dir, Gina! Wir sehen uns in einer Woche!" Tanja schließt die Augen.

„Viel Glück!" Gina nimmt ihre Handtasche, schaut sich nochmal ungläubig um und geht nach Hause.

Tanja reagiert bewusst nicht auf Ginas Abschied, sie will ihre Zeit nicht verschwenden. Nun ist sie ganz ruhig, versucht an nichts zu denken und schon steht sie wieder auf der grünen Wiese. Tanja ist eingeschlafen und ist nun in der anderen Welt, umgeben von einem dichten Wald steht sie auf einer Lichtung vor einer Felswand. Tanja schaut sich um, genießt die reine Luft, das Atmen fällt ihr so leicht. Auf der Felswand entdeckt sie eine Inschrift mit ihr unbekannten Schriftzeichen und Abbildungen einer Landkarte. Tanja sieht genauer hin, sie erkennt die Erde von oben. Nein, es ist ein Bild der flachen Erde, so wie es die

UN in ihrem Logo verwendet, jedoch viel größer. Die Erde ist umgeben von noch mehr Erdteilen oder sind es andere Welten? Tanja wird aus ihren Gedanken gerissen, sie dreht sich um, denn hinter ihr bewegt sich etwas. „Balthasar, dieses Mal habe ich einen ganzen Tag Zeit, um mir Deine Welt anzuschauen! Oh, Du musst mir alles über euch erzählen!" Tanja freut sich, das bekannte Gesicht zu sehen. Er scheint kleiner geworden zu sein.

„Willkommen, Tanja!" Balthasar verneigt sich vor Tanja, als wäre sie eine Adlige. „Groß bist Du geworden." Balthasar schaut sich die junge Frau genau an. „Deine Anmut ist überwältigend!", wieder verneigt er sich leicht.

„Danke! Es ist ja auch eine Weile her, dass wir uns gesehen haben. Mal abgesehen von den paar Minuten, die ich gestern hier war!" Er ist nicht kleiner geworden. Es liegt nur daran, dass Tanjas Bekanntschaften meist größer als sie sind. Ach, wenn er nur zwei oder drei Köpfe größer wäre, er sieht so attraktiv aus, ist zuvorkommend und wirkt so gebildet, sie könnte sich glatt in ihn verlieben.

Balthasar lacht. „Du warst vorhin hier und schon nach zwei Minuten bist Du wieder verschwunden! Schade, dass Du immer nur so kurz hier bist! Aber das liegt wohl an der unterschiedlichen Wahrnehmung der Zeit."

„Dieses Mal bleibe ich länger! Ich habe eine ganze Woche Zeit, was hier wohl nur ein Tag sein müsste!" Tanja ist beeindruckt von der üppig grünen Natur. „Sind wir noch auf der Erde oder ist das hier ein anderer Planet?

„Also erst einmal heißt unsere Welt Pitatia! Wir sind die Nachbarn eurer Erde!", antwortet Balthasar.

Tanja überlegt, sie hat das Modell der Planeten vor Augen, das sie in der Schule so mochte, wenn es sich von allein drehte. „Wir sind auf dem Mars? Den habe ich aber ganz anders erwartet, eher wie eine Wüste!"

„Ach ja, erzählen sie euch immer noch von der Sonne und den Planeten, die um die Erde kreisen?" Balthasar lacht.

„Nein! Das war mal im Mittelalter! Heute wissen wir, dass sich die Erde, wie auch die anderen Planeten um die Sonne drehen!", erklärt Tanja.

Balthasar ist immer noch amüsiert. „Ach, Tanja, auch das ist nur ein Märchen! Du musst wissen, wir sind hier hinter der Eiswand, ihr nennt sie wohl Südpol!"

Tanja hat mal was von dieser Theorie gehört, es aber, wie die meisten Menschen, als Schwachsinn abgetan. „Du willst mir doch nicht etwa sagen, die Erde ist flach?"

„Nein, so einfach ist das nicht!" Balthasar merkt nun, dass er ganz von vorn anfangen muss. „Also, eure Erde ist nur ein Teil des großen Ganzen! Eure Erde wird nach oben durch eine Kuppel begrenzt und drum herum ist ein riesiges Eisgebiet, das mittlerweile undurchdringlich geworden ist! Vor etwa zehn Jahren wurde die letzte Passage durch das Eis von euch gesprengt. Seitdem können wir nur noch durch die letzten drei Portale reisen, um uns zu besuchen!"

„Besucht ihr uns auch regelmäßig?" So viele Informationen prasseln auf Tanja herein.

„Eigentlich nicht! Keiner will in eure Welt, weil wir dort so schnell altern!"

Tanja denkt wieder daran, dass ihre Zeit begrenzt ist und sie ihren Aufenthalt nicht mit Wortspielereien verschwenden darf. „Du musst mir alles zeigen! Ich habe nicht viel Zeit!" Sie sieht um sich herum nur Wald und die Felswand. „Wo wohnt ihr denn, ist es weit weg?"

„Komm mit!" Balthasar geht voran.

Tanja lässt ihn einige Meter vorgehen, da es ihr komisch vorkommt, einem so kleinen Mann zu folgen. Ein schmaler Pfad geht durch den dichten Wald. Der Boden ist saftig grün und dicht bewachsen. Es liegt kein Laub herum, obwohl jetzt Winter ist. „Was habt ihr jetzt für eine Jahreszeit?", ruft sie ihm zu.

Balthasar bleibt stehen und dreht sich zu ihr um. „Jahreszeit? Wie meinst Du...", jetzt fällt es ihm wieder ein. Balthasar weiß viel über die Erde, obwohl er nur einmal kurz da war. „Oh, wir haben hier keine Jahreszeiten! Es ist immer so wie jetzt!" Er dreht sich um und geht weiter.

„Keine Jahreszeiten?", fragt Tanja leise nach. Sie folgt ihm weiter. Es ist angenehm warm und hell. Erst jetzt schaut sie in den Himmel, doch durch die dichten Baumkronen hindurch kann sie keine Sonne entdecken. Es scheint aber ein wolkenloser, schöner Tag zu sein. Tanja muss sich ein Lachen verkneifen. Zu lustig sieht der kleine Mann vor ihr aus. Er wirkt wie ein Gelehrter, ist aber nur ein Zwerg.

Balthasar pflückt zwei grüne Früchte von einem Strauch. Sie haben dieselbe grüne Farbe wie die dicken, fleischigen Blätter. Eine der Früchte hält er ihr hin. „Hast Du Hunger?" In die andere Frucht beißt er selbst hinein.

Tanja ist nicht hungrig, aber neugierig. „Kann man da einfach so hineinbeißen?" Die Frucht sieht einer Minigurke sehr ähnlich, sie kommt ihr bekannt vor. Tanja schaut zu, wie er die Frucht isst und beißt auch hinein, ohne sie vorher abzuwischen. Es schmeckt süß und unheimlich fruchtig. Nein, mit einer Gurke ist es nicht zu vergleichen. Das Fruchtfleisch zergeht förmlich im Mund, so wie Schokolade oder Sahne, nein, eher wie Sahneeis schmilzt es auf der Zunge. Tanja ist überwältigt. So etwas hat sie noch nie gegessen. „Ist das lecker!", nuschelt sie mit vollem Mund. „Ich habe das schon mal gegessen… ja, als ich das erste Mal hier war."

Balthasar bedenkt, dass sie um einiges größer ist als er. Sie muss bestimmt mehr essen, um satt zu werden. „Möchtest Du noch eine?"

„Was ist das? Mann, schmeckt das gut!" Tanja bemerkt, wie sie auf einmal ein Völlegefühl überkommt, sie winkt ab und sagt: „Oh nein! Ich bin satt!"

„Das ist Matha!", erklärt er kurz.

„Ist bestimmt selten, oder?", vermutet Tanja, denn so ist es ja immer, wenn etwas so gut ist.

„Nein! Sie wächst überall!“, sagt Balthasar und zeigt in den dichten Wald hinein.

„Oh, ich würde nichts anderes mehr essen!“ Tanja denkt an ihr Völlegefühl. „Die ist bestimmt auch sehr nahrhaft?“

„Oh ja! Ein oder zwei Früchte am Tag reichen uns aus!“

„Das ist ja praktisch! Was esst ihr sonst so? Habt ihr auch Brot? Was ist mit Wurst oder Käse?“ Tanja liebt Käse.

„Wir essen nur Früchte! Brot kenne ich nicht! Was ist Wurst?“, fragt Balthasar.

„Wurst wird aus Fleisch gemacht und Käse macht man aus Milch!“, erklärt Tanja. Vor ihnen scheint sich der Wald zu lichten. Es wird heller.

Balthasar hat davon gelesen, dass die Menschen auf der Erde Tiere essen. „Wir essen keine Tiere!“, sagt er abwertend. „Pitatia bietet uns genug Früchte!“ Sie sind nun aus dem Wald raus und Balthasar bleibt vor einem Abgrund stehen. „Da wohnen wir!“ Er zeigt in den Abgrund hinein.

Tanja schließt zu ihm auf und schaut in das Tal hinein. Was sie sieht, ist ein Dorf aus Hütten, so wie sie es auch schon bei Steinzeitausstellungen gesehen hat. „Ich hätte gedacht, ihr seid fortschrittlicher!“, rutscht es ihr heraus.

„Urteile nicht so schnell!“, mahnt Balthasar. „Lass uns hinfliegen!“ Er nimmt Tanja an die Hand und will los.

„Fliegen? Wie meinst Du das?“

„Ach ja, ihr könnt ja nicht mehr fliegen!“

„Doch, können wir, aber nur mit einem Flugzeug oder einem Hubschrauber oder so!" Nun ist Tanja verwirrt. Können die kleinen Menschen etwa fliegen? Nein, das geht nicht! Sie haben ja keine Flügel oder verbergen sich diese unter ihren weißen Hemden?

Balthasar erinnert sich an die Bilder mit den großen Blechfliegern, in dessen Inneren die Menschen eng aneinander sitzen. „Ach ja! Was mach ich jetzt?" Er kann das schwere Mädchen doch nicht tragen. Jetzt ist er verärgert. „Wie kriege ich Dich jetzt ins Dorf?"

„Habt ihr keine Autos?" Tanja schaut hinunter ins Dorf. Sehen würde sie es schon gern. „So weit ist es doch nicht. Können wir nicht dahin laufen?"

„Laufen? Äh…, aber es gibt keinen Weg ins Dorf!"

„Kein Weg? Aber wie bist Du…? Ja klar, Du bist geflogen." Es scheint hier nichts so zu sein, wie sie es gewohnt ist. Einerseits ist alles so primitiv und andererseits haben sie Fähigkeiten, von denen Tanja nur träumen kann.

„Ja, Tanja, wir fliegen einfach!" Balthasar hebt einfach so ab, schwebt zweimal, in etwa dreißig Zentimeter Höhe um Tanja herum und stellt sich wieder vor sie.

„Wie machst Du das? Du hast ja keine Flügel!" Tanja hätte wenigstens einen Schirm oder Flügel oder irgendein Gerät erwartet. „Du kannst einfach so fliegen? Das geht doch nicht. Ohne Flügel? Ihr braucht dafür kein Gerät oder so? Was ist mit der Schwerkraft? Braucht ihr die etwa auch nicht?" Tanja ist verwirrt.

„Ja einfach so!" Jetzt wird ihm auch so langsam bewusst, warum die Menschen so viele technische Hilfsmittel haben. All die Autos, Busse und erst diese Flugzeuge. „Darum haben wir keine Autos und keine Straßen. Wir haben nicht mal Wege! Ich habe eine Idee!" Balthasar stellt sich zum Tal hin und schaut hochkonzentriert hinunter.

Tanja schaut ihm zu und ahnt, was er macht. „Telepathie?", fragt sie kurz.

„Was ist das?", fragt er und entspannt sich wieder.

„Na, wenn Du Dich mit jemandem unterhältst, der weiter weg ist. Also ohne Sprache oder Handy!"

„Handy? Was ist das nun wieder?", fragt Balthasar.

„Och, habt ihr denn gar keine Technik?" Tanja ist genervt von seiner Rückständigkeit. „Ein Handy ist ein Telefon zum Mitnehmen. Damit kannst Du telefonieren, chatten und alles Mögliche an Daten versenden und empfangen!"

„Tanja, wir brauchen keine Technik! Wir haben alles, was wir brauchen!" Er schaut zum Dorf. „Da kommen sie! Zu viert werden wir Dich tragen können!"

Tanja sieht drei Punkte im Himmel über dem Dorf, die immer größer werden. „Was ist das?" Jetzt erkennt sie drei Menschen. „Oh, wer ist das?"

„Drei Freunde! Ich habe sie gerufen. Wie hast Du gesagt? Telepathie?" Balthasar winkt den Dreien zu. Als sie vor ihm landen, sagt er: „Das ist Ivon, Kurek und Thorus! Sie werden mir helfen!"

Tanja geht zwei Schritte zurück, um die kleinen Männer nicht so von oben herab anzusprechen. „Hallo, ich bin Tanja! Freut mich, euch kennenzulernen." Oh, sie sind so niedlich in ihren weißen Hemden und den kurzen Hosen.

Die Drei verneigen sich vor ihr und Balthasar sagt: „Lasst uns Tanja ins Tal bringen! Ihr beide nehmt ihre Arme, Thorus und ich nehmen ihre Beine!"

„Oh…äh…, soll ich was machen?" Tanja fühlt sich nicht gerade wohl in ihrer Haut, als die vier kleinen Männer sie an den Füßen und Armen nehmen. „Ahhhh!" Los geht´s! Tanja hebt ab. „Oh scheiße, ich fliege!" Die Vier heben sie an und schweben mit ihr ins Tal hinein, bis zum Dorf hinunter. Tanja hält sich krampfhaft an den Hüften der beiden Männer fest und hofft, dass die anderen beiden ihre Beine nicht loslassen. „Oh Gott, lasst mich bloß nicht los!" Erst unten, kurz vorm Dorf, weicht die Angst und sie kann den Flug genießen. „Wow, das ist herrlich! Ohhh!" Tanja steht wieder auf festem Boden. „Danke! Das werde ich mein Leben lang nicht vergessen!"

„Komm, ich führe Dich herum und zeige Dir alles!" Balthasar geht voraus. „Da ist mein Haus!"

Tanja ist immer noch voller Euphorie vom Flug. „Warte, ich komme ja!" Sie schaut sich im Dorf um. Die drei Helfer gehen in ihre Hütten. Auch Balthasar steuert auf eine der Hütten zu. Sie ist rund mit einem kuppelförmigen Dach und nicht allzu groß. Tanja ist schon gespannt, wie es wohl innen aussieht. „Wohnst Du allein darin?"

„Ja, jeder hat sein Haus!" Balthasar öffnet die Tür und geht hinein. „Pass auf, dass Du Dir nicht den Kopf stößt!"

Tanja zieht ihren Kopf ein, um durch den niedrigen Eingang zu kommen. Über ihrem Kopf ist nicht viel Platz im Inneren der Hütte. Es ist ein großer Raum mit vier Fenstern ohne Glas. An den Wänden stehen einfache Holzschränke und an einer Seite ein sehr eigenartiges Sofa und zwei Sessel. Gegenüber ist eine Art Bett. Tanja vermisst einen Tisch und Stühle. Sie schaut sich neugierig um. „Habt ihr keine Küche?" Die Toilette vermutet sie draußen, so rückständig wie sie leben.

„Küche? Was ist das?", fragt Balthasar.

„Na, da macht man das Essen!"

Balthasar ahnt, was sie meint. „Wir gehen raus, wenn wir Hunger haben. Im Wald gibt es genug Früchte!"

„Verstehe! Euer Bad ist auch draußen?", fragt sie schmunzelnd. Tanja denkt an die alten Filme, in denen früher oftmals die Toiletten auf dem Hof waren.

„Tanja, unser Leben läuft etwas anders ab! Wir essen einmal am Tag und das, was ihr absondert, gibt es bei uns nicht!", erklärt er.

Tanja wundert sich, dass dieses Matha so nahrhaft ist, doch sie hat noch mehr Fragen: „Du sagst, dass Du allein hier wohnst. Hast Du keine Frau? Du hast doch bestimmt eine Freundin?" Bei seinem hübschen Gesicht muss er eine haben. Die Mädchen hier werden ihn sicher mögen.

„Nein, Tanja, wir paaren uns nicht, so wie ihr!"

„Oh!" Tanja ist überrascht, denn das macht doch das Leben aus. „Habt ihr keine Frauen? Wie vermehrt ihr euch?"

„Wir vermehren uns nicht. Ach, Tanja, das ist bei uns etwas komplizierter! Es gibt keine Weibchen, wir bilden keine Paare, so wie ihr das tut."

Tanja hat noch so viele Fragen, doch sie erfährt gerade so viel Neues. Sie wollte Balthasar unbedingt auf den Schlüssel ansprechen, den er ihr bei ihrem ersten Besuch gegeben hat, doch sie denkt vor lauter Aufregung nicht mehr daran. „Sieht es denn bei allen so aus, wie bei Dir?"

„Ja, warum soll es auch anders sein?" Balthasar geht wieder aus seiner Hütte und will ihr noch den Rest des kleinen Dorfes zeigen.

„Wer wohnt denn in dieser Hü… äh diesem Haus?" Tanja entdeckt eine Hütte, die etwas anders aussieht. Es wachsen bunte Blumen neben dem Eingang und unter dem Fenster ist ein Blumenkasten. „Wer wohnt denn da? Oh, es ist bestimmt eine Frau!", schlussfolgert Tanja.

„Welches Haus meinst Du denn?" Balthasar weiß genau, welches sie meint und er muss versuchen, sie von diesem Haus wegzulocken. Auf keinen Fall, soll sie auf dessen Bewohner stoßen. „Komm, ich bringe Dich zu Kurek, er ist unser Experte für Eure Welt!" Balthasar schiebt Tanja zu einem anderen Haus, als gerade die Tür von der Hütte mit den Blumen geöffnet wird.

Aus der Hütte tritt ein Mann hervor, der eine normale Größe hat. Er muss sich tief ducken, um durch die Tür zu passen. „Wer ist das?" Tanja zeigt auf den Mann und bleibt stehen. „Ist er einer von uns?"

Balthasar ist verärgert, dass er Tanja nicht rechtzeitig von dem Haus weggeführt hat, doch nun ist es zu spät. „Ja, er ist auch von der Erde!", gibt er zu.

Der Mann schaut nun zu ihnen herüber und Tanja glaubt, ihn zu erkennen. „Georgius?", ruft sie dem Fremden zu. „Sind Sie das?"

Sein Blick erhellt sich, als er die junge Frau sieht. Seit mehr als sechs Jahren hat er keine Frau mehr gesehen. „Oh, hallo schöne Frau! Welch ein Glanz in unserm Dorfe!" Er hat nichts verlernt. Schnell eilt er zu ihr, sie ist fast so groß wie er und sie sieht so schön aus.

Er ist genauso, wie Romina ihn beschrieben hat. Tanja hat ihn auf den Bildern bei Romina gesehen. Kein Bisschen hat er sich verändert, er sieht genau so aus, wie auf den Fotos von damals. Auch dieselben Klamotten trägt er noch. „Sie müssen einfach der Zauberer Georgius sein! Ich bin Tanja!"

„Ja, das bin ich!" Er reicht ihr die Hand, doch er schüttelt sie nicht, sondern er küsst ihre Hand, wie ein echter Kavalier. „Hallo, Tanja, ich bin entzückt! Du bleibst doch?"

„Nein, ich habe nur einen Tag, dann gehe ich wieder zurück!" Tanja ist überwältigt von seiner Art. Jetzt kann sie verstehen, warum Romina so von ihm schwärmte.

„Ach, schade! Aber einen Tee trinkst Du doch mit mir?“

Für Tee hat Tanja keine Zeit, doch sie hat auch an ihn so viele Fragen. „Na gut, aber nicht lange!“ Tanja wendet sich an Balthasar. „Entschuldige, können wir das Treffen mit Kurek noch etwas verschieben?“

„Bringe ihn doch zu mir!“, sagt Georgius und hofft so, mit Tanja allein reden zu können.

„Oh, das ist eine gute Idee!“ Tanja lächelt die beiden Männer an.

„Wenn es Dein Wunsch ist!“, sagt Balthasar enttäuscht.

„Komm, Tanja, Du musst mir alles erzählen! Welches Jahr ist gerade auf der Erde? Ist nicht bald die Jahrtausendwende?“ Georgius geleitet Tanja in seine Hütte. „Pass auf! Zieh den Kopf ein!“

„Die Jahrtausendwende ist längst vorbei! Wir haben mittlerweile 2023!“, erklärt Tanja lachend.

„Oh! Bin ich schon so lange hier? Wie bist Du hierhergekommen?“

Tanja lacht. „Durch Dein ehemaliges Haus!“

„Ach, mein Haus. Was ist damit geschehen?“ Wehmütig denkt er daran, was er aus dem Haus machen wollte, wie er seinen Lebensabend am Meer verbringen wollte.

„Tut mir leid, es ist nicht mehr Deins! Die Stadt hat es verkauft, nachdem Deine wahre Identität herauskam!“

„Oh! Wie haben sie es herausgekriegt?“, fragt Georgius.

Tanja senkt den Kopf. „Daran war ich wohl schuld! Ich habe mit meinem Freund herausgefunden, wer Du warst und daraufhin hat dann die Stadt Dein Haus verkauft, da sie keine Erben ausfindig gemacht haben!“ Nun wartet sie auf seine Reaktion.

„Ja, ich wollte erst noch eine Familie gründen. Weißt Du, mein Leben war recht… nun sagen wir, abwechslungsreich!“ Georgius überlegt sich gerade, was sie wohl alles über ihn weiß.

„Ich denke, ich kenne Deine Geschichte. Warum bist Du hiergeblieben?“

„Oh, das wollte ich gar nicht! Ich konnte einfach nicht mehr zurück!“, bedauert Georgius.

„Es lag wohl daran, dass Du gestorben bist!“, sagt Tanja leise.

Georgius nickt und sagt: „Das habe ich befürchtet! Weißt Du, was passiert ist?“

„Ich vermute mal, Du bist wohl verdurstet oder so!“

„Ich wollte nur einen oder zwei Tage bleiben, aber dann kam ich nicht mehr zurück!“, sagt Georgius traurig.

„Es hätte Dich jemand wecken sollen! Ein Tag hier sind acht Tage bei uns!“, erklärt Tanja.

„Oh! Das wusste ich damals nicht. Du musst wissen, die Leute hier reden nicht so gern darüber, aber ich habe schon so einiges herausgefunden! Hier ist nicht alles so sonnig wie es scheint! Sei vorsichtig, Tanja!" Er überlegt kurz. „Wie lange bist Du denn schon hier? Nicht, dass es Dir genauso wie mir ergeht!" Georgius schaut sich das Mädchen genauer an, sie gefällt ihm.

„Eine Freundin, sie ist eine Krankenschwester, passt auf mich auf! Sie versorgt mich mit Infusionen und weckt mich, falls was schief geht. Spätestens nach acht Tagen geh ich wieder zurück!"

Georgius denkt daran, wie naiv er seine Reise vorbereitet hat. „Das ist gut! Tanja, sei bei Balthasar vorsichtig, er führt etwas im Schilde mit Dir… oder sogar mit uns! Ich weiß noch nicht, was er vor hat, aber ich glaube, es ist nichts Gutes!"

Tanja wundert sich, denn Balthasar ist immer sehr nett zu ihr gewesen. Wenn sie bedenkt, was für ein Scharlatan Georgius war, ist sie sich nicht sicher, wem sie mehr vertrauen soll. „Bist Du sicher?"

Als Georgius gerade antworten will, geht die Tür auf. Balthasar steht im Raum und sagt: „Tanja, ich will Dich ja nicht drängen, aber Kurek hat so viele Fragen an Dich!" Er holt Kurek hinein, den Tanja schon auf dem Flug hierher kennenlernte.

„Hi Kurek!", sagt Tanja kurz, als der kleine Mann in die Hütte kommt.

Mit den Worten: „Ich grüße Dich!", verneigt sich Kurek bedeutungsvoll vor Tanja. „Tanja, ich habe so viele Fragen, lass uns zu mir gehen!" Er weist auf die Tür.

„Hallo Kurek!" Tanja reicht ihm die Hand. Sie bemerkt die angespannte Atmosphäre in Georgius Hütte. „Lasst uns keine Zeit verschwenden! Bleiben wir doch hier!" Sie schaut Georgius an und sagt: „Wenn es Dir recht ist.", zu den anderen sagt sie: „Ich will auch so einiges über euch erfahren!"

„Ja bitte, setzt euch doch!" Georgius mag Tanjas Schlagfertigkeit.

„Nun gut!" Balthasar und Kurek setzen sich auf den Boden, so wie es hier üblich ist.

Balthasar macht nicht gerade den Eindruck, als ob er besonders glücklich mit der Situation ist. Tanja beobachtet genau seine Mimik, doch sie will tatsächlich keine Zeit verschwenden. Sie setzt sich auch auf den Boden und nun bilden sie alle einen Kreis. „Wie macht ihr das mit dem Fliegen?" Tanja schaut Georgius an. „Kannst Du auch fliegen?"

Georgius antwortet gleich: „Nein! Wir können es wohl nicht lernen! Ich habe es immer wieder versucht!"

„Wir können es einfach! Ich weiß nicht, wie es geht!", sagt Balthasar. Kurek sitzt einfach nur da und beobachtet.

„Schade!", schmollt Tanja, dann fällt ihr wieder ein, dass Balthasar sagte, ihr könnt nicht mehr fliegen. Fliegen wäre ein Grund, hier zu bleiben. „Konnten wir etwa mal fliegen? Habt ihr keine Bücher, wo drinsteht, wie es geht?" So leicht will sich Tanja nicht abspeisen lassen.

„Bücher?" Balthasar schaut Tanja fragend an.

„So etwas haben wir nicht!", sagt Kurek. „Und soweit ich weiß, konntet ihr noch nie fliegen!" Er hofft, die Fragerei damit zu beenden.

„Es gibt hier keine Schulen oder Universitäten! Angeblich geben sie ihr Wissen einfach so weiter!", sagt Georgius.

Tanja ist enttäuscht. „Aber was ist mit der Felswand? Da waren doch irgendwelche Hieroglyphen drauf! Was bedeuten diese Inschriften? Gibt es noch mehr davon?"

„Welche Felswand?", fragt Georgius hellhörig.

„Na da, wo wir ankommen, wenn wir hierherkommen!"

„Ach, das bedeutet nichts! Das ist nur altes Gekritzel!", erklärt Balthasar abwertend. Ihre Neugier nervt ihn.

„Was stehet denn so in den Büchern bei euch?", will Kurek wissen.

„Ach, alles Mögliche! Geschichten, Krimis, aber auch unsere Geschichte und Physik oder Chemie, eben jede Menge Wissen. Naja und jetzt haben wir ja auch Computer und das Internet!" Tanja wird sich der primitiven Lebensweise der Menschen hier immer mehr bewusst.

„Computer? Was ist Internet?", will Georgius wissen. Auch die anderen sind ganz Ohr.

„Das sind halt Geräte, mit denen wir weltweit kommunizieren können. Jeder hat so ein Handy, das ist ein Computer zum Einstecken!" Tanja will etwas erfahren und nicht ihnen alles Mögliche erklären. „Wer lehrt euch denn, das, was ihr wisst? Wer ist euer… Chef oder Anführer?" Alle, auch Georgius, schauen sie fragend an. „Also, wer bestimmt bei euch, wo es lang geht?"

Kurek und Balthasar schauen sich fragend an. Balthasar sagt: „Keiner! Wir wissen, was wir zu tun haben!"

„Das heißt, ihr könnt machen, was ihr wollt?" Tanja schaut auch kurz zu Georgius, doch auch er schaut nur fragend zu den beiden, die nicht so recht verstehen, was Tanja eigentlich will. „Na, könnt ihr einfach so verreisen oder könnt ihr eure Hütten so bauen, wie ihr es wollt?"

„Verreisen?", fragt Balthasar nach. „Unsere Häuser stehen doch da! Wieso sollten wir sie bauen?"

„Was wäre denn, wenn ich hierbleiben würde? Kann ich dann selbst bestimmen, wie meine Hütte aussieht?"

Nun erhellt sich Balthasars Gemüt. „Du kannst doch mit Georgius in einer Hütte leben! Ihr währt dann ein… Pärchen! So heißt das doch bei euch?"

Tanja schaut Georgius an. Er sieht nicht schlecht aus und es würde wohl dazu kommen, dass die beiden sich näherkommen, aber sie will sich das doch nicht von vorn herein so bestimmen lassen. „Was ist, wenn ich ihn nicht mag? Vielleicht verliebe ich mich ja auch in einen anderen?"

Balthasar ist überrascht über diese Aussage. Kurek kennt sich etwas besser mit den Sitten auf der Erde aus, er sagt: „So etwas wie Liebe gibt es hier nicht! Wir pflanzen uns auch nicht so fort wie ihr! Dir bliebe also nichts anderes übrig, als Dich mit Georgius zu paaren und Kinder zu zeugen!"

„Was?" Tanja ist entsetzt, doch sie beruhigt sich schnell, denn sie haben ja sehr unterschiedliche Anschauungen und Kulturen. „Ich will keine Kinder! Schon gar nicht hier! Also zumindest erst mal nicht. Ich habe einen Freund und wir wollen bald heiraten!"

Georgius mag Tanja, er würde sich freuen, wenn sie hierbliebe und Sex hatte er schon lange nicht mehr. „Also mir wäre es recht!", lächelt er sie an.

„Also das geht mir doch etwas zu weit! Erst mal muss ich mehr über euch erfahren! Habt ihr denn keine Frauen? Warum wollt ihr denn, dass wir eine Familie gründen? Wollt ihr uns studieren?" Tanja denkt an Filme über die Entführungen durch Außerirdische. Da geht es auch darum, dass sie untersucht und beobachtet werden.

„Oh verzeih, Tanja. Wir würden uns freuen, wenn Du hierbleibst! Ich dachte nur, ihr paart euch, wenn ihr aufeinandertrefft." Balthasar war zu voreilig.

„Wir… paaren uns nur, wenn wir uns auch lieben!", erklärt Tanja nachsichtig.

„Jaja, wir brauchen eine Weile, um uns kennenzulernen, dann schauen wir, ob wir zusammenpassen. Erst dann werden wir zu einem Paar und gründen eine Familie!", vervollständigt Georgius.

„Und ob wir uns für Kinder entscheiden, das dauert dann auch noch eine Weile. Schließlich muss ich erst sicher sein, dass mein Mann mich auch liebt und für seine Kinder da ist!", sagt Tanja.

„Da musst Du Dich nicht sorgen, um die Kinder kümmern wir uns doch!", sagt Kurek.

Balthasar fügt schnell hinzu: „Wir helfen euch gern bei der Aufzucht! Es ist ja schließlich euer Nachwuchs!"

„Aufzucht?" Tanja hofft, dass er sich nur ungeschickt ausgedrückt hat, doch hat sie bei seinen Worten kein gutes Gefühl. Es dämmert langsam. „Ich denke, darüber können wir später noch reden!" So viel Zeit bleibt ihr nicht mehr. „Wie ist es denn bei euch? Bekommt ihr Kinder?"

Balthasar und Kurek sehen sich wieder fragend an. Kurek antwortet: „Es ist nicht so wie bei euch! Wenn einer so alt ist, dass er stirbt, dann kommt ein paar Tage später ein Neuer zu uns. Er bezieht sein Haus und nimmt seinen Platz in unserer Gesellschaft ein!"

„Woher kommt denn der junge… Mann?", fragt Tanja.

Kurek zuckt mit den Schultern. „Er ist einfach da!"

„Wieviel seid ihr hier eigentlich? Ich habe vorhin sechs Hütten gezählt. Wie weit reicht euer Dorf?"

„Du hast alles gesehen! Wir sind zu fünft. Georgius kommt noch dazu, also sind wir sechs!" Sonst schließt Balthasar ihn nicht mit ein! Seit Georgius hier ist, ist er lediglich ein geduldeter Fremder.

„Als ich hier ankam, haben sie einen von ihnen wegge-
schickt und ich durfte dann in seine Hütte… äh, ich meine
Haus ziehen!“ Georgius hat es damals nicht hinterfragt, er
hat bis heute das faule Leben hier genossen, sich durch
den Tag treiben lassen und sich wie im Schlaraffenland
gefühlt. Doch seit Tanja hier ist versteht er einiges besser.

Tanja lauscht gespannt und macht sich so ihre Gedanken.
„Wenn ich bleiben würde, müsste dann einer von euch
gehen? Und wohin muss er gehen?“

„Du kannst zu Georgius gehen, dann passt doch alles!“
Balthasar ist etwas überfordert. Er will unbedingt ein Pärchen in seiner Gemeinschaft haben. Er muss nur sehr vorsichtig sein, um das Weibchen nicht zu verängstigen.

„Wer schickt denn nun den… Nachwuchs und wohin gehen die, die überflüssig werden?“, hakt Tanja nochmal
nach. Sie darf jetzt nicht locker lassen!

Kurek schaut flehend zu Balthasar, der sagt dann: „Oh, sie
kommen und gehen einfach! Sie wissen, was zu tun ist!“

„Interessiert es euch nicht?“ Tanja lässt die Frage im
Raum stehen, der schon ziemlich dunkel ist. „Oder wollt
ihr lediglich nicht drüber reden?“ Tanja hat Mühe, ihre
Gesichter zu erkennen und daraus zu lesen. Sie wendet
sich an Georgius, der neben ihr sitzt. Leise sagt sie zu ihm
auf Italienisch: „Wir müssen mal unter vier Augen reden!“

Er schüttelt mit dem Kopf und antwortet auf Italienisch:
„Sie verstehen alle Sprachen! Warte noch etwas!“, dabei
tätschelt er ihren Oberschenkel.

170

„Ja, weißt Du, Tanja, wir sind nicht besonders neugierig. Wir sind zufrieden mit unserem Leben. Warum sollten wir da etwas hinterfragen oder gar ändern wollen?", erklärt Balthasar ruhig.

„Könnt ihr alle unsere Sprachen sprechen? Auch Chinesisch oder… Arabisch?" Tanja ist fasziniert von ihren Talenten obwohl sie so primitiv sind.

Kurek antwortet: „Es klingt für uns alles gleich! Wir verstehen euch einfach!"

„Kommen denn oft Menschen aus unserer Welt zu euch?"

„Ihr seid die letzten Besucher! Vor vielen Jahren kamen öfter Kinder… also Menschen zu uns, aber das ist schon lange her!", sagt Balthasar wehmütig.

„Habt ihr kein Licht?" Tanja kann nun nichts mehr sehen und keiner macht Anstalten, ein Licht anzuschalten oder wenigstens eine Kerze anzuzünden.

„Licht oder Strom haben sie hier nicht!", sagt Georgius. „Sie haben das hier!" Er öffnet eine Kiste hinter sich und holt zwei steinartige Gegenstände heraus und stellt sie in die Mitte des Kreises. Nun schiebt er die beiden faustgroßen Steine zusammen und sie werden hell.

Heller als eine Kerze, tauchen sie den Raum in ein angenehmes Licht, das nicht blendet wie eine Lampe. „Na, das nenn ich doch mal Fortschritt! Ich denke doch, die brauchen bestimmt auch keine Batterien!", sagt Tanja sarkastisch. Sie fragt sich, ob es hier überhaupt Feuer gibt.

„Ihr solltet euch ausruhen! Wir müssen unsere Ruhephase einnehmen!" Balthasar steht auf, dann fallen ihn Tanjas Worte ein: „Könnt ihr die Nacht zusammen verbringen?"

„Aber ja, ich habe sowieso noch viele Fragen an Georgius!", sagt Tanja.

Balthasar bereut, sie allein zu lassen, doch es ist wichtig, die Ruhephase einzuhalten. „Ihr solltet euch auch ausruhen!", mahnt er die beiden von der Erde.

„Schlafen nennen sie es!", vervollständigt Kurek.

„Oh ja, das machen wir!", beruhigt Georgius.

Tanja sagt: „Gute Nacht! Wir legen uns gleich schlafen!", sie gähnt und reckt sich etwas. Als die beiden die Hütte verlassen haben, sagt sie aufgeregt zu Georgius: „Da stimmt doch was nicht! Was haben die mit uns vor?"

Georgius zuckt mit den Schultern. „Ach, sie sind halt anders als wir!" Er ist hin und hergerissen. Auf der einen Seite würde er sie gern als Gefährtin haben und mit ihr hier leben. Auf der anderen Seite ahnt auch er, was sie mit ihr und ihm vorhaben.

„Haben sie irgendwo einen… König oder so?"

„Ich denke schon, dass es da so etwas gibt, doch sie reden nicht darüber! Sie reden sowieso nicht so viel mit mir!"

„Ich dachte, sie sind so gastfreundlich?", wundert sie sich.

„Das sind sie nur, solange Du wieder zurückkannst!", erklärt Georgius.

„Wie waren sie denn zu Dir?", fragt Tanja.

„Das erste Mal haben sie mich freudig begrüßt und mir ein Geschäft vorgeschlagen. Sie wollten, dass ich unseren Kindern von diesem Ort hier erzähle und sie hierher einlade!", erinnert sich Georgius.

„Warum Kinder?", wundert sich Tanja.

„Sie haben mir erklärt, dass es nur Kinder verstehen können!" Georgius hat sich nie Gedanken darüber gemacht.

„Was ist dann passiert?", Tanja ist hellwach.

Georgius zuckt mit der Schulter. „Als ich das zweite Mal bei ihnen war, bekam ich eine Art Herzinfarkt. Ein Stechen im Herz und dann konnte ich nicht mehr zurück. Ich bin dann wohl gestorben… Na jedenfalls, haben sie mich danach nicht mehr darauf angesprochen!"

„Hast Du mal nachgefragt?" Tanja ist entsetzt.

Georgius senkt den Kopf. „Nein! Ich war so voller Euphorie, was mich hier wohl erwarten würde, doch dann ist es sehr langweilig geworden!" Er versucht, ihren Blick zu deuten. Als sie nichts dazu sagt, fährt er fort: „Hier passiert nicht viel. Auch sie leben nur so in den Tag hinein. Balthasar fliegt ab und zu zum Portal hoch und die anderen lungern den ganzen Tag in ihren Häusern oder streifen durch den Wald. Ich habe mir irgendwann Blumen aus dem Wald geholt und sie vor meinem Haus eingepflanzt." Plötzlich muss er lachen. „Als Du das erste Mal hier warst, da war was los! Sie haben alle nach Ivon gesucht, er sollte sich um Dich kümmern und als er dann endlich oben war, da warst Du auch schon wieder verschwunden."

„Balthasar hat sich um mich gekümmert, er war immer sofort da, wenn ich ankam!", sagt Tanja. Sie mag den kleinen Mann „Ach, wäre er nur größer!", sagt sie gedankenverloren. „Nett war er jedenfalls immer!"

„Es ist ja auch sein Job, aber Ivon ist für die Kinder da! Er soll sie einfangen und… naja, sie brauchen sie wohl irgendwie!" Georgius ahnt, was sie mit den Kindern machen, doch er will Tanja mit seinen Gedanken verschonen.

Tanja überlegt. „Dann wäre es doch praktisch, wenn sie uns als Paar hätten, wir würden ihnen die Kinder machen, die sie brauchen."

Beim Gedanken daran, mit Tanja Kinder zu zeugen schöpft er Hoffnung auf ein erfülltes Leben. Er hat ein eigenartiges Lächeln auf den Lippen. „Ich hätte nichts dagegen einzuwenden!"

„Typisch Männer! Du denkst nur an Deinen Spaß! Was wollen sie mit den Kindern?", fragt Tanja gereizt.

„Ich glaube, sie tun ihnen nichts an, sie brauchen wohl etwas, das nur Kinder haben!", beruhigt Georgius.

Tanja sieht sich schon als eine Gebährmaschine, die sich um eine riesige Schar Kinder kümmern muss. „Gina, weck mich bald! Hoffentlich geht alles gut!"

„Wer ist Gina?", wundert sich Georgius. „Ich habe diesen Namen schon mal gehört!"

„Gina passt auf meinen Körper auf und wird mich hoffentlich bald wecken!“

„Ja richtig!“, jetzt fällt es ihm wieder ein. „Balthasar hat von einer Gina erzählt. Er wollte sie hierherlocken, doch irgendwas hat nicht geklappt und dann kamst Du!“, lacht Georgius.

„Gina hat mir Dein Haus gezeigt! Wir haben uns dann in den Innenhof gelegt und dann war ich auch schon das erste Mal hier!“, erzählt Tanja.

Georgius überlegt, dann sagt er: „Sie muss aber vorher schon mal hier gewesen sein! Ich glaube, damals so etwas gehört zu haben!“

„Das kann schon sein, sie ist jedenfalls die Einzige, die mir glaubt!“, überlegt Tanja laut.

„Die Dir glaubt? Mit wem hast Du denn darüber gesprochen?“, fragt Georgius.

„Na, als erstes mit meinen Eltern!“ Tanja muss lachen, als sie an die Geschichte denkt. „Sie waren stinksauer, dachten ich will sie verarschen, dann habe ich ihnen eine Lüge erzählt und alles war wieder gut! Ich habe dann, nach dem zweiten Mal, mit meinem Freund darüber gesprochen, er hat mich daraufhin ausgelacht und ich habe ihn in den Wind geschossen! Ja und dann habe ich mit meinem jetzigen Freund darüber gesprochen. Wir haben Deine Geschichte erforscht und dann, als er die Lorbeeren dafür geerntet hat, wollte er davon nichts mehr wissen!“ Tanja muss noch eine Entscheidung treffen, wenn sie zurück ist.

„Hast Du ihn auch verlassen?" Georgius ist voller Hoffnung, mit Tanja ein Paar zu werden. Er mag sie sehr.

„Ja… nein… noch nicht so richtig! Ich bin auf einen Selbstfindungstrip gegangen, ohne ihn!"

„Was ist denn ein Selbstfindungstrip?" Es gibt so viel Neues, das Georgius noch nicht kennt.

„Als ich mein Studium beendet habe, bin ich mit meinem Bulli losgezogen, um herauszufinden, was ich machen will, wie ich leben will und vor allem, wo ich leben will." Als Tanja von ihrem VW-Bus erzählt, fällt ihr der Schlüssel ein, der am Spiegel hängt. „Ach ja, was hat es eigentlich mit diesem Schlüssel auf sich?"

„Du hast den Schlüssel bekommen?", fragt Georgius.

„Ja, beim ersten Mal hat ihn mir Balthasar gegeben und dann wollte er mir erklären, was es mit ihm auf sich hat! Auch bei meinem zweiten Besuch hat es nicht geklappt und nun weiß ich immer noch nicht, wozu er da ist!"

„Es ist der Schlüssel zu einem Portal! Du kannst da durch gehen, wie Du willst! Dein Körper bleibt nicht zurück. Du kannst also ohne jedes Risiko hierherkommen und wieder zurückgehen, wie Du willst!" Etwas trauriger sagt er: „Ich konnte ihn leider nicht mehr nutzen!"

„Wow! Wo ist denn dieses Portal und wie funktioniert es?" Tanja ist wieder hellwach.

„Ich weiß es nicht! Es ist wohl eine kleine Kirche in Deutschland!", sagt Georgius.

„In Deutschland gibt es viele Kirchen!“, sagt Tanja ungeduldig.

„Das ist nicht das Problem, Du musst wissen, diese Kirche ist in der Ostzone! Da musst Du erst mal unbehelligt hinkommen.“

Plötzlich muss Tanja lachen. „Ach, Georgius, die DDR gibt es doch gar nicht mehr! 1989 war die Wiedervereinigung! Mittlerweile können wir ungehindert durch ganz Europa reisen! Es gibt praktisch keine Grenzen mehr!“ In den Jahren seiner Abwesenheit hat sich viel verändert. Was wäre wohl, wenn Tanja so lange fernbliebe?

Georgius ist verblüfft. „Ich war irgendwie froh, in Italien zu sein, denn ich habe immer damit gerechnet, dass einmal Krieg in Deutschland ausbrechen wird. Wie heißt bloß dieser Ort?“ Georgius versucht, sich an das Gespräch, das er belauscht hat, zu erinnern. „Ja, richtig! Friedersdorf war es, ja genau! Friedersdorf hat er gesagt! Da muss irgendwo eine Kirche sein! Wie das Portal funktioniert, weiß ich nicht! Das musst Du irgendwie selbst herausfinden!“, sagt Georgius voller Euphorie.

„Komme ich dann auch da oben an?“ Tanja zeigt auf den Berg, wo sie angekommen ist.

„Das weiß ich nicht. Ich schätze mal ja!“

Tanja ahnt, sie hat nicht mehr viel Zeit. Bald wird Gina sie wecken und sie ist wieder zu Hause. „Wie machen die das nur mit dem Fliegen? Ob wir das auch mal konnten und verlernt haben? Was denkst Du?“

Georgius schüttelt den Kopf. „Ich habe es schon so oft versucht, doch angeblich wissen sie nicht, wie es geht. Ich glaube aber, sie wollen es nicht verraten!"

„Warum nicht?" Tanja ist enttäuscht.

„Ja, weißt Du, ich bin hier regelrecht gefangen! Ich bräuchte wahrscheinlich Tage, um zum Portal zu kommen, wenn ich mich nicht verlaufen würde. Sie können überall hinfliegen, doch ich schaffe es nicht einmal tiefer in den Wald hinein. Immer dichter wird er, je tiefer man hineingeht!"

„Das ist ja interessant! Glaubst Du, sie halten Dich gefangen? Hast Du mal versucht, hier wegzukommen?"

„Ja, habe ich! Beim ersten Mal bin ich im Wald stecken geblieben. Sie haben mich dann herausgeholt und mich gefragt, warum ich fliehen wollte. Wieso fliehen, habe ich sie unschuldig gefragt. Ich habe ihnen dann erklärt, dass ich lediglich die nähere Umgebung erkunden wollte. Seitdem denke ich schon, dass sie mich hier gefangen halten, zumindest beobachten sie mich, wenn ich tiefer in den Wald gehe, dann folgt mir auch einer von ihnen."

„Fliegen sie denn öfter mal weg?"

„Naja, oft kann man nicht sagen. Ab und zu fliegt einer von ihnen mal weg und ist dann ein paar Tage später, wieder zurück. Ich denke, sie besuchen… Was ist mit Dir?" Georgius schaut entsetzt Tanja an.

„Au!" Tanja hält sich ihre Hände auf die Brust.

„Was ist los?“ Georgius ahnt, was ihr gerade widerfährt.

„Es tut so weh! Mein Herz!“, klagt Tanja. „Au!“ Auch Tanja ahnt, was nun passiert. „Sterbe ich jetzt?“ Völlig verängstigt schaut sie Georgius an. „Hilf mir! Ich will wieder zurück!“

Einerseits freut sich Georgius, nun nicht mehr allein zu sein, auf der anderen Seite tut ihm das Mädchen leid. Er nimmt sie tröstend in den Arm. „Tut mir leid, Tanja!“

„Nein, ich will wieder zurück!“ Tanja ist verzweifelt, doch da…

Die Rückkehr

Es ist nach einer Woche schon fast Alltag für Gina, nach der Arbeit in der Pension vorbeizuschauen und nach Tanja zu sehen. Sie kontrolliert den Puls, tauscht, wenn nötig den Infusionsbeutel und schaut nach, ob Tanja warm genug unter ihrer Decke ist. Heute ist es anders, heute soll sie Tanja wecken, also geht sie, wie immer, nach ihrer Schicht zu Tanja. Bevor sie ihre Freundin aufweckt, fühlt sie ihren Puls, so wie sie es jeden Tag gemacht hat. „Scheiße! Tanja! Verdammt, wo ist Dein Puls?" Gina gerät in Panik. Etliche Male hat sie daran gedacht, was ist, wenn Tanja tot ist. Sie hat genau einstudiert, was sie macht, hat es auch mit Tanja abgesprochen, dass sie alle ihre Spuren beseitigt und nach Hause geht, ohne einen Arzt zu rufen. Gina hat noch immer zwei Finger an Tanjas Hals, von dem kein Lebenszeichen ausgeht, dafür ist er aber noch warm, viel zu warm für eine Tote. „Tanja, wach auf!" Klatsch! Sie gibt dem Mädchen eine gehörige Ohrfeige. Mehr aus Wut, weil sie ihr das antut, als um sie aufzuwecken. „Komm zu Dir!" Sie schüttelt das Mädchen, doch sie rührt sich nicht. „Scheiße, was mach ich nur?" Bevor Gina sich gänzlich ihrer Panik hingibt, spult sie ihr Notfallprogramm ab, das sie schon oft auf der Arbeit anwenden musste. Gina zieht Tanja die Nadel aus dem Arm, rollt sie aus dem Korbstuhl und legt sie relativ unsanft auf den Boden, denn Gina ist auch nur ein zierliches Mädchen. Augenblicklich beginnt sie mit der Herzdruckmassage: „Eins, zwei, drei…" Gina setzt ihr ganzes Gewicht ein, um Tanjas Herz zu stimulieren. „Komm schon! Scheiße, das kannst Du mir nicht antun!" Gina hält ihr die Nase zu und presst ihre Lippen auf Tanjas geöffneten Mund. Tanjas Lippen fühlen sich noch warm an. Gina hat also noch eine Chance, sie zurückzuholen. Hastig pumpt sie frische Luft in ihren Brustkorb. Nach drei Versuchen macht sie mit der Herzdruckmassage weiter: „Eins, zwei, drei, vier…!"

Tanja röchelt plötzlich, versucht zu atmen und reißt ihre Augen auf. „Was? Au! Gina?" Tanja greift zu ihrer schmerzenden Wange, auf der sich Ginas Handabdruck befindet. So langsam kommt die Erinnerung an ihren Tod. „Oh Gina, Du hast mir das Leben gerettet!"

„Oh mein Gott! Tanja, Du lebst… Scheiße! Was soll das?" Wut und Erleichterung wechseln sich bei Gina ab.

„Oh Gina, ich bin Dir so dankbar!" Tanjas Wange schmerzt noch immer. „Was ist passiert?"

Gina tut es leid, dass sie Tanja so hart geschlagen hat, doch dann sagt sie: „Die Ohrfeige hast Du Dir verdient!" Vier Finger sind auf Tanjas schmaler Wange zu sehen. „Tut es noch sehr weh?"

Erst jetzt realisiert Tanja, woher der Schmerz in ihrem Gesicht kommt. „Ach was. Au!" Tanja hält sich die schmerzende Wange. Mit der anderen Hand umarmt sie Gina. „Ich bin Dir so dankbar, dass Du mich zurückgeholt hast. Du glaubst gar nicht, was sie mit mir vorhatten!" Nun verlassen Tanja die Kräfte und sie fällt zurück.

Gina rüttelt an ihr. „Tanja, bist Du noch wach?"

„Ja. Ich bin nur etwas schwach.", sagt Tanja leise.

„Scheiße! Mach das nie wieder!" Gina hält Tanja, sie bemerkt, wie entkräftet Tanja ist. „Du musst hier weg, eh Du wieder einschläfst!" Gina hilft Tanja auf.

„Ich… ich muss…" Tanja bekommt keinen geraden Satz heraus und auf den Beinen kann sie sich kaum halten.

„Du musst hier weg!" Gina stützt ihre Freundin und bringt sie aus dem Haus. „Du kommst erst mal mit zu mir! Steig auf und halt Dich fest!" Gina hat ihren Roller direkt vor der Tür stehen. Sie könnte Tanja auch in der Pension pflegen, doch sie will einfach nur hier weg.

Tanja ist so geschwächt, dass sie sich kaum halten kann. Mit großer Mühe klammert sie sich an ihre Retterin, die nach einer kurzen Fahrt vor ihrem Haus steht. „Da komme ich niemals hoch!" sagt Tanja, als sie das hohe Haus vor sich sieht.

Gina hilft ihr vom Roller. „Komm!" Gina stützt das geschwächte Mädchen und setzt sie auf eine Parkbank vor ihrem Haus ab. „Bleib hier sitzen, ich komme gleich wieder!" Gina rennt die Treppe hoch in ihre Wohnung. „Silvio, Du musst mir helfen!"

„Was ist los, Schatz?" Silvio stellt sein Bier weg und wundert sich über seine aufgebrachte Freundin.

„Unten ist Tanja, wir müssen sie hochbringen, sie schafft es nicht allein!", sagt Gina aufgeregt.

Silvio folgt Gina, die schon wieder auf der Treppe ist.

„Wieso, was ist mit Tanja?“ Silvio hat kein gutes Gefühl.

„Wir müssen ihr helfen!“, ist alles, was Gina sagt.

Vor dem Haus sitzt Tanja auf einer Bank. Sie sieht recht gesund aus, etwas blass, aber sonst scheint sie fit zu sein. „Hey, Tanja, was ist los?“ Als Tanja nicht reagiert, fragt er Gina: „Scheiße, was hat sie genommen?“

„Nichts, komm hilf mir, sie hinaufzubringen!“ Gina will Tanja aufrichten, ihr unter die Arme greifen.

Silvio mustert das schlanke Mädchen, das sich auf Gina stützt. Sie scheint recht leicht zu sein. „Lass nur, ich nehm sie!“ Silvio greift sich die Kleine und nimmt sie auf den Arm. Er hatte recht, sie ist recht leicht und so spielt er den Kavalier und trägt Tanja nach oben. „Was ist mit ihr, braucht sie einen Arzt?“

„Sie ist nur erschöpft!“, spielt Gina ihren Zustand herunter. Sie weiß, dass nicht nur ihr Job auf dem Spiel steht, sollte herauskommen, was sie mit ihr gemacht hat. „Bring sie doch ins Gästezimmer!“

„Von mir aus!“ Silvio trägt Tanja ins Gästezimmer und legt sie in das alte Bett. Gina deckt sie zu „Da ist doch was faul! Bringt sie uns Ärger?“

„Schatz, mach Dir keine Sorgen, sie muss sich nur etwas ausruhen!“ Gina streichelt Tanjas Stirn. „Du bist bald wieder fit. Ich bring Dir noch Wasser, dann solltest Du schlafen!“ Zu Silvio sagt sie: „Komm, sie braucht jetzt Ruhe!“, sie geleitet ihren Freund aus dem Zimmer.

Nachdem Gina der Freundin noch ein Glas Wasser gebracht hat, setzt sie sich zu Silvio, der sie sehr ernst ansieht. „Du weißt, ich kann keinen Ärger gebrauchen! Was ist mit ihr? Warum schleppst Du sie hier an? Sie wird uns noch die Bullen auf den Hals hetzen! Warum bringen wir sie nicht zu Deinem Doktor?“

„Weil der auch nur Fragen stellt!“, sagt Gina verärgert. Sie schaut ihren Freund liebevoll an und sagt: „In zwei Tagen ist sie wieder fit, dann verschwindet sie wieder! Mach Dir keine Sorgen, sie hat nichts Unrechtes getan!“ Gina senkt den Kopf. „Wenn, dann bin ich es, die sie drankriegen!“

„Du?“ Silvio kann nicht glauben, was er da hört, schließlich würde Gina nicht mal schwarzfahren.

„Ja, ich! Sie wird es Dir erklären, wenn sie wieder fit ist! Ich weiß selbst nicht genau, was da ablief!“

„Oh, Gina, was machst Du bloß?“ Silvio hat Angst um seine Frau.

„Keine Angst, es ist ja alles gelaufen und vor allem ist es gut ausgegangen!“, beruhigt ihn Gina.

Silvio ist nun keineswegs beruhigt. Nun macht er sich erst recht um sein Mädchen Sorgen. Jetzt geht es nicht mehr um ihn, nun ist es Gina, die die Behörden fürchtet. „Sag mir einfach, was ich machen soll, damit wir da wieder heil rauskommen!“

Gina gibt ihm einen Kuss. „Sie braucht nur etwas Ruhe!“

Silvio gibt sich fürs erste damit zufrieden. Gina versorgt Tanja mit frischem Wasser, Keksen und Obst. Tanja schläft die ganze Nacht hindurch und auch am nächsten Tag verlässt sie das Bett nur, um aufs Klo zu gehen. Am Nachmittag schaut Silvio bei ihr rein. „Alles okay? Brauchst Du was?", flüstert er durch den offenen Türspalt.

„Danke, ich hab alles.", sagt Tanja. „Hey, tut mir leid, dass ich euch so viele Umstände mache!"

„Schon gut! Geht's Dir schon besser?", sagt Silvio. Er geht zu ihr und fragt: „Was ist mit Dir? Hast Du Ärger mit den Bullen?"

„Ich? Nein!" Nun versteht Tanja seine abweisende Art. „Gina hat mir bei… bei einem Experiment geholfen! Es wäre fast schief gegangen, wenn sie mich nicht gerettet hätte!", erklärt Tanja.

„Aber warum hat sie Dich nicht zu einem Arzt gebracht?" Silvio traut ihren Beschwichtigungen nicht.

Tanja setzt sich auf. „Sie hätte sich selbst in Gefahr gebracht, wegen unterlassener Hilfeleistung oder so!" Als Tanja Silvios verständnislosen Blick sieht, fügt sie hinzu: „Weißt Du, Gina hat mir das Leben gerettet!"

„Ach was, Du übertreibst!" Gina steht in der Zimmertür und freut sich darüber, dass es Tanja nun besser geht.

„Danke, Gina!" Tanja freut sich, Gina zu sehen.

„Schatz, kannst Du uns mal allein lassen?" Gina lächelt ihren Freund an und gibt ihm einen Kuss.

„Jaja, ich geh schon!" Silvio setzt sich vor den Fernseher.

„Hat es sich wenigstens gelohnt?", fragt Gina leise.

„Ja, das hat es! Oh, Gina, weißt Du eigentlich, dass Du auch mal bei denen warst?"

Gina schaut Tanja fragend an. „Wie meinst Du das?"

„Als Du mir damals dieses Haus gezeigt hast! Du warst schon mal in Pitatia! Weißt Du das nicht mehr?"

„Wo war ich?" Gina hat davon noch nie was gehört.

„Pitatia, so heißt ihre Welt und Du warst damals bei ihnen!", sagt Tanja.

„Du spinnst!", sagt Gina, doch sie ahnt, dass Tanja wohl recht hat.

Tanja schaut in Ginas Augen. Sie weiß, dass Gina etwas weiß, was sie ihr nicht verraten hat. Warum wohl ist sie die Einzige, die ihr glaubt oder sie zumindest nicht verspottet, so wie alle anderen. „Du weißt, dass ich recht habe!"

„Ich weiß nur, dass damals etwas mit mir passiert ist!", erinnert sich Gina. „Ich habe mich in den Hof gesetzt und dann bin ich plötzlich aufgewacht, weil irgendein Vogel mich geweckt hat. Ich hatte einen bösen Alptraum!"

„Du warst bei ihnen und dieser Vogel hat Dir wahrscheinlich das Leben gerettet!", erklärt Tanja.

„Was ist denn da nur passiert? Ich kann mich an nichts erinnern, doch irgendwie habe ich Dir von Anfang an

186

geglaubt! Was hast Du dort erlebt? Wollten sie Dir etwas antun?" Gina will auch wissen, was damals passiert ist.

„Das ist eine lange Geschichte!", winkt Tanja ab.

„Die Zeit hab ich nun auch noch!" Gina setzt sich zu Tanja aufs Bett und lässt sich die ganze Geschichte erzählen, während Silvio den Fernseher bewacht. Als Tanja zum zweiten Mal von Balthasar erzählt, kommt bei Gina eine Erinnerung hervor: „Ich kann mich an so einen kleinen Mann erinnern. Es war kein Zwerg, er war einfach nur kleiner, ich habe von ihm geträumt, aber ich kann mich an keine Einzelheiten erinnern!", bedauert Gina.

„Georgius und ich haben über Dich gesprochen, doch auch Georgius weiß nicht, was mit Dir passiert ist. Warst Du denn lange weg?"

„Ja! Also verglichen mit Dir eigentlich nicht! Es müssen so etwa zwei bis drei Stunden gewesen sein!"

„Das sind fünfzehn bis zwanzig Minuten!", rechnet Tanja.

„Hä? Wie meinst Du das?" Gina versteht ihre Rechnung nicht.

„Naja, bei ihnen vergeht die Zeit langsamer. Ich war nur einen Tag weg und Du warst halt nur eine Viertelstunde da und nicht die zweieinhalb Stunden, die hier vergangen sind!", erklärt Tanja.

„Jetzt versteh ich gar nichts mehr!", resigniert Gina.

„An was kannst Du Dich denn noch erinnern?"

Gina überlegt. „An diesen Balthasar! Er sah recht niedlich aus... glaub ich." Angestrengt denkt sie nach, versucht ihre Erinnerung zurückzuholen. „Da war noch einer! Ja, es war auch so ein kleiner."

„Hat er was mit Dir gemacht?", fragt Tanja aufgeregt.

Gina zuckt mit den Schultern. „Ich weiß nicht! Ach, das ist doch alles schon so lange her!"

„Versuch, Dich zu erinnern!", drängt Tanja.

„Ich glaub, er hat mir wehgetan.", erinnert sich Gina. „Er hat mich festgehalten..." Fetzenweise kommt Ginas Erinnerung zurück. Sie muss es all die Jahre erfolgreich verdrängt haben. „Es hat so wehgetan!" Gina hat Tränen in den Augen und sofort umarmt Tanja sie.

„Es ist ja vorbei, aber Du musst Dich erinnern!"

„Er hat mir, glaub ich, mit irgendwas in den Hals gestochen!" Gina denkt angesträngt nach. „Mehr weiß ich nicht!" Sie fasst sich an den Hals.

Tanja versucht, die Puzzleteile zusammenzufügen. „Vielleicht ist er nicht fertig geworden! Kann ich mal sehen?" Gina dreht sich von Tanja weg und Tanja schaut sich ihren Nacken an. „Hier! Merkst Du es?", sie streicht über eine kleine Narbe.

„Ist da was zu sehen?" Gina merkt nichts.

„Sieht aus wie eine Narbe!", erklärt Tanja. „Hattest Du da mal Schmerzen oder ist Dir irgendwas aufgefallen?"

„Nein!" Gina fühlt an ihrem Hals, kann aber nichts spüren. „Was ist denn da?"

Tanja nimmt ihr Handy und fotografiert Ginas Hals, dann reicht sie ihr das Telefon. „Hier, Du kennst Dich doch damit aus!"

Wieder fühlt Gina ihren Hals und schaut sich dabei das Foto an. „Da geht die Wirbelsäule lang… mit dem Rückenmark! Es sieht so aus, als hätten sie mir Rückenmark entnommen. Aber wofür?"

„Was ist denn bei Erwachsenen anders als bei Kindern?"

Gina überlegt. „Keine Ahnung, vielleicht die Stammzellen? Kinder haben noch wesentlich mehr davon als Erwachsene!" Gina schaut Tanja an. „Was haben die mit mir gemacht?", fragt sie verängstigt.

„Ich weiß es nicht! Vielleicht hat die Zeit ja auch nicht gereicht!" Tanja denkt nach. „Gab es denn damals noch andere Kinder, die in dem Haus gespielt haben? Sind vielleicht Kinder verschwunden?"

Gina überlegt. „Ich denke nicht… nein, da war nichts! Dieses Haus war mein Geheimnis! Nur Maria wusste davon!" Nun muss Gina lachen. „Sie hat nicht durch die Tür gepasst und damit habe ich sie immer wieder geärgert!", erinnert sich Gina.

Auch Tanja erinnert sich daran. „Oh ja, davon wollte sie nichts hören! Du hast gesagt, sie ist zu dick dafür!" Nun lachen sie beide.

Es klopft kurz an der Zimmertür und Silvio steckt seinen Kopf durch die Tür. Er weiß nicht so recht, was er erwartet hat, doch das Gelächter hat ihn neugierig gemacht. „Ich geh zu Angelo!", sagt er zu Gina und ist enttäuscht, die beiden Mädchen nur auf dem Bett sitzend zu sehen. Irgendwie hätte er etwas anderes, erotischeres erwartet.

Gina schaut erst ihren Freund an, dann Tanja und dann merkt sie, dass sie auch Hunger hat. „Du solltest was essen! Hast Du Lust auf Pizza? Angelo macht die beste!"

Tanja hat Hunger, sie fühlt sich auch schon wieder kräftiger. „Ja, warum nicht!"

Gina ruft Silvio hinterher: „Warte! Wir kommen mit!"

„Kann sie wieder gehen?", ruft Silvio vom Flur aus.

„Es geht schon wieder!", sagt Tanja, als sie aufsteht. Die drei gehen Pizza essen. Nach einer großen Salamipizza und zwei Red Bull fühlt sich Tanja schon wieder viel besser. Sie bleibt noch über Nacht, dann verabschiedet sie sich am Morgen von Gina. „Ich danke Dir für alles! Grüß Silvio von mir!" Tanja geht wieder in die Altstadt und holt ihre Sachen aus dem Haus. Dann hinterlegt sie den Schlüssel und geht zu ihrem VW-Bus. Nachdem sie die Scheiben geputzt hat, fährt sie ab. Tanja muss erst mal selbst verarbeiten, was sie erlebt hat. Langsam fährt sie Richtung Norden, immer an der Adria entlang. Viel Geld hat sie nicht mehr, also ist sie so sparsam wie möglich unterwegs. In den Bergen, bei Pescara, findet sie einen ruhigen kleinen Wanderparkplatz, auf dem sie zumindest nachts allein ist. Tanja geht wandern, um den Kopf frei zu kriegen und ihre Gelenke wieder zu beleben. Ganze vier Tage bleibt sie auf diesem einsamen Platz, bis sich abends ein Deutscher mit seinem Camper direkt neben sie stellt. Gleich am Morgen sucht André Kontakt zu ihr, bietet ihr einen Kaffee an und versucht herauszukriegen, wohin sie will. „Was ist denn Dein Ziel?", erwidert Tanja die Frage.

„Ich war zwei Monate auf Sizilien und nun geht's zurück nach Deutschland!", antwortet er. Er mustert sie von oben bis unten und fügt noch hinzu: „Wäre doch schön, wenn wir gemeinsam fahren!" Sie ist zwar etwas blass, aber er mag dieses Mädchen.

„Oh schade, ich fahre nach Bari! Heute Nacht geht meine Fähre!", erfindet Tanja schnell.

André ist sichtlich enttäuscht. „Das ist wirklich schade, wir hätten eine so schöne Zeit miteinander verbringen können!"

„Ja, schade! Ich muss jetzt los!" Eilig packt Tanja alles zusammen. „Gute Fahrt!", sagt sie noch schnell und hofft, dass er nicht direkt nach ihr losfährt. Tanja hat keine Lust darauf, mit ihm zusammen bis nach Deutschland zu fahren, obwohl er recht nett zu sein scheint. Tanja hat Glück, sie sieht ihn nicht wieder, obwohl sie dieselbe Strecke fahren. Täglich spult sie so um die dreihundert Kilometer ab und ist nach einer Woche in Deutschland.

Die Suche nach der Kirche?

Als Tanja wieder deutsche Ortsschilder sieht, denkt sie an Roland und an ihre Eltern. Weder Roland noch ihren Eltern hat sie erzählt, dass sie wieder zurück nach Deutschland fährt. Sie hat so Sehnsucht nach ihren Eltern. Nach all den Gedanken an Pitatia, denkt Tanja auch wieder über ihre Zukunftspläne nach. Soll sie mit Roland eine Familie gründen? Sie könnte durchaus zuhause bleiben und sich der weiteren Erforschung von Pitatia widmen. Sie hätte Zeit und könnte auch mit einem Kind zusammen verreisen, um das Portal zu suchen. Was wird wohl Roland darüber denken? Hat er eventuell seine Pläne geändert? Hat er womöglich eine neue Freundin, die ihm seine Wünsche erfüllt? Vielleicht eine, die normal ist und nicht an kleine Männchen glaubt? Tanja kann keinen klaren Gedanken fassen, also steuert sie einen kostenlosen Wohnmobilstellplatz an. Hier hat sie eine Toilette, frisches Wasser und sogar eine Dusche. Als Tanja nach einer 50 Cent Münze sucht, stellt sie fest, dass sie nicht mehr viel Bargeld hat. Sie checkt ihre Bank-App und auch da sieht es ziemlich düster aus. Ach, wie einfach ist doch das Leben in Pitatia! Sie haben kein Geld, sie brauchen auch kein Benzin kaufen, sie gehen in den Wald, pflücken sich diese leckere Frucht und sind satt. Oh, wie kompliziert ist doch unser Leben! Tag ein, Tag aus hetzen wir dem Geld hinterher, um es dann doch gleich wieder auszugeben! Als Tanja an diese leckere Frucht denkt, bemerkt sie ihren Hunger. Sie nutzt erst mal die öffentliche Toilette, wäscht sich und als sie mit knurrendem Magen wieder zu ihrem Bulli geht, kommt ihr der Duft von Gegrilltem entgegen „Das ist so gemein!", sagt sie frustriert.

„Hey, was ist los?", hört sie eine Stimme hinter sich. „Stört Dich der Qualm?"

Tanja dreht sich um. „Oh sorry, so war das nicht gemeint!"

„Bist Du allein unterwegs?", will dieser schlaksige Typ mit der Rasta-Mähne wissen.

„Ich? Äh… ja! Wieso?" Er sieht so sanft und freundlich aus. Seine blauen Augen strahlen regelrecht durch die Dämmerung.

„Komm doch zu uns, es ist so ein schöner Abend!"

Oh, diese Augen! „Äh… ja, aber ich hab doch nichts…"

„Bring Dir einen Stuhl mit!", unterbricht er sie. „Alles andere haben wir da!" Tanja will gerade aus Scham ablehnen, doch er fügt hinzu: „Einfach dem Geruch nach!"

Tanjas Magen verbietet jede weitere Ablehnung. Außerdem braucht sie eine Ablenkung, um einen klaren Kopf zu kriegen. „Ich bin gleich da!", siegt ihr Hunger.

Tanja hängt ihr Handtuch auf, zieht sich ihren flauschigen Pullover über und geht mit ihrem Campingstuhl rüber zu den anderen. Sie setzt sich zu den beiden Pärchen. Alles, was sie mitbringt, ist eine Flasche Wasser, sie bedient sich dafür umso mehr an den Leckereien vom Grill. Erst als sie ihren Hunger gestillt hat, kann sie wieder klar denken und kommt sich so unhöflich vor. Es ist nicht ihre Art, sich bei Fremden durchzufressen, ohne eine Gegenleistung zu erbringen. Tanja beginnt das eine oder andere Gespräch, doch schnell merkt sie, dass die vier bereits in eine andere Sphäre abgeglitten sind und nur noch versuchen, ihren eigenen Gedanken zu folgen. Einzig, der Rasta-Typ mit den blauen Augen kann ihr etwas folgen. Sie hat erfahren, dass er Fred heißt und die anderen mit dem Stoff versorgt hat, der ihre Geister in eine wesentlich farbenfrohere Sphäre gebracht hat. „Woher kommst Du eigentlich?"

„Ach, weißt Du, das ist nicht so einfach! Ich bin mal hier und mal da!" Er lächelt sie an und seine blauen Augen reflektieren die flackernde Lampe an der Einfahrt. „Heute sind wir hier und das ist es doch, was zählt!", philosophiert er.

„Oh ja, Du hast völlig recht!" Es ist so einfach, nur den Moment zu genießen und auf all dieses Geschwafel zu verzichten. „Mist, ich sitze genau im Rauch!" Der Grill ist fast aus, der Rauch stört eigentlich nicht, doch so hat Tanja einen Grund, etwas dichter an Fred heranzurücken. Ihre Stühle stehen direkt nebeneinander und er macht keinerlei Anstalten, von ihr abzurücken. „So ist es besser!" Sie sitzt nun direkt neben ihm und erst jetzt schaut sie auch auf die anderen drei. Die beiden Frauen lachen mit dem jungen Mann um die Wette, eine Konversation kommt bei ihnen nicht zustande. „Wer ist Deine Freundin?" Tanja geht davon aus, dass es zwei Pärchen sind.

Fred schaut zu den dreien und erklärt: „Phillip hat den

Grill angeschleppt und die beiden Mädchen machen einen Roadtrip zum Gardasee! Heute sind alle meine Freunde!"

„Ich auch?", fragt Tanja und bereut die Frage auch gleich.

„Na klar!" Er schaut sie mit seinen leuchtend blauen Augen an. „Magst Du auch was rauchen?"

„Oh, äh… nein danke!" Wer weiß, vielleicht hätte es ihr gut getan, ihren Geist einmal so richtig zu befreien, doch Tanja will nur diesen Fred genießen. „Heute nicht! Ein andermal vielleicht!"

„Cool!" Fred dreht sich zu ihr und seine blauen Augen dringen tief in sie ein. Tanja kann sich nicht wehren, sie will es auch nicht. Er legt seine Hand um ihren Nacken und kommt immer näher heran. Seine Augen sind so hypnotisierend und nun küsst er sie auch noch. Lange nimmt sich seine Zunge Zeit, um ihre zu liebkosen. Längst erkundet seine Hand ihren Körper. Er ist so zärtlich und jede Berührung von ihm hinterlässt ein Kribbeln auf ihrer Haut. „Komm mit rein!", haucht er in ihr Ohr.

„Gut, gehen wir rein, ehe uns die Mücken auffressen!" Tanja kennt den Typen gar nicht. Es ist nicht ihre Art, sich beim ersten Date abschleppen zu lassen, doch bei Fred ist es anders. Sie schlägt auf ein paar imaginäre Mücken, um die Flucht in seinen Van vor den anderen zu rechtfertigen. Das süße Aroma in diesem alten Van und seine zärtlichen Liebkosungen und diese blauen Augen lassen Tanja alles um sie herum vergessen. Sie gibt sich ihm völlig hin, bis er sie in Ekstase versetzt. Erst am frühen Morgen wird

Tanja wach. Sie schaut sich um. Neben ihr liegt Fred und schläft fast lautlos. Eine Laterne scheint direkt durch das zerkratzte Küchenfenster und erhellt den alten Van mit den dunklen Holzmöbeln, die schon so manchen Haushalt überlebt haben. Nichts ist aufeinander abgestimmt, es scheint fast so, als ob es ein Umzugstransporter mit Fenstern ist. Statt in Freds blaue Augen zu schauen, denkt Tanja an Roland, der mit ihr eine Familie gründen will. Doch Tanja weiß selbst noch nicht, was sie will. Ein Leben wie Fred es führt? Mal hier, mal da und immer nur an den Moment denken oder doch lieber eine Familie gründen. Ein geregelter Alltag mit einem festen Ablauf. Ein Mann, der das Geld nach Hause bringt und ein schönes Haus, in dem sie ihr Kind großzieht? Und was ist mit Pitatia? Der Schlüssel! Wo ist diese Kirche? Tanja steht leise auf, lässt Fred friedlich schlafen, zieht sich ihre Jeans an und sucht den Ausgang. Die frische, noch kühle Morgenluft lässt ihre Gedanken in Ordnung kommen. Tanja macht sich einen starken Kaffee, dann zählt sie ihr restliches Geld zusammen. Die Miete für das Haus des Zauberers hat fast alles verschlungen. Tanja kann noch einmal tanken und für einen minimalistischen Einkauf könnte es auch noch reichen, dann ist sie pleite! Was soll sie machen? Zu Roland zurück gehen? Ihre Eltern anpumpen? Was soll sie erzählen, schließlich haben sie kein Verständnis für ihr Interesse an Pitatia. Man würde sie für verrückt halten. Sie muss sich diese Kirche anschauen, vielleicht kann sie das Portal, zu dem der Schlüssel passt, finden. „Was mach ich denn nur?", fragt sie laut in die Morgendämmerung.

„Hey, Lust zu frühstücken?" Unerwartet steht Fred an der offenen Schiebetür.

Seine blauen Augen strahlen immer noch so schön, wie sie es in Erinnerung hat. Auf eine Antwort wartend, lächelt er sie an. „Ja! Nein! Ich muss los! Sorry, aber ich muss weiter!", stammelt Tanja verlegen. Sie schiebt die Tür zu und krabbelt nach vorn. Schon läuft der Motor und sie winkt ihm flüchtig zu. Tanja muss weg von ihm, bevor er ihr noch den Verstand raubt. Fred hat Tanja bereits in seinen Bann gezogen und wenn sie ihn nicht auf der Stelle verlässt, wird er sie endgültig erobern.

Am Ortsausgang tankt sie nochmal voll, bevor es auf die Autobahn geht. Auf ihrem Handy erscheint eine Warnmeldung, dass sie nur noch 23,54 € Guthaben auf ihrem Konto hat. In den nächsten Tagen werden noch die 19.99 € fürs Telefon fällig, sodass ihr noch 3,55 € bleiben. In ihrer Tasche sind noch vierzig Euro und einige Cent-Stücke, die nicht mal fürs Klo reichen. „Bis nach Brandenburg werde ich wohl damit kommen!" Tanja vergleicht die restlichen 746 Km vom Navi mit der Reichweitenanzeige im Tacho, von 812 Km. Den nächsten LKW überholt sie nicht, sie bleibt hinter ihm und rollt gelangweilt hinterher. Am Nachmittag steuert sie einen Parkplatz an, der vor einem Wildpark, nur sieben Kilometer von der Autobahn entfernt, liegt. Als erstes streckt sie sich, denn das langsame Fahren ist wesentlich anstrengender, als sie dachte. Tanja mag solche Parks, als Kind hat sie diese immer geliebt. Am Eingang dreht sie wieder um, als sie die Eintrittspreise studiert. Sie beschließt einfach so drum herumzulaufen, in der Hoffnung, das ein oder andere Tier durch den Zaun hindurch zu erblicken. Dumm ist nur, dass der Wildpark an einen Bach angrenzt, den sie nicht überwinden kann. Sie macht einen riesigen Umweg, um eine Brücke zu finden. Tanja kommt erschöpft im Ort an. Bis auf drei alte Reiswaffeln hat sie noch nichts gegessen und das Erste, was sie sieht, ist eine Imbissbude, aus der es so herrlich ungesund riecht. Nur mit viel Überwindung geht sie vorbei und holt sich zwei Äpfel und billige Kekse im Supermarkt, die sie an einem alten Brunnen verputzt. Sie fragt sich, ob sie die staubigen Kekse mit dem Wasser aus dem Brunnen hinunterspülen kann, also schaut sie sich den Brunnen genauer an. Statt einem Trinkwasserschild findet sie eine abgegriffene Figur, aus der das Wasser läuft. Es ist ein Zwerg, der ein Kind hinter sich herzieht. Keine Inschrift, keine Erklärung und auch kein Schild. Tanja trinkt das Wasser, das recht normal schmeckt. Der Zwerg hat keine Ähnlichkeit mit Balthasar, er ist dick und hässlich dargestellt. Ein alter Mann schlendert an ihr vorbei und setzt sich auf eine andere Bank. Hier hat er einen guten Ausblick auf den Dorfplatz. Als der alte Mann zu Tanja herüberschaut, spricht ihn Tanja an: „Was hat es mit dem Zwerg auf sich?"

Er begutachtet gerade eingehend die junge Frau, die ihm gegenübersitzt und ist nicht auf ihre Frage eingestellt. „Was denn für ein Zwerg?"

„Na der hier, auf dem Brunnen!", sagt Tanja.

Der Alte wendet nur widerwillig den Blick von dem hübschen Mädchen ab und schaut auf die kleine Statue, die das Wasser in den Brunnen leitet. „Ach, das ist so ein altes Märchen!" Die Kleine gefällt ihm.

„Worum geht es denn in dem Märchen?"

„Oh warte, ob ich das noch zusammenkriege?"

„Bitte, versuchen Sie es!" Es ist Tanja recht unangenehm, wie er sie anstarrt, doch will sie was von ihm. Sie setzt sich fast gegenüber, so dass er sie gut beobachten kann.

Der Alte genießt ihren Anblick und versucht, sich an diese alte Überlieferung zu erinnern. „Früher, als ich selbst noch jung war, haben die Alten uns immer vor den Zwergen gewarnt!" Er lacht. „Aber das war natürlich nur ein Märchen! Es gab hier nie Zwerge, die Kinder entführen!"

„Woher kamen denn die Zwerge?" Nur allzu bekannt kommt Tanja diese Überlieferung vor. Hat sie etwas mit Pitatia zu tun oder ist das alles nur Zufall?

„Aus dem Wald… glaub ich."

Tanja lässt nicht locker. „Warum haben sie denn die Kinder entführt? Was haben sie mit ihnen gemacht?"

Der Alte überlegt, dabei starrt er Tanja unentwegt an. „Sie haben es auf neugierige Mädchen abgesehen!", scherzt er.

„Sind denn diese …neugierigen Mädchen wieder zurückgekommen?" Tanja bohrt weiter, der Alte ist zwar unangenehm, doch macht er ihr keine Angst.

„Och, Mädchen, Du kannst vielleicht Fragen stellen!"
Nun versucht er, sich an die alten Geschichten aus seiner
Kindheit zu erinnern. „Also, soweit ich mich erinnere,
haben sie wohl die Kinder, die allein in den Wald gegangen sind, entführt und irgendwas ist danach mit ihnen
passiert. Ich kann mich aber nicht mehr erinnern, was es
war!" Zu tief sind die Erinnerungen im Kopf vergraben.

„Oh bitte, versuchen Sie es!", bettelt Tanja.

„Ich glaube, sie waren wohl danach sehr dumm. Oder gar
behindert? Ach, Mädchen, ich weiß es nicht mehr genau!"

„Ich glaub, das hilft mir schon weiter!", sagt Tanja und
verlässt den alten Mann am Brunnen. Noch gut zwei Kilometer und sie ist wieder am Wildpark. Als Tanja über
den Parkplatz geht, stellt sie fest, dass sie nicht ein einziges Tier durch den Zaun hindurch beobachten konnte.
Doch nun weiß sie, dass es da so eine Sage gibt, die die
Existenz der kleinen Menschen von Pitata bestätigt. Was
machen sie nur mit den Kindern? Gina ist eine intelligente
junge Frau. Sie ist kein bisschen dumm oder behindert. Ist
sie damals noch im letzten Moment davongekommen?
Über all ihre offenen Fragen schläft Tanja ein und wacht
erst wieder auf, als neben ihr die ersten Besucher mit den
Autotüren knallen. Tanja räkelt sich, bevor sie aufsteht
und ihr Bett umklappt. Die Sonne tut ihr Bestes, um das
Fahrerhaus angenehm warm zu machen. Tanja setzt sich
auf den Fahrersitz, nimmt ihr Handy und gibt Friedersdorf
in die Suche ein. Noch 382 Km sind es bis in das bran-
denburgische Dorf. Bis zur Autobahn ist es nicht weit.

Kaum hat sie die Auffahrt genommen, hat sie ihre Reisegeschwindigkeit erreicht. Ihr Bulli hat eine recht gute Ausstattung und nicht gerade den schwächsten Motor, so fährt es sich entspannt mit 130 Km/h auf der Autobahn. Erst nach einer Weile schaut sie auf ihre Anzeige. Es sind noch 456 Km Reichweite, die ihr angezeigt werden. Sie sucht sich eine größere Lücke zwischen zwei LKW und reiht sich zwischen ihnen ein. Nach und nach verändert sich ihre Reichweite und nun hat sie noch 521 Km, wenn sie weiterhin so langsam unterwegs ist. Bis nach Hause reicht es nicht, aber sie kommt locker nach Brandenburg in dieses Friedersdorf.

Das Portal

Es ist bereits Nachmittag, als Tanja von der Autobahn abfährt. Es ist so anstrengend, immer hinter einem LKW hinterherzufahren, viel schlimmer, als zügig an den Brummis vorbeizufahren. Tanja ist müde, hungrig und steif! Es wird Zeit für einen Halt. Das nächste Dorf ist es und als sie die letzte Kurve nimmt, ist schon von weitem der hohe Kirchturm zu sehen. Auf der anderen Seite ist das große Schild des Edeka Marktes. Tanjas leerer Magen zieht sie zum Markt, an der Kirche vorbei. Sie kauft sich etwas Obst und ein kleines Brot. Für mehr reicht es nicht mehr. Nach einem Imbiss lässt sie ihren Bulli vorm Edeka stehen und geht zur Kirche hinüber, doch leider ist die Kirche verschlossen. Es ist Mittwoch und laut Aushang ist erst am Sonntag die Kirche wieder zum Gottesdienst offen. „Mist, was jetzt?" Tanja kann doch nicht in eine Kirche einbrechen. Eine alte Frau geht gerade an der Kirche vorbei. Tanja hat sie bereits im Supermarkt gesehen, mit ihrem auffälligen Korb in der Hand stand sie vor ihr an der Kasse. „Entschuldigung!", spricht Tanja die alte Frau an. „Ist die Kirche nur sonntags geöffnet?"

Die Frau bleibt stehen, mustert Tanja eingehend, dann antwortet sie: „Nicht jeden Sonntag! Nur wenn der Pfarrer Zeit hat!"

„Oh, das ist aber ungewöhnlich!"

Die Frau bemerkt Tanjas Interesse an der Kirche. „Ich war schon lange nicht mehr beim Gottesdienst! Seit unser

Pfarrer weg ist, war es nur noch ein Kommen und Gehen! Ja, selbst die Kirche muss wohl sparen!" Da Tanja geduldig zuhört, redet die Frau weiter: „Es ist aber schön, dass junge Leute sich für die Kirche interessieren! Sind Sie hierhergezogen? Sie wohnen bestimmt in einem der neuen Häuser!", vermutet sie.

„Oh nein! Ich wohne nicht hier!" Gespannt hört die Alte zu, was Tanja zu erzählen hat. „Sie werden es kaum glauben, aber ein bekannter aus Italien hat mir von dieser Kirche erzählt! Jetzt wollte ich sie mir unbedingt ansehen, doch leider ist sie zu!"

„Oh ja, das ist schade!" Die Frau denkt kurz nach. „Paul, müsste einen Schlüssel haben! Kommen Sie, es ist nicht weit!" Schon läuft sie weiter, ohne auf Tanja zu achten. Das Laufen scheint ihr nicht leicht zu fallen, denn sie wirkt recht konzentriert beim Gehen.

„Paul? Ist das der Pfarrer?" Tanja folgt der Frau.

„Nein! Paul kümmert sich um das Grab neben der Kirche! Er hat seine Utensilien in der Kirche stehen, damit er sie nicht jedes Mal dahinschleppen muss!", erklärt die Frau. Vier Häuser weiter klingelt sie am Gartenzaun.

Nach einer Weile schaut ein alter Mann durch die Tür. „Inge, was ist denn los?", fragt er.

„Hallo Paul, kannst Du der jungen Dame die Kirche zeigen? Sie ist extra aus Italien hierhergekommen und nun steht sie vor der Kirche und sie zu!" Sie wendet sich an Tanja. „Er wird Ihnen bestimmt weiterhelfen."

Paul schaut auf die junge Frau neben der alten Inge. Er tritt heraus, zieht seinen Bauch ein und begrüßt die beiden. „Willkommen in Friedersdorf! Sie sind aus Italien?" Er reicht Tanja die Hand.

Tanja schüttelt ihm die Hand und lächelt Paul freundlich an. „Das ist nicht ganz richtig! Ein Freund aus Italien hat mir von dieser Kirche erzählt, und nun wollte ich sie mir ansehen!"

„Jaja, Inge ist auch nicht mehr die jüngste!" Er beachtet seine Nachbarin nicht weiter.

„Alter Stiesel!" Inge richtet sich an Tanja: „Er ist sonst eigentlich ganz nett!" Inge verabschiedet sich und setzt ihren Weg nach Hause fort.

„Ich habe nur einen Schlüssel von der Seitentür, hab noch nie versucht, von da aus in den Altarraum zu kommen!" Er nimmt seinen Schlüsselbund vom Haken, zieht seine Tür zu und umgreift dann Tanjas Taille. „Komm, Mädchen, versuchen wir es!" Ohne die junge Frau loszulassen, geht er mit ihr zur Kirche.

„Na das ist…" Tanja sucht nach den richtigen Worten. Es ist ihr unangenehm, dass der Alte sie so zärtlich anfasst. „…sehr freundlich von Ihnen!" Tanja lässt ihn gewähren, denn sie ist auf seine Hilfe angewiesen.

„Sag einfach Paul, so wie es alle tun!" Er holt seinen Schlüsselbund hervor und lässt Tanja los. „Schauen wir mal, ob er auch vorn passt!" Paul steckt den Schlüssel ins Schloss des Haupteingangs. „Schade, hätte ich mir denken können!" Er geht links um die Kirche herum und schließt die erste von zwei Türen auf. Sie liegen nebeneinander, doch sind sie unterschiedlich gut erhalten. Während die Tür, die er gerade aufschließt, in einem sehr guten Zustand ist, sieht die andere umso schlimmer aus. Auch hat sie keinen modernen Schließzylinder wie die anderen Türen. Paul geht vor und drückt die Klinke der Tür herunter. Sie öffnet sich. „Hier muss es zum Altarraum gehen!"

„Na super, da hat sich der lange Weg doch gelohnt!" Tanja folgt dem Alten durch die schmale Tür hindurch in den Altarraum der Kirche. Es ist unerwartet hell in der Kirche und so schaut Tanja sich gleich die schön gestalteten drei Fenster an. „Darf ich mich etwas umsehen?"

„Ja, mach ruhig! Wonach suchst Du denn?"

Tanja holt ihren Schlüssel heraus und sagt: „Eine Tür oder vielmehr ein Schloss, wo der hier reinpasst!"

Paul schaut auf den alten Schlüssel mit dem Bart. „Na, hier drin wirst Du da wohl kein Schlüsselloch finden, aber hinten, neben der Tür, die wir genommen haben! Da ist noch so ein altes Schloss drin!"

Tanja schaut sich trotzdem noch etwas um, doch es ist kein Eingang, keine Kiste oder auch nur eine Luke zu sehen, wo ihr Schlüssel passen könnte. Tanja geht wieder raus und stellt sich vor die vier Stufen, die zu der anderen Tür hinauf gehen. Die kurze Treppe daneben ist genauso gebaut, doch scheint sie nie benutzt zu werden. Die Tür ist untenrum voll Moos, regelrecht grün ist sie an der Unterseite. „Wohin führt diese Tür?", fragt sie Paul, der gerade die andere Tür wieder abschließt.

„Ich war noch nie in dem Anbau!" gesteht Paul, obwohl er mindestens einmal in der Woche hier reingeht, um seine Harke zu holen. Er hat sich noch nie für den anderen Eingang interessiert.

Tanja ist aufgeregt, sie geht noch einen Schritt zurück. Zum einen aus Ehrfurcht, zum anderen, um den Anbau in Gänze erfassen zu können. „Was ist da wohl drin?"

„Keine Ahnung! Versuch es, Mädchen! Steck den Schlüssel rein und wir werden es sehen!" Paul schiebt sie sacht an die Stufen heran.

Tanja geht die vier Stufen hoch und steckt den Schlüssel in das Schloss. „Ja, er passt rein!" Vorsichtig dreht sie ihn, doch es passiert nichts. Sie gibt alles, dreht an dem Schlüssel und es kracht im Schloss, als wäre es schon hundert Jahre nicht benutzt worden. Einmal dreht sie ihn herum. „Oh Gott, ich bin so gespannt!" Zaghaft drückt Tanja die Klinke herunter und stemmt sich dann gegen die Tür, die sich nur knarzend aufdrücken lässt. Tanja wagt einen Blick hinein.

Paul steht auch schon hinter ihr. „Mach schon auf!" Doch was Paul sieht, ist ernüchternd. Ein kleiner Raum, nur erhellt durch die offene Tür. Er ist voller Moos und Spinnweben, sonst nichts. „Was ist los?", fragt Paul, als Tanja fast ausrastet. Er tritt neben das Mädchen, doch kann er immer noch nichts erkennen.

„Mein Gott! Ich habe das Portal gefunden!“ Es ist unglaublich. Tanja sieht die Hütten im Dorf der kleinen Männer aus Pitatia. „Es ist das Dorf!“, sagt sie freudestrahlend zu Paul.

„Was für ein Dorf?“, fragt Paul ungläubig.

Tanja ahnt, er sieht nicht dasselbe wie sie. „Was siehst Du denn?“, will sie von ihm wissen.

„Na einen leeren Raum, den schon hundert Jahre niemand mehr betreten hat!“, antwortet er verwundert.

Tanja muss sich unter Kontrolle bringen, sie muss verhindern, dass er Fragen stellt. „Ja, ich sehe auch nichts anderes!“, antwortet sie kühl. „Hey Paul, entschuldige, dass ich Dir Deine Zeit gestohlen habe!“

„Ach was! Für mich gibt es doch nicht mehr viel zu machen! Seit meine Frau nicht mehr ist, lebe ich nur noch in den Tag hinein!“, erklärt er traurig.

„Tut mir leid!“, antwortet Tanja. „Bitte, erzähle es niemandem weiter!“ Tanja zieht die Tür ins Schloss und dreht den Schlüssel wieder herum.

„Ja, aber wieso denn? Ich kann doch den Schlüssel dem Pfarrer geben oder dem Bürgermeister, wenn Dir das lieber ist!“ Was ist nur mit diesem Mädchen los?

„Mir wäre es lieber, wenn es unser Geheimnis bleibt, was hinter der Tür ist!“, sagt Tanja.

„Aber da ist doch nichts!“, sagt Paul verunsichert.

Wie soll sie es ihm nur erklären? „Ich habe versprochen, es geheim zu halten.", erfindet Tanja.

„Warum soll niemand davon erfahren?" Doch dann schaut er in Tanjas lächelndes Gesicht und in ihre warmen Augen, es ist ihm egal, warum sie es geheim halten will. „Was soll´s, um die Kirche kümmert sich schließlich eh keiner mehr!"

„Danke!" Tanja steckt den Schlüssel in ihre Jeanstasche, die er auch gleich entsprechend ausbeult.

„Was hast Du damit vor?" Paul schaut auf ihre enge Jeans und darauf, was sie verpackt.

„Ich… äh… ich werde… ich geb ihn wieder zurück, wenn ich das nächste Mal in Italien bin!", stottert Tanja.

„Italien? Von wem hast Du den Schlüssel? Kenne ich ihn?" Pauls Neugier ist geweckt.

„Ich denke nicht, dass Du Georgius kennst!"

„Georgius?" Paul hört diesen Namen das erste Mal.

„Er war mal Zauberer in München! Naja, kein richtiger Zauberer, wenn Du weißt, was ich meine?"

„Ich kenne keinen Zauberkünstler!" Paul versucht, sich zu erinnern. „Nein! Ich war auch noch nie in München!"

„Naja, ist auch nicht so wichtig. Mach´s gut, Paul!", sagt Tanja und geht zu ihrem Bulli.

„Auf Wiedersehen, Tanja!" Paul sieht ihr hinterher und denkt sich, was für ein eigenartiges Mädchen! Nun lacht er wieder und sagt leise: „Aber hübsch ist sie!" Er schaut ihr hinterher, wie sie ihren kleinen Hintern in der engen Jeans wackeln lässt.

Am liebsten wäre Tanja gleich hinüber in die andere Welt gegangen, doch da war ja auch noch Paul, der sich sicherlich gewundert hätte, wenn sie vor seinen Augen verschwunden wäre. Warum konnte er nicht sehen, was sie gesehen hat? Es muss wohl so eine Art Schutz sein, um Fremde fernzuhalten. Tanja steht recht gut geschützt auf ihrem Parkplatz. Sie will am Abend zur Kirche gehen, wenn es dunkel ist und ihr keiner folgt. Als es dämmert, will dann Tanja hinüber nach Pitatia gehen. Sie schließt ihren Bulli ab und geht zur Kirche. Ihr Magen dreht sich. Ist es der Hunger? Nein, gegessen hat sie ja. Es ist etwas anderes! Sie überlegt nochmal, ob sie alles dabeihat. Ihre Papiere, der Schlüssel und…? Wird sie erwartet? Konnte sie vorhin jemand sehen, als sie durch die Tür geschaut hat? Tanja setzt sich auf eine Parkbank neben der Kirche. Sie erinnert sich daran, was Balthasar vorgeschlagen hatte. Er wollte, dass sie dableibt und ihnen Kinder zeugt. Was ist, wenn er sie gefangen nimmt? Jetzt, wo sie durch das Portal geht, bleibt ihr Körper nicht zurück. Es könnte sie niemand retten, so wie es Gina tat. Tanja denkt an ihren Verbündeten, an Georgius. Doch ist er ihr Verbündeter? Es würde ihm wohl gefallen, sie stets zu schwängern, zumindest hat er es so angedeutet. Tanja wäre auf sich gestellt, müsste machen, was sie von ihr verlangen. Hat nicht Georgius gesagt, dass sie so lange freundlich waren, bis sein Körper gestorben ist? Tanja ärgert sich, ihn nicht besser ausgefragt zu haben. Es ist mittlerweile stockdunkel. Tanja geht wieder zurück, zu ihrem Bulli und legt sich schlafen. Zu gefährlich ist ihr Ausflug nach Pitatia. Am Morgen wacht Tanja auf. Um sie herum ist Kindergeschrei zu hören und ihr Bauch tut weh. Sie richtet sich auf, will sich die Ohren zuhalten, weil die Kinder so laut sind, da schaut sie auf ihren Bauch, der riesig ist. Tanja ist hochschwanger! Was ist passiert? Wieso ist sie in Pitatia? „Hey Süße, es ist bald soweit!", sagt Georgius, der unrasiert neben ihr steht.

Tanja schreit: „Nein! Das kann nicht sein!" Sie war doch gerade noch vor der Kirche, hat sich schlafen gelegt.

Georgius schaut lüstern auf sie herab. „Ich hole Kurek, damit er Dein Baby holt!"

„N E I N!", schreit Tanja, so laut sie kann. Nun ist sie wach! Tanja liegt in ihrem Bulli. Sie setzt sich wieder auf, schaut auf ihren Bauch, der so flach wie immer ist. Es war nur ein Alptraum! Sieht so ihre Zukunft in Pitatia aus? Tanja hat nur drei Stunden geschlafen, nun ist sie hellwach und grübelt über ihre Zukunft. Sie hat Angst, durch das Portal zu gehen. Nun weiß Tanja noch immer nicht, wie ihre Zukunft aussieht, doch sie weiß, was sie nicht will.

Zurück im Alltag

Tanja gibt ihr letztes Geld an der Tankstelle aus. Mit dem letzten Tropfen schafft sie es zurück zu ihren Eltern. Roland weiß immer noch nicht, dass sie wieder zurück ist.

„Na Kleines, weißt Du nun, was Du willst?", fragt Tom, ihr Vater, als sie bei ihm in der Einfahrt steht.

„Ja, Papa! Jetzt weiß ich es!" Sie umarmt ihren Vater und die Familie sitzt bis in den Abend hinein im Wohnzimmer und Tanja berichtet darüber, was sie erlebt hat. „Ich war auch in Monopoli!"

„Ach was? Hast Du Deinen Freund wiedergetroffen?", fragt ihre Mutter. Sie kann sich noch genau an die Disco erinnern, die sie dort besucht haben.

Tanja hingegen hat daran gar nicht mehr gedacht. „Ja, ich habe ihn wiedergetroffen! Aber nicht den, den ihr meint! Ich war wieder in dem alten Haus!" Tanja lässt ihre Worte wirken.

„Was denn für ein Haus?" Tom erinnert sich daran, dass sie ihnen damals erst so eine eigenartige Geschichte erzählen wollte. „Tanja, Du bist jetzt erwachsen! Du brauchst uns keine Märchen erzählen!"

Silvia denkt genauso: „Ja, Du kannst uns alles erzählen, wir sind schließlich Deine Eltern… und halten zu Dir!" Ihre Mutter hofft, es wird nicht so schlimm.

„Geht's Dir gut, Kleines?", fragt Tom beunruhigt.

„Okay, ihr erinnert euch noch an die alte Ruine in der Altstadt?" Tanja schaut die beiden an. „Mittlerweile sind es drei Ferienwohnungen geworden! Ich habe sie alle drei gemietet, damit ich allein in dem Haus bin!" Ihre Eltern hören zu, stellen keine Fragen. „Ich habe eine Woche lang in dem kleinen Innenhof geschlafen und in dieser Zeit war ich in einer anderen Welt!"

Nun ist ihrer Mutter klar, was mit ihrer Tochter passiert ist. „Hast Du damals auch schon Drogen genommen?"

„Scheiße!" Tom hat noch gezweifelt, doch als es Silvia ausgesprochen hat, war es ihm auch klar.

„Ach, Mann! Ich habe doch keine Drogen genommen!" Tanja ist am Boden. „Wie kommt ihr nur darauf?"

„Schatz, es ist doch offensichtlich! Bist Du in Schwierigkeiten?" Silvia wollte ihre Tochter davor immer beschützen, nun ist es passiert.

„Nein, ich bin nicht in Schwierigkeiten und nein, ich nehme keine Drogen!" Warum wollte sie ihnen nur davon erzählen? Weil sie die einzigen sind, denen sie vertraut - vertraut hat! „Ach, vergesst es einfach! Ich bin wieder zurück und habe nicht vor, zu heiraten und Kinder zu kriegen! Ich will auch nicht mit Roland zusammenleben!"

„Weiß er das schon?", fragt Silvia vorsichtig.

„Nein, er weiß auch nicht, dass ich wieder zurück bin!"

„Wenn Du willst…" Tom schaut Silvia an und sie scheint genauso zu denken. „…kannst Du erst mal hierbleiben!"

„Danke!", ist alles, was Tanja sagt.

Nach einer gefühlten Ewigkeit fragt Tom: „Was hast Du jetzt vor? Ich meine, willst Du Dir einen Job suchen? Hast Du schon einen neuen Freund? Machst Du einen…?" Entzug, sagt er nicht laut.

„Es gibt da Jemand!" Tanja denkt an Georgius. „Aber ich will ihn nicht heiraten oder so! Naja, er ist auch viel zu weit weg!", grübelt Tanja. „Ich werde mir ´n Job suchen!"

Silvia nimmt Tanja in den Arm. „Ach Schatz, das wird schon wieder! Dass Du aber auch immer an den Falschen gerätst!"

„Was ist mit Roland? Brauchst Du Hilfe?", fragt Tom.

„Ach was! Das erkläre ich ihm schon!" Tanja fährt am nächsten Tag zu Rolands Wohnung, um ihre restlichen Sachen zu holen. Später will sie ihn auf der Arbeit besuchen und ihm den Schlüssel zu seiner Wohnung zurückgeben. Tanja ist am Vormittag da, schließt die Tür auf und geht ins Schlafzimmer. Ein eigenartiger, süßer Geruch liegt in der Luft. Tanja geht an den Schrank und packt ihre Sachen ein, als sie feststellt, dass nicht alles von ihr ist. Eine kurze Geruchsprobe enttarnt dann auch das andere Parfüm. Auch gut, sagt sie zu sich selbst. Als sie alles eingeräumt hat, fährt sie zum Institut, um Roland zu überraschen. Es gelingt ihr auch. Der Pförtner erkennt Tanja wieder und lässt sie durch, ohne Roland zu informieren. Sie öffnet sein Labor und Roland sitzt gerade an seinem Computer. „Hi, Roland!"

„Hi, Schatz! Ich hab gerade keine Zeit!“ Roland ist hochkonzentriert und kann sich momentan nicht von seiner Freundin ablenken lassen.

„Es dauert nicht lange, ich will mich nur verabschieden!“

„Ach, Kerstin, können wir das später klären?“

„Kerstin?“ Tanja tut entrüstet.

Roland schaut nun zur Tür. „Ah, Tanja? Du bist wieder zurück?“

„Ja, Du hast wohl eine andere erwartet?“ Tanja lächelt.

„Äh, nein wieso? Ach Tanja, ich bin gerade bei der Entwicklung einer…“

„Komm, ist schon gut! Hier ist Dein Schlüssel!“ Tanja legt ihm den Schlüssel auf seinen Schreibtisch.

„Ach, Liebling! Du hast mich im falschen Moment erwischt!“ Roland versucht sich herauszuwinden.

„Den kannst Du ja Kerstin geben! Ich verschwinde!“ Tanja dreht sich um und geht. Das war ja einfach, denkt sie sich beim Rausgehen. Im Flur begegnet ihr eine Frau, deren Parfüm sie erkennt. Ob sie seine neue ist? Tanja probiert es einfach: „Kerstin?“

„Ja, was gibt′s?“ Die junge Frau bleibt stehen und dreht sich zu ihr um. „Irgendwoher kenne ich Sie?“

Tanja mustert ihren Ersatz. Sie scheint ihr recht ähnlich zu sein, zumindest was die Figur betrifft. „Ach ja? Egal! Roland hat eine Überraschung für Sie!“

Kerstins Blick erhellt sich. „Für mich? Was ist es denn?“

„Ich habe ihm meinen Schlüssel gebracht! Den solltest Du Dir schnell holen, ehe Dir noch eine andere zuvorkommt!“ Tanja grinst sie an. Sie weiß, dass Roland nur zwei Schlüsselsets zu seiner Wohnung hat.

„Oh scheiße, Du bist seine Ex! Tanja, nicht wahr?“

„Ja, genau! Seine Ex!“ Tanja dreht sich um und steigt in den Lift. Sie hält den Finger auf die 5, denn dort ist die Personalabteilung. Eigentlich wollte Tanja nach einem Job fragen, aber dann würde sie stets Roland über den Weg laufen. Auch Kerstin, ihre Ablösung, würde sie des Öfteren treffen. Am Ende werden sie noch Freundinnen. Nein! Tanja drückt auf E und fährt zurück zu ihren Eltern. Sie braucht einen Neuanfang in einer anderen Firma, vielleicht sogar in einer anderen Stadt.

„Wie lief es mit Roland?“, fragt ihre Mutter, als sie zuhause ankommt.

„Ich hab mit ihm Schluss gemacht!“, sagt Tanja knapp.

„Ach schade, er war eigentlich ganz nett!“

„Das hat sich Kerstin auch gesagt!“, sagt Tanja.

„Wer ist Kerstin?“, fragt Silvia verwundert.

„Kerstin? Sie ist meine Nachfolgerin!“ Tanja quält sich ein Lächeln heraus.

„Ach, Liebling, das tut mir so leid! Wolltest Du nicht auch zum Institut? Haben sie einen Job für Dich?“

„Ich hab erst gar nicht gefragt!" Tanja sieht Silvias ent-
täuschten Blick. „Glaub mir Mama, es ist besser so!"

„Naja, wenn Du meinst!" Sie hätte es wohl auch so gemacht. Später beim Essen, als auch Tom zuhause ist,
spricht sie das Thema nochmal an. „Was willst Du denn
jetzt machen? Ich dachte immer, Du magst Die Forschung
und fängst auch im Institut an."

Tanja schaut ihre Eltern an. „Ich will einen Neustart! Ein
neuer Job in einer anderen Stadt und eine neue Wohnung
suche ich mir auch!"

„Mit der Wohnung kannst Du Dir doch Zeit lassen!", sagt
Tom, dann fällt ihm etwas ein. „Einen Neustart in einer
anderen Stadt, sagst Du?"

„Ja, von mir aus auch ganz woanders!", bestätigt Tanja,
sie denkt sogar über Italien nach.

„Meine Firma expandiert gerade! Sie wollen eine Zweig-
stelle in der Nähe von Berlin eröffnen! Komm doch Morgen Mittag mal bei mir vorbei! Vielleicht passt es ja!"

„Bei Berlin, sagst Du? Weißt Du wo genau?" Friedersdorf
liegt bei Berlin. Sofort denkt Tanja an das Portal. Sie muss
einfach wieder nach Pitatia.

Tom nimmt sein Handy und checkt die internen Nachrichten. „Da steht es ja! Niederlehme heißt der Ort!"

Nun tippt Tanja den Ortsnamen in die Suche. „Ach was!
Ja, ich komme morgen zu Dir!" Der Ort ist nur wenige
Kilometer entfernt von dieser Kirche in Friedersdorf.

Tanja hat Glück. Die Firma ihres Vaters bietet ihr tatsächlich einen guten Job in der neuen Filiale an. Tanja leiht sich bei ihren Eltern etwas Geld und fährt nach Niederlehme. Der Ort liegt direkt an der Autobahn, aber auch direkt an einem See. Tanja schaut sich alles genau an, sie läuft durch den langgezogenen Ort und findet zufällig an einem Strommast, in der Nähe eines Imbisses, ein Angebot für eine kleine Dachgeschosswohnung in einem alten Wohnhaus. Tanja geht auch gleich zu dem alten Pärchen und fragt nach, ob die Wohnung noch zu haben ist. Das Mehrfamilienhaus mit der Zweiraumwohnung hat ihr nicht so gefallen, sie wollte noch nach Alternativen suchen. Es war Sympathie auf den ersten Blick, nicht nur bei Tanja, auch bei dem alten Paar, das ihre Dachgeschosswohnung vermietet. Tanja erinnert die beiden an ihre eigene Tochter, die zwar etwas älter ist, aber nun weit weg mit ihrem Mann in einem anderen Bundesland lebt.

Der Neuanfang

Tanja findet sich schnell zurecht. Ihr neuer Job macht ihr Spaß und in der Wohnung, im Dach über dem alten Paar, fühlt sie sich wohl. Das Haus hat einen gepflegten Garten, den sie mitbenutzen kann. Sie dürfte sogar selbst etwas pflanzen, wenn sie will, doch Tanja reicht es völlig aus, wenn sie sich im Sommer auf die Wiese legen kann, was sie auch macht, als die Sonne am Wochenende hoch am Himmel steht. Tanja ist zufrieden. Sie arbeitet in einem gut ausgestatteten Büro und ihre Kollegin scheint auch recht okay zu sein. Ihre Vermieter nerven sie nicht und gehen ihr sogar aus dem Weg, wenn sie sich in den Garten legt. Zufrieden schließt Tanja die Augen, genießt die angenehme Wärme auf der Haut und freut sich über ihr neues Leben. Doch als sie die Augen eine Weile geschlossen hat, denkt sie an den Innenhof des Hauses im süditalienischen Monopoli. Das Portal! Da ist es wieder. All die ungelösten Rätsel hat sie vor ihren Augen. Was ist das Geheimnis dieser kleinen Männer? Was machen die mit den Kindern und warum haben sie keine Frauen? Tanja schlägt die Augen auf. Sie kann sich nicht sich nicht so gehen lassen! Sie muss wieder zurück nach Pitatia!

Es ist Freitag und Tanja hat Feierabend freitags haben alle um 13.52 Uhr Feierabend. Tanja verabschiedet sich von ihren Kollegen, die sie mittlerweile ganz gut zu kennen glaubt. Wie gerne würde sich Tanja in ihren Bulli setzen und zum nächsten See fahren, um baden zu gehen und sich mit den anderen am Strand zuvergnügen.

Vor zwei Wochen hat sie Markus kennengelernt. Er ist aus Berlin und kommt oft an ihrem Lieblingssee. Wie sich herausstellt, arbeiten sie beide in derselben Firma nur in verschiedenen Abteilungen, weshalb sie sich auch noch nicht während der Arbeit über den Weg gelaufen sind. Markus ist groß, schlank, nicht einer dieser Bodybuilder. Er ist nett, fragt sie, wie es ihr geht, hört ihr zu, aber er ist unwahrscheinlich schüchtern. Noch nicht einmal hat er versucht, sie zu küssen, nicht mal in den Arm hat er sie genommen. Oh, hoffentlich ist er nur zu schüchtern dazu, hoffentlich mag er sie genau so, wie Tanja ihn mag.

Nein! Tanja muss dieses Wochenende nach Pitatia. Sie muss herauskriegen, was Balthasars Geheimnis ist. Vor der kleinen Fabrik ist ein Fahrradständer. Nur drei Fahrräder stehen darin, eins davon gehört Tanja. Sie steigt auf ihr Fahrrad, radelt über den Parkplatz zur Hauptstraße. Nach zweihundert Metern, sieht sie den See. Sie denkt an Markus, an ihren Strand und zu gerne würde sie sich wieder mit ihm treffen. Nein, nicht dieses Wochenende, Markus muss warten!

Tanja biegt, in die alte Fabrikstraße und nach wenigen Metern erreicht sie ihr Zuhause. Ihr Fahrrad stellt sie neben den Anhänger unter dem Carport. Tanja geht nach oben, dazu muss sie nicht durchs Haus, denn eine schmale Eisentreppe wurde nachträglich am Giebel angebaut. Sie duscht sich, packt ein paar Sachen ein, zieht sich eine Jeans und festes Schuhwerk an, als würde sie eine Wanderung planen. Dieses Mal will sie Fotos machen, doch dafür reicht ihr altes Handy aus. Es hat zwar keine SIM-Karte drin, aber sie kann es ja für Fotos nutzen und ja, vielleicht gibt es auch in Pitatia ein Handynetz. Auch wenn sie es nicht nutzen kann, so kann sie doch wenigstens sehen, ob es irgendein Handynetz bei denen gibt. Zur Sicherheit bindet sich Tanja eine Armbanduhr um, damit sie nicht zu lange bleibt. Schließlich weiß sie noch nicht, wie das Portal funktioniert. Nun ist sie für ihre Reise gewappnet, sie geht wieder nach unten und nimmt ihren Bulli. Bis zur Autobahn sind es nur wenige Kilometer und die nächste Abfahrt muss sie auch schon wieder runter, sodass sie nur fünfzehn Minuten später an der Kirche in Friedersdorf steht. Tanja parkt ihren Bulli direkt an der Kirche, sie zögert noch, steigt nicht aus. Sie ist voller Zweifel, hin und hergerissen, zwischen Angst und Neugier. Erst nach fünf Minuten, fasst sie sich ein Herz und geht los. Es ist bereits fünf Uhr, reges Treiben ist beim Supermarkt, der nicht weit weg ist, doch vor der Kirche ist nichts los. Tanja schaut sich um, keiner scheint sie zu beobachten und so geht sie zu dem verwitterten Nebeneingang der Kirche, holt den Schlüssel aus ihrer Tasche und schließt auf. Vorsichtig drückt sie die Klinke herunter, dreht sich nochmals um und schlüpft durch die Tür, die sie hinter sich leise schließt. Tanja steht mitten im Dorf, direkt hinter ihr ist die Eingangstür einer der Hütten. Es ist nichts los, keiner der Bewohner ist zu sehen. Sie schaut sich um, alle Hütten sehen gleich aus, bis auf die Eine. Versteckt von einer weiteren Hütte steht die von Georgius, die sie an den Blumen davor erkennt. Tanja läuft schnell dahin, bleibt kurz vor der Tür stehen, dreht sich nochmals vorsichtig um und geht hinein. „Georgius, bist Du hier?", fragt sie in den dunklen Innenraum hinein.

„Tanja?" Georgius steht auf „Bist Du es? Wo ist Balthasar, hat er Dich abgeholt?"

„Nein, ich bin durch das Portal gekommen! Ich stand plötzlich vor einer der Hütten… äh, Häuser!"

„Hat Dich jemand gesehen?", fragt Georgius.

„Nein, ich glaube nicht! Wo sind die anderen?"

Georgius umarmt Tanja herzlich. „Es ist so schön, dass Du wieder da bist!"

Tanja schaut auf die Uhr, sie ist schon drei Minuten hier. „Ich will nicht lange bleiben! Ich habe Angst, dass sie mich hier festhalten, wenn ich durch das Portal komme!"

„Durch welches Haus bist Du gekommen?"

Tanja überlegt. „Ich weiß nicht, sie sehen alle gleich aus. Nur Deins hat diese schönen Blumen davor!"

Georgius hat einen Verdacht. „Versuch, Dich zu erinnern! Ist es das, was hinter dem von Thorus liegt?"

„Welches ist denn das von Thorus?", fragt Tanja und geht zum Fenster.

Georgius stellt sich neben sie. „Das dort!" Er zeigt auf die Hütte gegenüber. „Dahinter ist Balthasars Haus!"

„Es war Balthasars! Da bin ich mir sicher!"

„Seine Haustür ist also gleichzeitig das Portal!“, erkennt Georgius. Tanja holt ihr Handy aus der Hosentasche. Sie öffnet die Foto-App und macht etliche Fotos. „Was ist das?“, fragt Georgius verwundert.

„Das ist mein altes Handy, ich mach ein paar Fotos!“, erklärt Tanja, dann schließt sie die Foto-App und öffnet die Einstellung. „Kein Netz!“, erklärt sie.

„Was für ein Netz?“, fragt Georgius.

Tanja wundert sich über die Frage, dann wird ihr klar, dass es noch keine Handys gab, als Georgius die Welt verlassen hat. „Wir sind hier tatsächlich in einer anderen Welt!“, schließt Tanja daraus, dass es kein Netz gibt. Sie hält Georgius das Handy hin und sagt: „Damit machen wir eigentlich alles! Ich habe gerade Fotos gemacht, damit kann man aber auch telefonieren oder ins Internet gehen!“

„Telefonieren? Wie soll das gehen ohne Kabel?“, wundert sich Georgius. „Was ist denn ein Internet?“

„Dafür habe ich jetzt keine Zeit!“, erklärt Tanja und nimmt ihm das Handy wieder ab. „Ich muss bald wieder zurück! Hast Du herausgefunden, was sie von unseren Kindern wollen?“ Tanja ist nervös.

„Unsere Kinder?“ Georgius schaut Tanja mit einem sehr eigenartigen Blick an. „Hast Du…, bist Du… schwanger?“ Nein, das kann nicht sein, sie hatten keinen Sex.

Tanja lächelt über seine Annahme. „Doch nicht unsere Kinder! Ich meine, die Kinder von der Erde!“

„Äh… ja, ich weiß doch!“, sagt Georgius peinlich berührt. „Nein, ich weiß es nicht! Es scheint ihnen aber sehr wichtig zu sein!“ Er schaut Tanja tief in die Augen. Georgius erkennt, dass sie keine Gefühle für ihn hegt. „Was hast Du für heute geplant?“

„Ich will wieder zurück!“, sagt Tanja fest entschlossen. „Willst Du mit?“

„Wie ist es dort jetzt?“ Georgius ist verunsichert.

Tanja zuckt mit den Schultern. „Ich denke mal, recht entspannt!“

„Ja, komm gehen wir!“ Georgius geht zur Tür, öffnet sie einen Spalt und schaut hindurch. Kurek geht gerade zu seiner Hütte. Als er hinter Thorus Hütte verschwindet, sagt Georgius: „Komm, die Luft scheint rein zu sein!“ Er nimmt Tanja an die Hand und geht mit ihr zügig zu Balthasars Haus.

Nur wenige Meter vor dem Portal ruft Balthasar: „Kurek, halte sie auf!“ Er rennt zu seiner Hütte und von der anderen Seite sprintet Kurek los.

„Lauf! Ich halte sie auf!“, sagt Georgius zu Tanja.

Tanja kramt in ihrer engen Hosentasche. Der Schlüssel ist unter dem Handy. „Scheiße!“, flucht sie, als ihr das Handy aus der Tasche rutscht und runter fällt. Hastig greift sie sich ihr Handy, dabei sieht sie Kurek auf sich zukommen. Tanja nimmt den Schlüssel, steckt ihn ins Schloss.

„Lasst sie gehen!“ Georgius versperrt ihnen den Weg.

„Aus dem Weg!", brüllt ihn der kleine Mann an.

Tanja öffnet die Tür von Balthasars Hütte und damit das Portal in ihre Welt. „Georgius, komm!"

„Ach, Tanja, bleib doch noch ein wenig hier!", versucht es Balthasar mit freundlichen Worten.

Georgius will Kurek von sich schubsen, doch er klammert sich an ihn. „Lass mich gehen!", brüllt er den kleinen Mann an.

„Hiergeblieben!" Kurek lässt Georgius nicht los.

Tanja ist bereits in ihrer Welt, sie ruft in die geöffnete Kirchentür hinein: „Georgius! Komm her!"

„Geh nur!", gibt Georgius auf.

Ein paar Leute gehen an der Kirche vorbei. Einer von ihnen ruft Tanja zu: „Hey, was machst Du da?"

Tanja schaut durch die Tür, die sie noch immer offen hält. Es ist nichts als ein kleiner Raum, voller Spinnweben zu sehen und so lässt sie die Tür zufallen. „Oh…äh, ich dachte… es geht hier vielleicht in die Kirche!"

Der Mann schaut sie verwundert an. „Es ist nur eine Kammer! Du musst vorn reingehen!"

Tanja geht die kurze Treppe hinunter. „Die Kirche ist wohl geschlossen?"

„Du musst zu den Gottesdiensten kommen, wenn Du in die Kirche willst!", erklärt der junge Mann von der anderen Straßenseite und geht weiter.

„Ah ja! Danke!" Tanja geht zu ihrem Bulli und setzt sich hinters Steuer. Als Erstes vergleicht sie Zeit und Datum ihrer Armbanduhr mit der Anzeige neben dem Tacho. Es hat sich nichts geändert, beide Uhren laufen gleich. „Das ist ja interessant, da war ich ja nur vier Minuten weg!" Tanja nimmt ihr altes Handy und schaut sich die Fotos an. Sie sind noch da, das Handy hat den Sturz überlebt. Leider macht ihr altes Handy nicht so gute Fotos. Sie versucht, das Bild, auf dem Balthasars Hütte zum Teil zu sehen ist, zu vergrößern. Doch leider ist die Hütte im Vordergrund scharf, sodass sie keine Einzelheiten erkennen kann. Hoffentlich bekommt Georgius nicht allzu viel Ärger, denkt sich Tanja. Ihr anderes, aktuelles Handy reißt sie aus ihren Gedanken. Tanja schaut drauf und sieht die Anfrage: *Hallo Tanja, kommst Du auch zum Strand?* Tanja schaut sich kurz um, sie sitzt immer noch auf dem Fahrersitz. Das Wetter ist herrlich und so soll es auch das ganze Wochenende bleiben. Tanja sieht Markus vor sich mit seinem halbfertigen, rostig-weißen Renault Kangoo, den die Post aus gutem Grund ausgemustert hat. Gerade mal ein schmales Bett hat er darin und einen alten Gaskocher, dessen Benutzung das reinste Abenteuer ist. Tanja schreibt ihm zurück: *Es wird etwas später! Reserviere mir einen Platz! Neben Dir! :-)*

Ihr Lieblingsstrand ist nicht weit weg, also startet sie den Motor und fährt hin. Unterwegs hält sie noch an einem Supermarkt und kauft ein Sixpack Bier und etwas zu essen, das sie gleich in die Kühlbox stellt. Schließlich will sie sich nicht mit leeren Händen kommen.

Markus freut sich sichtlich, als Tanja mit ihrem Bulli ankommt. Er hat seinen kleinen Hundefänger quer geparkt, damit er gleich zwei Parkplätze blockiert. „Hi Tanja! Ich parke gleich um!" Eilig springt er in sein Auto und stellt sich so hin, dass Tanja noch neben ihn passt.

„Perfekt!", sagt Tanja und gleich darauf parken sie Tür an Tür. „Wie war Dein Tag?", fragt sie höflich.

Markus Lächeln wird immer breiter, dann sagt er: „Jetzt kann er nicht mehr besser werden!"

„Du bist süß! Ich zieh mich schnell um, dann können wir baden!" Tanja schließt hinter sich die Schiebetür und zieht sich einen Bikini an. Da sie nicht vorhatte, zum Strand zu fahren, kann sie nur den viel zu schmal geschnittenen Bikini anziehen, den sie sich in Italien gekauft hatte. Er war ein Schnäppchen für drei Euro, wobei die Menge an Stoff höchstens zehn Cent wert ist. Es ist ihr recht unangenehm, als sie mit dem knappen Bikini vor Markus steht. „Ich habe den falschen eingepackt!", sagt sie peinlich berührt, da sie sich fast nackt fühlt.

„Du siehst fantastisch darin aus!" Markus kann kaum den Blick von ihr abwenden und seine Wangen röten sich.

„Lass uns baden!", beendet Tanja die Peinlichkeit, sie versteckt ihren Schlüssel und geht zum See. „Huch, ist das kalt!" Nun hat sie die Aufmerksamkeit der anderen gänzlich auf sich gezogen. „Was soll's!" Tanja läuft schnell ins Wasser hinein, um den anderen Strandbesuchern nicht noch eine Show zu liefern.

Markus ist nicht so mutig, er braucht eine Weile, um in das kalte Wasser zu gehen. „Ich brauch noch einen Moment!" Er bemüht sich, nicht so laut zu Quieken.

Als Markus endlich zu ihr schwimmt, spürt Tanja bereits die beißende Kälte und schwimmt ihm entgegen, um schnell ans Ufer zu kommen. „Es… ist… noch ganz schön… kalt!", bibbert sie. Nach ein paar gemeinsamen Zügen erreichen sie den Strand. Tanja hat die Haut eines frischgerupften Huhns. „Lass uns in die Sonne gehen!" Es ist nur noch ein kleines Stück der großen Liegewiese von der Sonne beschienen und da legt sie sich auf ihr Handtuch, doch zu so später Stunde hat die Sonne nicht mehr so viel Kraft.

Markus erfreut sich an ihrem Anblick und setzt sich neben sie. „Ist Dir sehr kalt?", bemerkt er ihre zitternde Haut. „Soll ich Dir eine Decke holen!"

Oh, er ist so unbeholfen. „Leg Dich zu mir und wärme mich!", hilft sie ihm auf die Sprünge.

Markus Haut ist genauso kalt wie ihre, doch sein Herz ist sehr warm. „Ist es so gut?", fragt er vorsichtig nach, als er sich an sie legt. Ihm wird immer heißer.

Tanja dreht sich zu ihm, die Sonne wärmt nicht mehr so besonders. „Du musst mich schon fest in den Arm nehmen oder wie willst Du mich wärmen?", sagt sie lächelnd.

Markus macht, was sie sagt. Er rückt dicht an sie heran und nimmt das zierliche Mädchen in den Arm. Ihm ist genau so kalt, doch er hofft, sie wärmen zu können.

„Markus! Was ist das?“, spielt Tanja die Empörte, als sie etwas Hartes an ihrem Po spürt. Schon zieht sich Markus peinlich berührt von ihr zurück. Tanja dreht sich zu ihm. Sie gibt ihm einen flüchtigen Kuss und sagt: „Ich brauch jetzt was Warmes!“ Sie gibt Markus eine Chance, sich zu äußern, doch er schaut sie nur verwirrt an. Tanja steht auf. „Ich mach mir einen Tee! Willst Du auch einen?“

„Oh ja!“, sagt Markus und trottet ihr hinterher. Während Tanja ihren Kessel auf den Kocher stellt, zieht sie sich ihre Jeans und einen flauschigen Pullover über. Die Sonne ist nun verschwunden und die letzten Strandbesucher auch. Da Markus nur einen primitiven Faltstuhl hat, schlägt er vor: „Wollen wir uns auf die Bank dort am Strand setzen?“

Tanja gießt gerade den Tee ein. „Ich bleibe lieber hier! Am Strand kommen bestimmt bald die Mücken!“

„Du hast wohl recht. Kann ich mich mit zu Dir setzen?“ Markus kleiner Wagen bietet keinen Platz für Besuch. Er hat eine schmale Liegefläche und selbst der Beifahrersitz belegt ist belegt mit einer Kühlbox.

„Klar, dreh Dir den Beifahrersitz um!“ Tanjas Vater hat ihr so eine Konsole eingebaut, damit man die Sitze drehen kann. Markus dreht den Sitz nach hinten und sitzt nun seiner Traumfrau gegenüber. „Mach die Tür zu, sonst kommen die Mücken rein!“ Tanja stellt ihm einen Becher Tee hin. „Brauchst Du Zucker? Ich trinke ihn immer ohne, obwohl er mit Zucker besser schmeckt!“

„Nein, danke! Er schmeckt auch so!" Markus mag keinen Tee, schon gar nicht ohne Zucker. Er trinkt ihn schnell, bevor er kalt wird und noch unangenehmer schmeckt.

Tanja entgeht sein verzerrtes Gesicht nicht. Sie öffnet ihre Kühlbox und holt eine Flasche Bier heraus. „Ich glaub, das trifft wohl mehr Deinen Geschmack."

„Oh ja!" Er greift nach der Flasche und öffnet sie. „So eine Kühlbox ist doch was Feines!" Markus hofft durch den Alkohol etwas lockerer zu werden. Er hätte vor ihrer Ankunft etwas Hochprozentiges trinken sollen.

Tanja lächelt ihn an und genießt die wohltuende Wärme des Tees. Bevor Markus etwas sagen kann, fragt sie ihn: „Sag mal, hast Du schon mal von einer Parallelwelt gehört?" Gespannt wartet sie auf seine Reaktion.

Markus nimmt einen kräftigen Zug aus der Flasche. „Eine Parallelwelt? Meinst Du sowas wie eine andere Dimension?" Markus hat davon gehört und sich seine Gedanken dazu gemacht.

„Ja, so etwa! Glaubst Du, es gibt so eine andere Welt?"

„Ich glaube schon, denn wir sind bestimmt nicht die Einzigen, in unserem Universum. Vielleicht können ja andere Zivilisationen einfacher durch Raum und Zeit reisen!", teilt er ihr seine Gedanken mit.

„Hast Du Dich damit schon mal beschäftigt?" Tanja ist ganz aufgeregt. Kann sie endlich mit jemandem darüber reden?

„Ich habe so einen Science-Fiction-Roman gelesen, in dem es genau darum ging. Naja, das Thema hat mich nicht so schnell wieder losgelassen und ich habe mich etwas näher damit beschäftigt!", erklärt Markus. Er hofft ebenfalls mit jemandem, außerhalb der Telegram-Blase, darüber reden zu können.

„Ach was? Erzähl doch mal, worum geht es in diesem Roman? Was hast Du noch so herausgefunden?"

„Naja, es ging um eine Gruppe Außerirdischer, die die Erde besucht haben. Sie haben kein Raumschiff benutzt, sondern ein Portal." Markus schaut zu Tanja rüber, die gespannt zuhört. Sein Bier ist fast leer.

„Wie sahen denn die Außerirdischen aus? Waren sie so groß wie wir? Was war das für ein Portal?", löchert ihn Tanja, als er sein Bier leert.

„Wie jetzt? Hast Du das Buch auch gelesen?", fragt Markus erstaunt.

„Ich? Nein! Erzähl weiter!", fordert Tanja, während sie ihm ein neues Bier hinstellt.

„Danke!" Er öffnet die Flasche, der Alkohol wirkt. „Also, die Außerirdischen kamen von einem Planeten, der sich…" Markus denkt nach, um sich an diesen eigenartigen Namen zu erinnern. „…Piania oder so genannt hat."

„Vielleicht Pitatia?", unterbricht Tanja voller Spannung.

„Ja… genau! Du hast das Buch also doch gelesen?" Warum hat sie es nicht gleich gesagt?

„Nein, ich habe das Buch nicht gelesen! Ich habe noch nie ein Buch dazu gelesen! Hast Du es noch? Kannst Du es mir ausleihen?" Tanja muss es haben.

„Äh… ja. Bist Du Dir sicher?" Sie sieht so gut aus.

„Ja, nun erzähl schon weiter!", drängt Tanja.

Markus ist sehr verwundert über ihr Interesse, doch er will sie nicht enttäuschen und erzählt weiter: „Also, die Außerirdischen kamen auf die Erde, um den Kindern ihre Seele zu rauben. Sie waren kleiner, so groß wie Kinder und so haben sie sich als Kinder getarnt und ihnen die Seele aus dem Rückenmark gesaugt…"

„Was haben sie damit gemacht?" Tanjas Spannung steigt ins Unermessliche!

Markus ist verwirrt über ihr Interesse. „Sie haben daraus ein Serum hergestellt, mit dem sie ihr Leben verlängern konnten!" Er erzählt weiter, denn sein Interesse gilt einzig nur der hübschen Tanja. „Ein paar Jugendliche haben sie dann verjagt!" Er würde sie gern küssen.

„Wird auch beschrieben, wie es auf ihrem Planeten aussieht?" Tanja reicht ihm noch ein Bier.

„Eigentlich nicht… doch warte! In einem Abschnitt geht es um ihren Heimatplaneten, aber daran kann ich mich nicht mehr so gut erinnern!", bedauert Markus. Er schaut Tanja an, die sprachlos dasitzt und an seinen Lippen klebt.

„Ich brauche unbedingt dieses Buch!" Tanja schaut ihn fordernd an.

Markus freut sich, dass er nun einen Grund hat, sie wiederzusehen. „Kein Problem! Ich bringe es Dir nächstes Wochenende mit!“ Jetzt findet er den Mut und küsst sie.

Tanja beugt sich gespannt zu ihm, denkt er will weiterreden, doch mit seinem Kuss hat sie nicht gerechnet. „Oh, äh…“ Sie geht ein Stück zurück, obwohl der Kuss längst überfällig war. „Das ist zu lange! Können wir es morgen holen?“ Jetzt gibt sie ihm den Kuss zurück.

„Äh… ja… aber…“ Markus wollte doch das Wochenende am Strand verbringen, doch er hat schon viel erreicht.

„Komm schon! Du kannst mir doch zeigen, wie Du wohnst!“ Tanja platzt vor Neugier. Am liebsten würde sie gleich fahren, doch es ist bereits dunkel.

Markus muss diese Chance nutzen. „Na gut, aber dann gehen wir auch was essen! Ich lade Dich natürlich ein!“

Den Abend hat sich Tanja anders vorgestellt, sie wollte Markus eigentlich nur verführen, ihn zumindest näher kennenlernen. Bisher waren sie noch nie intim gewesen, doch an Intimität kann Tanja nun nicht mehr denken, alles was sie will, ist dieses Buch. In ihren Gedanken kreist alles um die kleinen Männer aus Pitatia. Tanja ist sich sicher, dass sie nicht freundlich sind, dass sie nur hinter den Seelen der Kinder hinterher sind. Sie schaut in Markus große Augen, die sie hoffnungsvoll ansehen. „Oh, Du lädst mich ein? Ja, gern!“

„Gut, dann fahren wir morgen nach Berlin!“ Markus holt sein Handy aus der Tasche und wischt darauf herum.

„Hier schau mal, da geht es um diese Portale!" Er hält ihr eine geöffnete Seite hin.

„Kannst Du mir den Link schicken?", sagt Tanja.

„Klar!", wieder wischt er auf seinem Display herum, dann stellt er fest: „Du hast kein Telegram?"

„Telegram? Nein!" Tanja braucht mehr Informationen. Sie nimmt ihr Handy, entsperrt den Bildschirm und schiebt es ihm rüber. „Richtest Du es mir ein?"

Mit so viel Vertrauen hat Markus nicht gerechnet. „Ja!" Er nimmt ihr Handy und installiert das benötigte Programm. Er nutzt die Gelegenheit, um seinen Kontakt bei ihr anzulegen. „Hier!", schiebt er es zurück. „Ich habe Dir den Kanal abonniert!" Etwas kleinlauter sagt er dann: „Du hast auch meine Kontaktdaten!"

Tanja nimmt ihr Handy und beginnt die Posts zu lesen. „Oh, danke!" Nur kurz schaut sie dabei auf und erkennt, dass Markus sie gespannt ansieht. Nun kommt ihr Anstand durch und sie legt das Handy zur Seite. Sie schaut Markus tief in die Augen. „Du bist echt lieb!" Tanja beugt sich zu ihm und küsst ihn, aber nicht nur flüchtig!"

Markus ist im siebten Himmel. Als sie sich wieder setzt, gesteht er ihr: „Ich glaube, ich bin verliebt!"

„Na, das ging ja schnell!" Tanja mag Markus, sie will ihn nicht nur so nebenbei kennen lernen, doch dieses Portal fordert momentan ihre ganze Aufmerksamkeit. „Lass uns morgen weiter machen!" Sie schenkt ihm ein Lächeln.

Markus kann ihr Lächeln nicht so recht deuten. Lacht sie ihn aus oder hat er eine Chance? Tanja erwartet irgendwas von ihm. Oh, wenn er doch nur mehr Erfahrung mit den Frauen hätte! Nachdem sie kurz zur Tür schaut, begreift er, was sie von ihm will. „Äh… ja gut, machen wir morgen weiter!“ Er öffnet langsam die Tür und steigt aus. „Gute Nacht!“ Sie hält ihn leider nicht zurück.

„Schlaf gut! Bis morgen früh!“ Tanja lächelt ihn an. Als er hinter sich die Tür schließt, hat sie bereits das Handy mit der neuen App in der Hand und liest sich durch die Beiträge. Es sind sehr interessante Berichte über Portale dabei, doch nichts hat mit dem zu tun, was sie erlebt hat. Erst nach zwei Stunden fallen ihr die Augen zu und sie legt das Handy aus der Hand. Als Tanja aufwacht, ist ihr warm, da ihr Bulli in der prallen Morgensonne steht und sich schnell aufheizt. Tanja öffnet die Schiebetür einen Spalt von ihrem Bett aus, um kühle Luft hereinzulassen und langsam wach zu werden.

„Guten Morgen! Hast Du gut geschlafen?“ Markus ist bereits wach und mühsam dabei, mit seinem kleinen Filter umständlich zwei Tassen Kaffee zu bereiten.

Nun schiebt Tanja die Tür ganz auf. Verschlafen erwidert sie: „Guten Morgen!“ Neben kühler Luft weht auch der Duft frischen Kaffees zu ihr hinein. „Du hast Kaffee gemacht?“ Tanja setzt sich auf.

Markus lässt noch etwas heißes Wasser in den Filter, dann schaut er zu ihr rüber. Sie sitzt verschlafen auf ihrem Bett, nur mit einem Slip bekleidet. Markus bewundert ihren schönen Körper. „Ah, au!" In der letzten Sekunde rettet er den Kaffee vorm Umfallen und verbrennt sich die Finger.

Tanja erkennt die brenzlige Situation und springt aus ihrem Bett. Sie hält den wackeligen Filter fest, damit er nicht auf seinen Schoß fällt. „Hey, Du bist ein Mann! Du kannst Dich nur auf eins konzentrieren!", lacht sie.

Als Markus merkt, dass die brenzlige Situation gerettet ist, schaut er sie nun an, wie sie fast nackt vor ihm steht. Obwohl seine Finger etwas schmerzen, hat er nur Augen für sie. „Du bist aber auch schön! Wie soll ich da auf den Kaffee achten?", lächelt er verschmitzt.

Tanja stellt den Filter ab und in diesem Moment parken die ersten Strandbesucher neben ihnen. „Wie spät ist es denn?", fragt sie, als sie sich ein viel zu großes T-Shirt überstreift.

„Halb elf!", sagt Markus und reicht ihr die größere der beiden Tassen.

Als er steht, kann sie unter seiner Shorts sehen, wie sie auf ihn wirkt. „Was, so spät schon?" Tanja nimmt einen Schluck Kaffee und setzt sich in die offene Tür des Bullis.

„Du hast lange geschlafen. Hast wohl die halbe Nacht am Handy gehangen?", lächelt Markus verlegen.

„Ich habe mir diesen Kanal noch etwas angesehen. Glaubst Du an das, was sie dort schreiben?" Tanja fand interessante Posts, doch die meisten waren nur Unfug.

Markus ist vorsichtig, denn er wurde schon zu oft wegen seiner Interessen ausgelacht. „Naja, ein Fünkchen Wahrheit wird wohl dabei sein.“

Tanja bemerkt seine Vorsicht. „Ja, das glaube ich auch.“ Sie will ihm unbedingt seine Scheu nehmen. „Du kannst ruhig offen mit mir reden, ich werde Dich nicht auslachen!“ Tanja steht auf und reicht ihm die leere Tasse. „Der Kaffee tat richtig gut! Nun bin ich wach, lass uns zu Dir fahren!“

Markus nimmt die leere Tasse und wischt sie mit einem Tuch aus, dann stellt er sie in eine seiner Kisten. „Soll ich vorfahren?“

„Ja, mach das!“ Tanja setzt sich hinter das Lenkrad und folgt dann Markus in seinem alten Wagen. Der Verkehr in die Stadt hinein ist recht entspannt, da bei diesem schönen Wetter die meisten raus ins Umland wollen.

In einer schmalen Straße, die voller parkender Autos ist, hält er vor einem freien Platz und flitzt schnell zu ihr ans Fenster. „Parke hier schon mal, ich suche mir auch einen Parkplatz und komme dann zu Dir!“ Als Tanja ihren Bulli geparkt hat, steigt sie aus, um nach Markus Ausschau zu halten, doch sie kann ihn nicht sehen. „Komm, gehen wir zu mir!“, spricht er sie plötzlich von hinten an.

„Oh, da bist Du ja!“ Tanja folgt ihm. Sie parkt direkt vor seiner Haustür in diesem alten Stadtteil. Erst wenige Häuser sind renoviert, seins gehört nicht dazu. Unten ist alles voller Graffiti und wie er so die Eingangstür aufschließt, stellt Tanja die Notwendigkeit eines Schlosses infrage. Knarrend gibt die Tür den Weg in den Hausflur frei und Tanja folgt ihm die Treppe hinauf in die zweite Etage. Erstaunlicherweise spiegelt das Treppenhaus nicht diesen heruntergekommenen Eindruck wider. Es gibt keine Schmierereien an den Wänden und der alte Putz ist noch da, wo er hingehört. Als er ihr dann die Tür zu seiner Wohnung aufhält, ist sie positiv überrascht. „Schön hast Du es hier!" Es ist alles aufgeräumt und ordentlich, nicht so chaotisch wie in seinem Minicamper. „Wohnst Du allein hier?" Tanja vermutet einen Mitbewohner oder eher eine Mitbewohnerin.

„Ja, die Wohnung hat auch nur zwei Zimmer, aber die sind auch schön groß!" Markus lässt ihr die Zeit, sich umzusehen. „Soll ich uns einen Kaffee machen?"

„Oh ja! Aber gib mir erst das Buch!", drängt Tanja.

Markus geht in sein Wohnzimmer. „Setz Dich doch!" Er zeigt auf seine Couch, dann sucht er vor seinem großen Bücherregal und zieht nach einer Weile eins heraus. „Hier, das ist es!" Markus reicht ihr das Buch.

„Danke!" Tanja nimmt das Taschenbuch in die Hand und liest den Titel: *Das Portal ins All.* Schon hat sie die erste Seite aufgeschlagen und liest.

Markus geht in die Küche und stellt seine Kapselmaschine an. Sie tut ihren Dienst und Markus wirft einen Blick in sein Wohnzimmer, wo Tanja sitzt und liest. Der Anblick gefällt ihm, gern würde er sie immer bei sich haben. Das ächzende Geräusch der Kapselmaschine reißt ihn aus seinen Gedanken, er stellt eine weitere Tasse darunter und startet sie neu. „Pass auf, er ist noch heiß!", warnt er, als er ihr die Tasse auf seinen Couchtisch stellt.

Tanja liest erst den Absatz zu Ende, dann blickt sie auf und sagt: „Danke, das ist lieb von Dir!" Schon richtet sie ihren Blick wieder auf den Text und überfliegt ihn.

Markus schaut ihr noch ein Weilchen zu, träumt von einer Beziehung mit diesem hübschen Mädchen, dann holt er seine Tasse und setzt sich zu ihr. Sie überfliegt Seite für Seite, als ob sie etwas sucht. „Wonach suchst Du?", fragt er sie. „Dein Kaffee wird ja ganz kalt!"

„Oh, entschuldige!" Tanja legt das Buch auf die geöffneten Seiten und nippt an dem Kaffee. „Ich suche nach Hinweisen über dieses Portal. Das ganze Vorspiel interessiert mich nicht!" Sie schaut in seine verwirrten Augen. „Dein Kaffee wird immer besser!" Tanja nimmt noch einen Schluck.

„Das sind die braunen Kapseln, ich nehme ja lieber die blauen, aber die hatten sie nicht!", erklärt Markus.

Tanja merkt erst jetzt, wie unhöflich sie ist. Sie zupft sich ihr Taschentuch auseinander und steckt einen Teil in das Buch als Lesezeichen, dann klappt sie es zu. „Ich lese es heute Abend weiter, jetzt hab ich Hunger!"

Markus liebt ihr bezauberndes Lächeln, nun hat er ihre Aufmerksamkeit. „Ein Stück die Straße herunter ist ein Indisches Restaurant und gegenüber ist ein Italiener!"

„Lass uns zum Italiener gehen!", sagt Tanja spontan.

„Okay, dann also italienisch!" Markus steht auf und geht zur Tür. Tanja folgt ihm und sie gehen zur Straße hinunter. Als sie nebeneinander den Gehweg entlang laufen, nimmt sie seine Hand und schenkt ihm ein Lächeln. Markus ist glücklich und möchte ihre Hand nie wieder loslassen. „Da ist es!", weist er auf das kleine italienische Restaurant an der Ecke hin. Sie überqueren die Straße, er ist nicht gewillt, ihre Hand wieder loszulassen.

Porto di Bari, heißt der Italiener. Der Kellner weist ihnen einen Tisch zu und gibt ihnen die Speisekarten. Wie es in so einem Berliner Szenerestaurant üblich ist, gibt es die Karte nur in Italienisch. Wie selbstverständlich liest sich Tanja die Karte durch und hat auch schon die frische Pasta mit Champignons und Schinken gefunden. „Was nimmst Du?", fragt sie Markus.

„Pizza, ich nehme hier immer die 24! Kann ich Dir nur empfehlen.", kleinlaut redet er weiter: „Alles andere verstehe ich auch nicht!" Markus hat sich an das Rätselraten in den Restaurants gewöhnt.

In diesem Moment kommt der Kellner und da er die beiden mit einem norditalienischen Akzent nach ihrer Bestellung fragt, antwortet Tanja ebenfalls auf Italienisch: „Sie sind aber nicht aus Bari? Sie kommen aus dem Norden!" Tanja wartet kurz und als er sie nur verdutzt anschaut, gibt Tanja die Bestellung auf: „Für meinen Freund die Pizza Giovanni!" Tanja fragt Markus: „Nimmst Du Extrakäse?"

Markus hätte nie gedacht, dass Tanja so perfekt Italienisch spricht. „Äh…ja!“, sagt er verwirrt.

Tanja fährt mit der Bestellung fort: „Also, Pizza Giovanni mit Extrakäse und Pasta di Parma für mich!“

Nach dem der Kellner zur Küche geht, fragt Markus: „Wo hast Du so gut Italienisch gelernt? Ich habe nicht ein Wort verstanden!“

„Oh, das ist eine lange Geschichte!“ Tanja schaut in seine neugierigen Augen und sagt: „Die erzähle ich Dir ein andermal!“

Markus hat nun immer mehr Hoffnung, dass aus der netten Bekanntschaft eine Beziehung werden könnte. Er strahlt Tanja an und sagt: „Da bin ich ja mal gespannt!“

Nach dem Essen gehen die beiden zu Markus nach Hause. Während Markus noch länger ihre Nähe genießen möchte, will Tanja nur das Buch lesen. Als sie seine Wohnung betreten, fragt Markus: „Darf ich Dich noch auf ein Glas Wein einladen?“

Sein Lächeln ist einfach zauberhaft. Tanja möchte schon bei ihm bleiben, doch ihre Neugier ist zu groß. „Ich muss doch noch fahren!“

Blitzschnell reagiert Markus: „Du kannst doch auch bei mir schlafen! Ich nehm auch die Couch!“

„Na gut, aber nur ein Glas!“ Eigentlich wollte sie gleich los, doch seinem Lächeln kann sie nicht widerstehen.

Markus hat schon zwei Gläser in der Hand und präsentiert ihr eine Flasche Wein. „Magst Du trockenen Weißwein?“

„Ja, das ist mein Lieblingswein!“, sagt Tanja, als sie das Etikett sieht.

Markus setzt sich zu ihr und schenkt ein. Die beiden reden eine Weile, doch Tanja blickt immer wieder auf das Buch. „Kann ich Dir noch etwas nachschenken?“

„Ach, Markus, ich muss doch los!“ Sie muss sich von ihm verabschieden, damit sie endlich weiterlesen kann.

Nun muss er handeln, wenn er sie nicht verlieren will. „Du kannst doch so nicht fahren!“ Er zeigt auf ihr leeres Glas. Markus hat schon mitbekommen, dass sie ständig auf das zugeschlagene Buch schaut. „Bleib doch noch! Du kannst das Buch doch auch hier lesen!“

„Aber das ist doch unhöflich!“ Tanja mag die Idee, sie merkt den Alkohol bereits.

„Ach was, lese nur, ich weiß doch wie es ist, wenn man etwas unbedingt will!“ Er lächelt Tanja an, denn er will unbedingt ihre Nähe.

„Stört es Dich wirklich nicht?“ Tanja greift bereits nach dem Buch.

„Ach was, Hauptsache, Du bist da!“ Markus schenkt nach und macht es sich auf der anderen Seite der Couch gemütlich. Er kann seien Blick nicht von ihr abwenden. In Gedanken geht er mehrere Strategien durch, um sie zum bleiben zu bewegen, doch er traut sich nicht.

Nach einigen Seiten bemerkt Tanja, wie er sie anstarrt. Sie nimmt noch einen Schluck Wein und schmiegt sich dann an ihn, um dann in seinem Arm liegend weiterzulesen. Nach einer Weile ist sie immer noch nicht an die Stelle gelangt, wo es um Pitatia geht. Ihr wird langweilig und sie spürt nun auch Markus, der sie sanft streichelt. „So wird das nichts!" Tanja legt das Buch auf den Tisch und dreht sich zu Markus, der glaubt, nun geht sie doch, aber falsch gedacht! Tanja streichelt seine Wangen und dann küsst sie ihn. Es dauert nicht lange und die beiden lieben sich ausgiebig. Tanja verbringt auch die Nacht bei Markus.

Die Suche nach dem Autor

Sonntagfrüh fährt Tanja nach Hause. Bei schönstem Sonntagswetter setzt sie sich in den Garten und überfliegt die Seiten, bis es endlich interessant wird. Tanja erkennt alles wieder. Er beschreibt Tarek und Balthasar, hat ihnen noch nicht einmal andere Namen gegeben. Woher hat der Autor sein Wissen? Tanja schaut ans Ende des Buches, doch es fehlt eine Biografie. Alles, was sie hat, ist sein Name: Franz Maier. Wieder blättert sie zurück und will weiter lesen. „Zum Lesen ist es doch schon viel zu dunkel! Sie verderben sich noch die Augen!", mahnt ihre Vermieterin.

Tanja schaut sie an und kann kaum ihr Gesicht erkennen. „Sie haben wohl recht!" Tanja schlägt das Buch zu.

„Ist wohl gerade spannend? Ich lese ja auch gerne Krimis!", erklärt ihre Vermieterin.

„Man kann einfach nicht aufhören, wenn es spannend wird!" Tanja steht auf und stellt den Stuhl an die Seite und legt das Polster in die Truhe, so wie es ihr erklärt wurde. „Ich werde drinnen weiterlesen!" Schnell verschwindet sie im Haus, ehe sie sich noch auf ein Gespräch einlassen muss. Da es schon spät ist, legt Tanja das Buch zur Seite und geht schlafen. Am nächsten Morgen fährt sie wieder zur Arbeit, wo sie nebenbei versucht, mehr über diesen Autor zu erfahren, doch es ist nicht so einfach, denn es scheint mehrere Autoren dieses Namens zu geben. Leider kann sie nur suchen, wenn ihre Kollegin nicht im Zimmer ist, da sie nicht gut auf Tanja zu sprechen ist.

Bettina Lorenz hat bereits Tanjas Vorgängerin aus dem Büro geekelt und als Tanja mal nach einer Bestellung im Internet gesucht hat, sagte sie gleich: „Ich habe keine Lust, wegen Dir Überstunden zu machen! Kannst Du das nicht zu Hause machen?" Seitdem passt sie genau auf, dass Tanja bloß nicht zu wenig macht.

Erst am Abend kann Tanja weitersuchen und findet heraus, dass dieser Franz Maier sonst nur Fachliteratur veröffentlicht und sogar einen Doktortitel hat. Er ist Lebensmitteltechniker und lehrt an der Uni Münster. Tanja schickt ihm eine E-Mail und bekommt eine Absage, da er sich zu diesem Buch nicht äußern wird. Schließlich habe er das Buch 1994 wieder vom Markt genommen. Tanja muss ihn treffen, sie denkt darüber nach Urlaub zu nehmen und ihn aufzusuchen. Dienstag setzt sie sich wieder in den Garten, um zu lesen, doch der Lärm der Baustelle lässt sie nicht zur Ruhe kommen. Tanja steht auf und geht zum Zaun, wo sie einen guten Blick auf den Neubau schräg gegenüber hat. „Das wird ein ziemlich großes Haus!", sagt ihre Vermieterin, die sich dazugesellt.

„Oh ja!", erwidert Tanja. „Es hat so riesige Fenster!"

„Ich finde sowas ja schick!", sagt ihre Vermiterin.

„Ich verstehe nicht, warum sie sich diese bodentiefen Fenster einbauen lassen. Später kommt dort sowieso ein Plissee dran, damit man nicht hineinsehen kann."

„Ja, da muss ich Ihnen recht geben, wer will sich schon ins Schlafzimmer blicken lassen.", erklärt die ältere Frau.

„Ich kann diesen neumodischen Baustil nicht verstehen!“

„Oh, so neu ist das nicht! Viele alte Häuser haben diese tiefen Fenster, allerdings ist meist so ein angedeuteter Balkon davor.“

„Ich weiß, was Sie meinen. Die sind oftmals so klein, dass man nicht mal darauf rauchen könnte!“, sagt Tanja.

„Ja, ein Balkon sollte wenigstens so groß sein, dass zwei Stühle draufpassen!“, erklärt ihre Vermieterin.

Tanja geht wieder und liest drinnen weiter, doch irgendwie lässt sie dieses Thema mit den bodentiefen Fenstern nicht los. In den nächsten Tagen achtet sie auf diese Fenster bei den alten Häusern im Ort. Irgendetwas ist mit diesen Fenstern. Ob es mal Türen waren, als die Menschen noch fliegen konnten? Warum sonst sollte es so kleine Balkone geben? Über den Autor Franz Maier kann sie nichts weiter herausfinden. Als sich Tanja mit Markus in Berlin trifft, zeigt sie auf einen dieser Balkone. „Was hältst Du davon? Warum wohl gibt es diese viel zu kleinen Balkone?“

Markus schaut nach oben, er bemerkt so einen Balkon zum ersten Mal bewusst. „Das Geländer ist wohl nur als Schutz, damit keiner rausfällt. Es sieht wohl schöner aus als einfach nur ein Gitter vor das Fenster zu machen.“, erklärt Markus. Nach ein paar Schritten nimmt er all seinen Mut zusammen. „Du Tanja, ich habe in zwei Wochen Urlaub. Was meinst Du, wollen wir mal zusammen irgendwohin fahren?“ Jetzt ist es raus!

Tanja überlegt, sie ist schon einige Zeit in der neuen Firma und ein Anrecht auf Urlaub hätte sie wohl schon. „Wohin denn?", fragt sie und lächelt ihn dabei an.

„Ich weiß nicht. Ans Meer oder möchtest Du lieber in die Berge?" Es ist ihm egal wohin, Hauptsache, sie ist dabei.

Ein Urlaub wäre jetzt genau das Richtige. Sie würde auf andere Gedanken kommen und könnte sich vielleicht sogar verlieben. Das Meer wäre verlockend, doch unweigerlich denkt sie wieder an diesen Professor. „Was hältst Du von Münster?"

„Münster?" Markus war noch nie in Münster, doch er wüsste auch nicht, was es da geben sollte. „Liegt es nicht an der holländischen Grenze?"

„Ja, ich glaub schon.", sagt Tanja.

„O…k…a…y?!" Was will sie nur in dieser Einöde? „Ja, wenn Du das willst, fahren wir nach Münster!" Nur Tanja ist ihm wichtig, es ist ihm völlig egal, wohin sie will. Er hält ihre Hand, während sie durch die Straßen laufen.

Tanja ist schon lange nicht mehr Hand in Hand mit einem Mann durch die Straßen gegangen. „Ich frage morgen mal nach, ob ich Urlaub bekomme!"

„Ach, das wird bestimmt was!" Markus muss unbedingt mit dem Chef der Buchhaltung reden, bevor Tanja nach Urlaub fragt. Schließlich kennen sich die beiden vom Studium. Markus verbringt einen netten Nachmittag mit Tanja und schon am nächsten Morgen redet er mit seinem alten Bekannten. Am Abend ruft Tanja bei ihm an und berichtet, dass sie eine Woche Urlaub bekommt und diesen mit ihm verbringen will. Markus sprudelt über, vor Glück!

Tanja ahnt, dass Markus dahintersteckt, denn als ihre Kollegin von ihrem Urlaubswunsch erfahren hat, lehnte sie sofort ab. Tanja hat trotzdem nachgefragt und musste gar nicht lange betteln, was sie ziemlich verwunderte. Ihr Chef hat sofort zugestimmt, ohne weiter nachzufragen. „Von mir aus können wir Sonnabend losfahren!", sagt sie freudig zu Markus, als sie sich in der Kantine treffen.

„Wo wollen wir uns treffen?" Markus denkt an einen Parkplatz an der Autobahn.

„Ich hole Dich ab!", sagt Tanja.

„Wollen wir uns nicht im Umland treffen, dann musst Du nicht extra nach Berlin reinkommen!" Markus will es ihr so einfach wie möglich machen.

Tanja ahnt, was er vorhat. „Willst Du etwa mit zwei Autos fahren?"

„Äh… ja… so dachte ich…" Markus ist überrascht.

„Ach Markus, denk doch mal an die Umwelt!", lacht Tanja. „Ein Auto reicht doch!" Wenn, dann will sie richtig mit ihm zusammen sein. Auf engsten Raum mit ihm zusammen, wird sie ihn so richtig kennenlernen.

Markus ist begeistert. „Fahren wir mit meinem oder mit Deinem Auto?"

„Mit meinem Bulli! Dein Auto ist ja schon für Dich allein zu klein!“, lacht Tanja.

Ihm reicht es, aber er ist froh, mit Tanja in einem Auto zu reisen und besonders darüber, mit ihr in einem Bett zu schlafen. „Ja, da hast Du allerdings recht. Dann bezahle ich aber den Sprit!“, erklärt er gleich.

„Gute Idee!“, schließlich verdient er auch einiges mehr, denkt sich Tanja. „Meine Kollegin guckt schon so grimmig herüber, ich sollte jetzt wieder ins Büro gehen.“

„Wir telefonieren?“, fragt Markus eilig, als sie aufsteht.

Tanjas Kollegin beobachtet sie. Mehr um sie zu ärgern, dreht sich Tanja nochmal um und gibt Markus einen flüchtigen Kuss. „Ich ruf Dich an!“

Freitagabend packt Tanja nur das Nötigste ein, um auch noch Platz für Markus Klamotten zu lassen. Sie haben sich für Sonnabendfrüh verabredet und wollen dann nach Münster fahren. Es läuft alles wie geplant. Erst auf der Autobahn, weit hinter Berlin, fragt Markus: „Warum eigentlich nach Münster?“

Tanja ist etwas verwundert, warum er erst jetzt danach fragt. „Naja, es ist bestimmt schön da und… naja, wenn wir schon mal da sind, könnten wir ja auch einen Abstecher zur Universität machen.“

„Hast Du in Münster studiert?“ Markus geht davon aus, denn was sollte sie sonst dort wollen.

„Nein, Franz Maier lehrt dort!“, sagt Tanja und konzentriert sich auf den Verkehr.

„Wer ist Franz Maier?“ Eigenartigerweise kommt ihm dieser Name bekannt vor.

„Na der Autor dieses Buches!“ Tanjas Blick klebt auf der Fahrbahn. Sie hofft, er ist nicht sauer, wenn sie nur wegen diesem Autor nach Münster fahren.

„Ach so!“ Markus mag dieses Mädchen, es ist ihm völlig egal, wo sie zusammen hinfahren, wichtig ist nur, dass er dabei mit ihr zusammen ist. „Wann willst Du Dich denn mit ihm treffen? Habt ihr einen Termin ausgemacht?

„Nein, er will nicht mit mir reden!“ Tanja lässt die Bombe platzen.

„Oh!“ Es wird wohl doch etwas schwieriger. „Du glaubst, dass Du ihn umstimmen kannst?“

„Bist Du sauer?“, fragt Tanja und schaut kurz zu ihm herüber. Eigenartigerweise lächelt er sie an.

„Nein! Dir liegt anscheinend viel daran, wenn Du Deinen Urlaub dafür verschwendest!“, sagt er ruhig.

Sie schaut kurz zu ihm. „Es ist ja nicht nur mein Urlaub.“

„Ach, Tanja, mach Dir da mal keine Sorgen, ich bin gern mit Dir zusammen!“

„Das ist lieb von Dir!“ Mit so viel Verständnis hat sie nicht gerechnet. „Ich wollte mit Dir dahin fahren, weil ich auch gern mit Dir zusammen bin!“

Einen Moment lang herrscht wieder Stille im Auto, dann fragt Markus: „Wo wollen wir übernachten? Oder wolltest Du bis nach Münster durchfahren?"

Darüber hat sich Tanja noch gar keine Gedanken gemacht. „Such uns doch auf halber Strecke, etwas raus!"

„Okay!" Markus nimmt sein Handy und sucht auf seiner App nach passenden Plätzen. Nach einer Weile sagt er: „Ich habe hier ein lauschiges Plätzchen am Mittellandkanal gefunden. Es ist wohl mitten in der Natur oder willst Du lieber auf einen Campingplatz?"

Tanja überlegt, schließlich ist sie ja nicht allein. „In der Natur? Sind wir da denn für uns allein?"

„Hier sind mehrere Plätze beschrieben, ich denke wir finden einen einsamen Platz! Wenn Du das magst?"

„Ich fahre eigentlich nicht so gern auf Campingplätze. Wenn Du damit klarkommst, würde ich lieber irgendwo in der Natur stehen!"

„Gut, dann kannst Du die übernächste Abfahrt nehmen!" Markus mag auch keine Campingplätze, deshalb hat er sich auch extra seinen Minicamper so eingerichtet, dass er überall stehen kann. Er dirigiert Tanja über die Landstraßen zu einem Feldweg. „Hier müssen wir lang!"

„Da steht aber, nur für Anlieger!", widerspricht Tanja.

Markus lacht. „Wir haben doch ein Anliegen!"

„Meinst Du echt?" Tanja ist unsicher.

„In den Kommentaren steht, dass hier keiner langfährt!", wirft Markus ein. „Und wenn schon! Dann haben wir halt Pech gehabt!"

„Ganz wohl ist mir dabei nicht!" Tanja legt den ersten Gang ein und fährt den schlechten Feldweg entlang, bis sie durch ein schmales Waldstück fahren und vor sich den Mittellandkanal haben. Der Weg führt am Kanal entlang und Tanja nimmt die erste Einbuchtung und parkt. „Ist schon ein geiler Platz!" Sie steigen aus und sehen sich um. „Ja, gefällt mir!"

„Soll ich Kaffee machen?", fragt Markus.

„Lass nur, Du kennst Dich bei mir nicht aus!" Tanja lächelt ihn an und fügt hinzu: „Noch nicht!"

Markus achtet genau darauf, wo sie was verstaut und wie sie es benutzt. Er nimmt die Stühle und ihren Tisch, denn da weiß er, wo es ist. Er stellt alles direkt am Kanalufer auf und die beiden verbringen einen schönen Nachmittag. Sie beobachten die vorbeifahrenden Schiffe und reden über belanglose Dinge, zumindest hält Markus es für belanglos.

Tanja befragt Markus, ohne dass er es bemerkt, redet über dies und das und dabei erfährt sie so einiges über ihn. Ja, sie mag diesen schüchternen Jungen. Er ist das ganze Gegenteil der Italiener in den Urlaubsorten, aber genau das ist es, was ihr so gefällt. Obwohl er schon ein bisschen mehr Initiative zeigen könnte. Aber was soll's, denkt sich Tanja. Man kann ja nicht alles haben. Während Mar-

kus versucht, sich so diplomatisch wie möglich auszudrü-
cken, befreit ihn Tanja von dieser Last und küsst ihn einfach. Nun endlich ergreift er die Initiative und beginnt
damit, Tanja da zu streicheln, wo sie es besonders mag.

Münster

Sonntagnachmittag schauen sich die beiden Münster an und müssen zugeben, dass es eine recht interessante Stadt ist. Viele junge Leute, meist Studenten, durchstreifen die Innenstadt. Am frühen Abend fahren sie einen kleinen Parkplatz am Rande der Stadt an und übernachten dort.

Am nächsten Morgen fährt Tanja zur Uni. „Holst Du mich nachher ab?", fragt sie Markus. Sie überlässt ihm solange ihren Bulli, damit er sich inzwischen die Zeit vertreibt.

„Wann soll ich Dich abholen?", fragt Markus.

„Keine Ahnung! Ich ruf Dich an?" Tanja steigt aus. Sie hat sich ihre alte Tasche um gehangen, um wie eine Studentin zu wirken.

„Ja, mach das!" Markus rutscht auf den Fahrersitz. „Lass Dir ruhig Zeit!"

„Hi, kannst Du mir sagen, wo ich Dr. Franz Maier finde?", fragt Tanja eine Studentin am Eingang der Uni.

„Oh, da bist Du zu spät!", grinst das Mädchen.

„Zu spät? Wieso?" Tanja glaubt, dass die Seminare erst um acht beginnen.

„Na, der fängt doch immer schon um halb acht an! Du bist wohl neu hier?"

„Ja, so kann man das sagen! Hat er denn auch so Sprechzeiten?" Tanja kennt noch die Gepflogenheiten von ihrer Studienzeit, doch mag das hier anders sein.

„Ich weiß nicht!" Das Mädchen zuckt mit den Schultern, dann zeigt sie zu den Infotafeln. „Da muss irgendwo eine Liste hängen!"

„Ah, danke Dir!" Tanja geht an die große Infotafel und findet dort die Tabelle mit den Sprechzeiten. Bei Dr. Franz Maier steht: *Nur mit Anmeldung,* dahinter. Tanja hat noch drei Stunden Zeit, bis seine Sprechstunde beginnt. Sie schaut sich an der Infotafel etwas um und findet auch Bilder, auf denen Franz Maier zu sehen ist. Damit hat sie ein Gesicht zu seinem Namen, dann geht sie in ein Café und wartet die Zeit ab. Tanja spricht mit einigen Studenten und fragt sie über Dr. Maier aus. Sie erfährt, dass er seine Sprechzeiten extra so wählt, dass seine Studenten sie nur selten wahrnehmen können. Kurz vor Elf geht sie zum Raum 312, wo seine Sprechstunde stattfindet, dort wartet sie auf ihn.

„Wollen Sie zu mir?", spricht Dr. Maier sie an, als er den Raum aufschließt.

„Ja, Herr Doktor!", antwortet sie freundlich.

„Sie haben sich nicht angemeldet!", sagt er streng.

„Oh, da muss wohl etwas schief gegangen sein! Kann ich denn trotzdem mit rein?" Tanja schaut über den Flur, um ihm zu signalisieren, dass sie die Einzige ist, die auf ihn wartet. „Es dauert auch nicht lange!"

Nach einem tiefen Seufzer sagt er: „Meinetwegen!", und er hält ihr die Tür mit einem gequälten Lächeln auf.

„Vielen Dank!“ Tanja folgt ihm und sie setzen sich an den Schreibtisch.

„Wer sind Sie eigentlich? Ohne Anmeldung konnte ich mich natürlich gar nicht auf Sie vorbereiten!“ Er nimmt ein paar Unterlagen aus seiner Tasche.

„Ich bin wegen ihrem Buch hier!“, sagt Tanja.

„Welchem Buch? …Doch nicht etwa…?“

„Ja genau, *Das Portal ins All*, deswegen bin ich hier!“

„Dazu sage ich nichts! Dieses Buch habe ich längst vom Markt genommen! Bitte gehen Sie wieder!“ Maier weist grimmig auf den Ausgang.

„Ich habe genau dasselbe erlebt!“, sagt Tanja schnell. „Ich war mehrfach in Pitatia und habe mit Balthasar gesprochen! Ich habe auch ein Portal gefunden, von dem aus man mit einem alten Schlüssel einfach so dahin reisen kann, ohne seinen Körper hierzulassen!“

Dr. Franz Maier beruhigt sich wieder. Er hört ihr zu. „Sie waren da?“, fragt er nachdenklich.

Jetzt hat Tanja seine Aufmerksamkeit. „Ja! Und Sie müssen mir sagen, woher Sie Ihr Wissen über Pitatia haben. Waren Sie auch bei ihnen?“

„Nein, ich habe diese Geschichte… Hören Sie, das ist doch alles Blödsinn! Es gibt keine Portale! Ich bin ein Mann der Wissenschaft! Sie werden das alles geträumt haben, nachdem Sie mein Buch gelesen haben!“

„Ich habe das nicht geträumt!", widerspricht Tanja. „Mit elf war ich das erste Mal da, dann mit fünfzehn und im letzten Winter war ich für ganze acht Tage dort!"

„Das ist doch alles Humbug!", streitet er ab, doch trotzdem hört er der jungen Frau genau zu. „Acht Tage, sagen Sie? Das ist doch unmöglich!"

„Eine Freundin, sie ist Krankenschwester, hat auf meinen Körper aufgepasst, hat mich mit Infusionen versorgt und mich rechtzeitig wieder zurückgeholt!" Von der Panne erzählt Tanja nichts.

„Moment mal! Diesen Winter, sagen Sie?" Maier ahnt, dass etwas an ihrer Geschichte faul ist.

„Ja, es war im Dezember!", erklärt Tanja

„Das kann nicht sein! Vor etwa zwei Jahren, haben sie die Pension umgebaut und ein Wohnhaus daraus gemacht!"

„Hä? Genau umgedreht war es! Jetzt ist es eine Pension, ich musste alle drei Zimmer mieten! Nicht mal einen Rabatt haben sie mir gewährt!", sagt Tanja empört.

Maier geht seine Informationen über diese Pension noch einmal durch. Nein, sie irrt sich! „Drei Zimmer? Hören Sie, ich war zweimal in Westport und diese Pension hatte immer vier Zimmer gehabt!" Jetzt hat er sie überführt.

„Westport? Welches Westport denn? Ich rede von der Pension in der Altstadt in Monopoli!" Was erzählt er da? Tanja ahnt, dass es eine Verwechslung ist. Kennt er ein anderes Portal?

„Monopoly? Sie meinen dieses Gesellschaftsspiel?“

„Nein, es wird mit i am Ende geschrieben und ist in Süditalien! Wo ist denn dieses Westport, von dem Sie reden?“

„Italien? Gibt es denn mehrere Portale?“, fragt er nachdenklich und erklärt dann: „Westport liegt in Irland an der Westküste. Eine kleine Pension in der Bridge Street. Ich war damals mit meinen Eltern dort.“

„Wie alt waren Sie da?“, fragt Tanja.

Franz Maier erinnert sich wieder an diesen Sommer in Irland. „Ich war sechzehn, aber ich wirkte damals jünger!“ Er lacht. „Leider ist dem heute nicht mehr so!“

„Ach was, sie sehen doch noch jung aus!“, schmunzelt Tanja. „Bitte, erzählen Sie weiter!“

„Also, ich sagte ja schon, dass ich viel jünger wirkte und deshalb hing ich lieber mit den jüngeren Kindern herum. Mark, der Sohn unserer Wirtin, zeigte mir eines Tages sein Geheimnis. Wir gingen in den Keller des Hauses und er meinte, ich müsse jetzt versuchen, zu schlafen. Ich fand das schon recht seltsam, doch ich habe die Augen zugemacht, bin aber nicht eingeschlafen. Ich machte meine Augen wieder auf und stand plötzlich auf einer grünen Wiese. Mark stand neben mir, er stellte mich Balthasar vor und dann kam ein anderer dieser Zwerge, und der untersuchte auch gleich meinen Nacken, dann sagte er zu Mark: ‚Der ist zu alt!‘ Ich habe das alles nicht verstanden und Mark wollte nicht so recht mit der Sprache raus.“

„Wie lange waren Sie da?", fragt Tanja.

„Nicht lange. Mark wollte gerade dem anderen antworten, da hat uns seine Mutter geweckt und schimpfend aus dem Keller getrieben." Er lacht plötzlich. „Mark hat sich eine gefangen und ich konnte mich gerade noch rechtzeitig ducken, so dass sie mich nicht getroffen hat." Maier schüttelt den Kopf. „Hören Sie, ich habe etliche Therapien gebraucht, um zu begreifen, dass alles nur ein Traum war und nun kommen Sie daher und erzählen mir, dass sie dasselbe erlebt haben?" All seine Bemühungen, es zu vergessen, die vielen Therapien alles für die Katz? Was macht dieses Mädchen mit ihm?

„Tut mir leid, aber denken Sie etwa, mir hätte jemand geglaubt?" Tanja kann sich gut in seine Lage versetzen.

„Wie sind Sie dahin gelangt?" Nun will er Tanjas Geschichte hören.

„Ich sagte ja schon, dass ich elf war. Es war so ähnlich wie bei Ihnen. Eine Freundin ist mit mir in ein verfallenes Wohnhaus gegangen, wir haben uns in den Innenhof gelegt und Schwupps war ich da. Allerdings war ich allein dort und meine Freundin hat mich gleich wieder geweckt. Ich hielt danach einen alten Schlüssel in meiner Hand…" Tanja erzählt ihm alles, was sie bisher erlebt hat. „…und dann hat mir mein Freund Ihr Buch gegeben." Jetzt braucht sie eine Pause. „Waren Sie nochmal in Pitatia?"

„Nein, ich habe diesen Keller nie wieder betreten, doch neugierig war ich schon und so musste mir Mark alles erzählen, was er auch tat. Mehrfach habe ich ihn befragt. Ich habe mir jede Menge Notizen gemacht und daraus habe ich dann dieses verdammte Buch geschrieben!" Tanja hört ihm gebannt zu und so erzählt er weiter: „Es war eine dumme Verwechslung. Ich habe meinem Lektor das falsche Manuskript gegeben und musste seine Arbeit dann aus meiner eigenen Tasche bezahlen, weil es ja ein Märchen war und keine wissenschaftliche Abhandlung. Oh, ich habe mich so geärgert, doch weil ich nun den Lektor bezahlen musste, habe ich es auch veröffentlicht. Ich habe gut an dem Buch verdient, es war recht erfolgreich und ich konnte im Studium das Geld gut gebrauchen. Später habe ich es dann vom Markt genommen, weil ich nicht als Märchenbuchautor vor meinen Studenten stehen wollte."

„Und dann haben Sie eine Therapie gemacht?" Glücklicherweise ist es bei Tanja nie so weit gekommen.

„Nein, ich hatte den Fehler gemacht und meinen Eltern von dieser Geschichte erzählt. Sie haben mich dann zu einem Seelenklempner geschickt. Ich habe dann gedacht, ich schreibe ein Buch darüber, um selbst zu erkennen, dass es nur ein Märchen ist und ich das alles nur geträumt habe. Was soll ich sagen? Es hat funktioniert!

„Haben Sie nochmal versucht, nach Pitatia zu kommen?"

„Ja, kurz bevor ich das Buch vom Markt nahm, bin ich nochmal nach Irland gefahren und habe dort nach Mark gesucht, doch der war bereits tot."

„Wie ist er gestorben?", fragt Tanja ungeniert.

„Er hat sich in dem Keller das Leben genommen. Er muss sich wohl vergiftet haben."

„Vergiftet?", fragt Tanja ungläubig.

„Ja, so hat es mir damals seine Mutter erzählt. Er hatte wohl Liebeskummer. Sie selbst war es, die ihn tot im Keller gefunden hat."

Tanja ist geschockt, doch dann denkt sie an sich selbst und an Georgius. „Was ist, wenn er auch in Pitatia geblieben ist?"

„Sie meinen, er hat sich nicht umgebracht?" Dr. Maier schaut zur Uhr. „Ach Du scheiße, ich komme ja zu spät!" Er springt auf. „Sie müssen jetzt gehen!" Maier schubst sie förmlich zur Tür hinaus, schließt ab und rennt den Flur entlang.

„Wow.", staunt Tanja, wie schnell der Alte doch rennen kann. Draußen, vor der Uni schreibt Tanja eine E-Mail:

Sehr geehrter Herr Doktor Maier,

vielen Dank für Ihre Zeit! Wir müssen uns unbedingt nochmal treffen, wenn Sie mehr Zeit haben.

Tanja

Tanja hofft, dass er sich bei ihr meldet. Noch am selben Abend antwortet er: *Das werden wir! Ich melde mich in den Ferien. Ich will dieses Portal sehen! -Maier*

Tanja legt ihr Handy zur Seite. Mutig legt Markus seinen Arm um ihre Schulter. „Hat er geantwortet?"

Tanja überkommt ein Gefühl der Geborgenheit, wenn er sie in den Arm nimmt. „Ja, er will sich bei mir melden." Sie schmiegt sich an Markus heran und hofft, von ihm verführt zu werden. Die beiden machen noch einen Ausflug nach Holland und bleiben bis Freitag auf einem Campingplatz am Meer. Sie nutzen den kurzen Urlaub, um sich zu erholen und sich noch besser kennen zu lernen. Tanja versucht nicht weiter an Pitatia zu denken, sie genießt die Zeit mit Markus. Am Freitag geht es dann zurück nach Berlin, wo sie Sonntagfrüh Markus absetzt und nach Hause fährt. Tanja und Markus kommen sich immer näher. Unter der Woche ist sie oft bei Markus und an den Wochenenden sind sie meist mit Tanjas Bulli unterwegs oder sie verbringen das Wochenende in Tanjas Wohnung. Markus denkt oft daran, ihr einen Antrag zu machen, doch jedes Mal verlässt ihn der Mut. Er weiß, Frauen wollen einen besonderen Anlass, um gefragt zu werden und so hofft er auf den perfekten Moment. Einen Ring hat er stets dabei.

Die Rettung

Tanja steht vor der Kirche. Sie hält den Schlüssel in der Hand und schiebt ihn in das Schloss hinein. Vor einer Woche war sie auch hier, doch sie traute sich nicht, hat den Schlüssel wieder eingesteckt und fuhr zurück nach Hause. Heute hat sie mehr Mut! Tanja spürt den leichten Widerstand des alten Schlosses, als sie den Schlüssel drehen will. Sie braucht etwas Kraft, bis das Schloss sich bewegt und den Weg nach Pitatia frei macht. Tanja legt ihre Hand auf die geschmiedete Türklinke, doch ihr fehlt schlichtweg der Mut, um sie herunterzudrücken. Zu gefährlich ist es ihr, nach Pitatia zurückzukehren. „Scheiße!", flucht sie an der Hintertür der ehrwürdigen Kirche. Schnell schaut sie sich um. Eine alte Frau geht mit ihrem Einkaufskorb zum Edeka, sie hat Tanja wohl nicht gehört. Niedergeschlagen steigt Tanja in ihren Bulli und fährt unverrichteter Dinge nach Hause. Wenn Markus doch nur mutiger wäre, dann hätte sie ihn längst gefragt, ob er sie begleitet. Würde er sie beschützen oder eher behindern? Tanja bleibt nichts anderes übrig, sie muss mit ihm reden.

„Hallo, Tanja!", spricht Markus sie am nächsten Tag in der Mittagspause an. „Kommst Du heute wieder mit zu mir?", mit großen Augen erwartet er eine Antwort.

„Ja!", sagt Tanja spontan. „Was hast Du denn vor?" Erst jetzt überlegt sie, was sie für den Nachmittag geplant hat.

„Ich weiß nicht. Wir könnten doch ins Kino gehen… oder essen… oder auch beides!" Markus hat es schon genug

Mut gekostet, sie anzusprechen, da hat er sich über eine positive Antwort noch keinerlei Gedanken gemacht. „Wozu hättest Du denn Lust?“ Seine Gedanken kreisen um dieses große Plakat an dem Kino, wo er jeden Tag vorbeifährt. Was stand da nur drauf?

Tanja hat nicht wirklich Lust, in die Stadt zu fahren. Sie hat aber auch keine bessere Idee, doch da denkt sie an die Kirche mit dem Portal, wovor sie gestern stand. „Kino? Also, auf Kino habe ich keine Lust und zu essen habe ich noch genug zuhause!“ Tanja schaut ihn nicht besonders aufmunternd an. „Komm doch mit zu mir! Ich koche uns was und wir reden einfach mal miteinander!“

„Ja klar! Was Du willst!“ Sein Blick erhellt sich, denn alles, was für ihn zählt, ist, dass er mit Tanja zusammen ist, egal was sie wo machen. „Bist Du mit dem Fahrrad da?“ Als sie nickt, sagt er: „Ich kann Dich doch mitnehmen!“

„Gut, dann um fünf auf dem Parkplatz!“ Tanja dreht sich um und eilt zu ihrem Arbeitsplatz. Fast gleichzeitig treffen die beiden sich vor Markus Auto. Er räumt schnell den Beifahrersitz leer, damit sich Tanja setzen kann. Gespielt missmutig schaut sie ihn an. „Wenn ich mein Fahrrad hierlasse, bedeutet es ja, Du bleibst über Nacht!“ Sie lässt ihn einen Moment zappeln, dann fügt sie hinzu: „Echt clever von Dir!“ Sie macht die Tür zu und schnallt sich an. Grinsend schnallt auch Markus sich an und fährt los.

„Geht mein Plan auf?“, fragt er spitz.

„Verdammt clever von Dir! Ja, Dein Plan geht auf!" Er wird immer besser, bemerkt Tanja. Sie bereitet Pasta, so wie sie es von Romina in Italien gelernt hat. Nach dem Essen sagt sie dann: „Du hast mich nie gefragt, was ich in Münster mit dem Doktor Maier besprochen habe?"

Hätte er sie fragen sollen? Glaubt sie nun, er würde sich nicht für sie interessieren? „Ich wollte Dich nicht drängen, dachte, Du sagst es mir irgendwann. Es ging bestimmt um das Buch, das er geschrieben hat."

„Ja, genau darum ging es. Er war auch da!", berichtet Tanja voller Begeisterung.

„Er war auch da? Wieso, wer war denn noch da?" Markus dachte, sie wären zu zweit.

Tanja versteht erst seine Frage nicht so recht, doch dann bemerkt sie das Missverständnis. „Na, in Pitatia!"

Markus denkt erst jetzt wieder an diese Geschichte, die sie ihm erzählt hat. „Du meinst, es war kein Traum?"

Versteht er sie doch nicht so, wie sie dachte? „Glaubst Du wirklich, ich habe Dir von einem Traum erzählt?" Am liebsten würde Tanja ihn rausschmeißen, doch sie muss sich eingestehen, dass sie wahrscheinlich genauso reagieren würde. „Hör zu, das nächste Mal wirst Du mitkommen!", droht sie ihm.

„Was, in Deine geheime Welt? Wie soll das gehen?"

„Keine Ahnung! Du wirst einfach mit mir kommen!" Tanja hofft, dass es so einfach ist.

„Aber, geht denn das?" Markus kann sich nicht vorstellen, wie er mit in ihren Traum reisen soll. Er glaubt nicht an ihre Reisen in eine andere Welt. Es muss eine andere Erklärung für dieses Phänomen geben. Markus entscheidet sich weiter dafür, so zu tun, als ob er ihr glaubt, schließlich liebt er Tanja, auch wenn sie etwas verrückt ist.

„Das wird sich zeigen! Hast Du am Wochenende schon was vor?" Tanja kennt die Antwort.

„Äh, nein. Ich dachte, wir verbringen es gemeinsam."

„Gut, dann werden wir Sonnabend nach Friedersdorf fahren und schauen, was passiert, wenn wir zu zweit durch das Portal gehen!", beschließt Tanja.

„Na gut, von mir aus." Etwas mulmig ist ihm schon, doch dann schaut er wieder zu ihr rüber und sieht diese wunderschöne junge Frau neben sich sitzen. Tanja ist erregt, was sie noch anziehender macht. Markus beugt sich zu ihr rüber und küsst sie. Tanja lässt sich von ihm verführen, denn auch sie muss auf andere Gedanken kommen. Als Tanja eine Flasche Wein holen will, bemerkt sie das Blinken an ihrem Handy. Sie schaut kurz nach, öffnet die E-Mail und liest. „Na, das passt ja! Dr. Maier kommt am Wochenende!", erklärt Tanja.

„Dann lass uns doch zu dritt zur Kirche gehen!", sagt Markus und ist irgendwie erleichtert.

„Ja, gute Idee!" Tanja schreibt zurück, dass sie sich auf seinen Besuch freut. Er antwortet kurz darauf und bittet Tanja, ihm eine Unterkunft zu besorgen.

„Oh Scheiße, wo soll ich ihn denn unterbringen?" Tanja ist aufgeregt.

„Frag doch Deine Vermieter!", schlägt Markus vor.

„Ja genau!" Tanja rennt los und lässt Markus auf dem Sofa zurück.

So hat er Tanja noch nicht erlebt, sie ist aufgeregt wie ein Kind zu Weihnachten. Markus geht zur Küchenzeile hinüber und spült das schmutzige Geschirr, während sie weg ist. So langsam wird ihm immer mulmiger, denn dieser Buchautor scheint genauso wie Tanja an diese Geschichte zu glauben. In was zieht sie ihn da nur hinein? Er wollte doch nur eine schöne Zeit mit Tanja verbringen, sie vielleicht sogar heiraten. Ach, was ist nur mit diesem Mädchen los, fragt er sich, während er das saubere Geschirr in ihren Schrank einräumt. Markus schaut sich ein wenig in ihrer Wohnung um, während er auf sie wartet. In einem Regal sieht er ein altes Buch. Ist das dieses Buch, von dem sie ihm erzählt hat? Markus nimmt es und setzt sich. Er ist erstaunt, denn es bestätigt ihre Erzählungen. „Na, hast Du was erreicht?", fragt er, als Tanja nach einer halben Stunde zurückkommt.

Tanja ist völlig aufgeregt. „Oh Mann, erst haben wir bei ihren Freunden angerufen, doch die haben schon Gäste. Dann haben wir bei einer anderen Familie angerufen, doch die sind nicht rangegangen. Als wir dann ein Hotel herausgesucht haben, riefen sie zurück! Was für ein Theater!" Tanja atmet erst mal durch.

„Also, hast Du jetzt ein Zimmer bekommen?" Markus legt das Buch zur Seite.

„Ja! Eigentlich suchen die auch nach festen Mietern, aber wir konnten sie überreden, ihn fürs Wochenende aufzunehmen.", freut sich Tanja. Sie entdeckt das Buch von Georgius auf dem abgeräumten Tisch. „Was hältst Du davon?"

„Ich habe es noch nicht durchgelesen, aber es ist spannend. Setz Dich doch! Willst Du was Trinken?" Markus lächelt Tanja an und weist auf den leeren Platz neben sich.

„Oh ja! Hast Du noch von dem Wein?" Tanja bemerkt erst jetzt, dass Markus ja ihr Gast ist. „Entschuldige, dass ich Dich allein gelassen habe. Ich hole den Wein!" Tanja springt auf und sieht ihre ordentliche Küchenzeile. „Du hast abgewaschen? Danke!" Tanja nimmt den Wein und zwei Gläser, dann setzt sie sich zu Markus und küsst ihn.

Freitagnachmittag bezieht Franz Maier das nette Zimmer. Er spricht mit den Vermietern und lässt sich alles Wissenswerte über den Ort erzählen. „Kennen Sie die Kirche in Friedersdorf?", unterbricht er sie.

„Ja, sie steht ja mitten im Ort! Wir waren noch nie da drin!", gesteht seine Wirtin. „Hier im Osten glauben die Leute nicht so sehr an Gott wie bei Ihnen!", erklärt sie.

„Oh, ich glaube auch nicht an Gott. Mich interessiert nur diese Kirche.", sagt Maier. Er holt einen Zettel mit Tanjas Adresse hervor und fragt: „Ist das weit von hier entfernt?"

Die Frau schaut kurz auf den Zettel und sagt: „So zehn Minuten zu Fuß, mit dem Auto sind sie schneller da."

Franz Maier verabredet sich mit Tanja am Sonnabend. Früh um zehn trifft er bei ihr ein und gemeinsam fahren sie mit Maiers Mercedes nach Friedersdorf zur Kirche. Auch Markus ist dabei. „Was hast Du da?", fragt Tanja, als sie eng neben Markus steht. Er hat etwas Hartes an seinem Gürtel.

Markus hebt seine dünne Windjacke an und ein Messer kommt zum Vorschein. „Ich habe es sonst immer beim Pilze sammeln dabei!", entschuldigt er sich.

„Gute Idee!" Franz Maier öffnet die Beifahrertür, greift unter den Beifahrersitz und zieht eine Pistole hervor.

„Was habt ihr denn vor? Wollt ihr Krieg mit ihnen anfangen?" Tanja hält nichts von Waffen.

„Tanja, Sie ahnen nicht, was für diese Wesen auf dem Spiel steht! Sie brauchen ein Weibchen, das ihnen Menschenkinder produziert!", sagt Maier und steckt seine Pistole in die Hosentasche.

Was hat er da gehört? Markus wird ganz anders, er ahnt die Gefahr. „Vielleicht solltest Du das hier nehmen!" Markus reicht ihr sein Schweizer Taschenmesser, das er immer am Schlüsselbund trägt.

„Meint ihr wirklich?" Tanja nimmt das Taschenmesser und steckt es ein. Sie will ihnen doch nichts tun, schließlich waren sie immer nett zu ihr gewesen und so wie Georgius berichtete, haben sie ihm auch nichts angetan. „Aber nur für den Notfall!“ Tanja versucht, sich zu konzentrieren. Sie will direkt zu Georgius Hütte gehen. „Gehen wir Georgius befreien!“

„Wir sollten uns da auch umsehen! Vielleicht können wir ihre Hauptstadt finden, ihren Präsidenten oder König.“ Maier steckt seinen Autoschlüssel ein und prüft nochmal, ob er alles dabeihat.

„Aber sowie es gefährlich wird, verschwinden wir wieder!“, sagt Markus.

„Dann folgt mir!“ Tanja geht die Stufen zum Nebeneingang der Kirche hinauf, dann steckt sie den Schlüssel in das Schloss. Sie dreht ihn herum und die Tür öffnet sich.

„Das gibt es doch nicht!“, sagt Markus, der hinter der Tür zwei einfache Hütten sieht. „Da drinnen ist ja auch draußen! Wie geht das?“ Er folgt Tanja in das unbekannte Reich. Auch Maier kommt aus dem Staunen nicht raus. Die beiden Männer folgen Tanja, die zügig zu einer der beiden Hütten läuft. Sie schaut sich immer wieder um.

„Tanja! Da bist Du ja wieder… Wer seid ihr denn?“ Georgius ist verwundert über die beiden Männer, die Tanja begleiten.

„Wo ist Balthasar und die anderen?“, fragt Tanja.

„Sie sind gerade eben weggeflogen. Hoch zum Hügel. Es ist wohl Besuch gekommen!“, erklärt Georgius.

„Wie kommen wir dahin?“, fragt Maier.

„Gar nicht!", antwortet Tanja. „Sie haben hier keine Wege, die durch den dichten Wald führen, darum fliegen sie ja!" Tanja wendet sich an Georgius. „Das ist Markus, mein Freund und das ist Dr. Frank Maier, er war als Kind schon mal hier! Wie viel Zeit haben wir noch?"

„Nicht lange, sie werden bald wieder zurück sein!", sagt Georgius.

„Sind sie bewaffnet? Können sie uns irgendwie aufhalten?", fragt Maier.

„Ich habe noch nie irgendwelche Waffen bei ihnen gesehen, doch sie sind sehr stark. Es ist schwer, sich ihnen zu widersetzen!", erklärt Georgius.

„Sie können Telepathie, wahrscheinlich auch Telekinese! Wir sollten vorsichtig sein. Ich denke, sie sind uns haushoch überlegen!", warnt Tanja.

Markus will nur hier weg. Er schaut ängstlich nach allen Richtungen, bis er über einer der Hütten etwas Seltsames sieht. „Was ist das?" Er zeigt zu den drei Punkten in der Luft, die immer größer werden.

Die anderen schauen in die Richtung, in die er zeigt. „Sie kommen zurück!", sagt Georgius. „Was habt ihr jetzt vor?", will er von den anderen wissen.

„Lasst uns verschwinden!", sagt Tanja.

„Ich muss mit ihnen reden! Ich will wissen, ob es stimmt, was mir Mark damals erzählt hat. Geht schon mal vor!" Maier wartet an der Tür, während Markus und Georgius schon durchgehen. Er steckt eine Hand in seine Hosentasche und umklammert seine Waffe.

„Tanja, komm!“ Markus ist schon wieder zurück, doch er sieht Tanja, die im anderen Reich auf Maier wartet.

Balthasar traut seinen Augen nicht. Er ist außer sich vor Freude. Erst das Kind, das sie in aller Ruhe anzapfen konnten und nun kehrt Tanja zurück. „Dieses Mal muss es gelingen! Wir müssen sie fangen!“, ruft er den anderen zu.

„Seien Sie vorsichtig, sie haben uns bestimmt schon gesehen!“, mahnt Tanja.

„Wenn es brenzlig wird, verschwinden Sie!“, befehlt er Tanja. Die Pistole gibt ihm Mut.

„Hallo Tanja, wen hast Du denn da mitgebracht?“, fragt Balthasar freundlich, als er vor ihnen landet.

„Was macht ihr mit den Stammzellen der Kinder?“, fragt Tanja.

„Stammzellen?“, fragt Balthasar verwundert. „Aber Tanja, da hast Du etwas missverstanden. Wir tun den Kindern doch nichts! Komm mit zu Georgius, ich erkläre es euch!“

„Georgius ist längst in Sicherheit!“, lacht Tanja.

Ivon springt vor, um Tanja festzuhalten. „Wir brauchen sie!“, sagt er zu den anderen.

Maier reagiert blitzschnell, er zieht seine Pistole aus der Tasche und richtet sie auf Ivon. Laut schreit er: „HALT! Keinen Schritt weiter!“

Ivon bleibt stehen. Tanja achtet auf die anderen. Balthasar ist hochkonzentriert. Maier lässt seine Pistole fallen und jetzt ist es Tanja, die reagiert. Sie zieht den Doktor durch das Portal und geht ihm nach.

„Tanja! So warte doch!" Balthasar versucht es wieder sanft und freundlich.

„Nein! Mich seht ihr nie wieder!" Tanja will schon die Tür schließen. Der Doktor kommt wieder zu sich.

„Oh, Tanja, lass uns wenigstens den Schlüssel hier!", fleht Balthasar freundlich.

Maier hat eine Idee: „Wir geben ihn Dir, aber nur in unserer Welt!" Maier schiebt Tanja vom Portal weg und er lässt die Tür einen Spalt offen. „Komm, hol ihn Dir!" Zu Tanja flüstert er: „Gib ihm auf keinen Fall den Schlüssel!" Zu Markus sagt er leise: „Wenn er durch die Tür geht, schmeiß sie zu!", dann schubst er den verdutzten Markus zur Tür.

Balthasar hasst die Erde, altert er doch in Sekundenschnelle. „Verflucht!" Mit diesem Schlüssel könnte er andere schicken, um Kinder zu holen, vielleicht sogar ein Pärchen oder gleich zwei oder drei. Wagemutig geht er durch das Portal. Er sieht Tanja mit dem Schlüssel in der Hand. „Bitte gib ihn mir, ich habe nicht viel Zeit!", sagt er zu Tanja. Hinter ihm knallt die Tür zu.

Maier greift sich den kleinen Mann und hält ihm die Arme auf den Rücken. „So mein Freund, jetzt wirst Du uns erst mal ein paar Fragen beantworten!"

Balthasar hätte es wissen müssen. „Ich habe nicht viel Zeit! Ich muss schnell wieder zurück!", fleht er. Solange seine Arme festgehalten werden, kann er sich nicht wehren, er braucht die Arme für seine besonderen Kräfte.

„Dann beeile Dich und sag uns, was ihr all den Kindern angetan habt!", sagt Tanja.

„Bitte Tanja, wir würden euch doch nichts antun!", fleht Balthasar.

Beinahe fällt Tanja auf den armen kleinen Mann herein, doch dann blendet sie seine zierliche Gestalt aus. Beim zweiten Hinsehen erkennt sie leichte Falten auf seinem sonst so glatten Gesicht. „Ha! Du solltest Dich beeilen, sonst bist Du bald ein alter Zwerg!"

Balthasar fühlt das Reißen in seinen Knochen, er weiß, dass er tot ist, noch bevor der Tag zu Ende geht. Er muss jetzt gestehen: „Ist ja schon gut!", begehrt er auf. „Wir entnehmen ihnen ein kleines bisschen aus ihrem Rückenmark. Das ist auch gar nicht gefährlich! Es sind keine Stammzellen. Es ist ein anderer Stoff, den wir nicht mehr selbst produzieren können."

„Wozu braucht ihr es?", fragt Dr. Maier.

„Es nennt sich Adrenochrom, das nur bei Kindern produziert wird. Sie haben genug davon, es tut ihnen nicht weh!" Balthasar kann sich auch an diesen Maier erinnern. Er war viel zu alt für die Ernte. „Ihr habt es doch erlebt, euch ist doch kein Schaden entstanden!"

„Wofür braucht ihr es?", wiederholt Tanja die Frage.

„So lasst mich doch gehen, ich sterbe sonst!", fleht Balthasar.

„Rede!", sagt Maier schroff und drückt ihm schmerzvoll die Arme zusammen.

„Au! Ja, ich sage es ja! Eine kleine Menge Adrenochrom reicht aus und wir können uns um viele Jahre verjüngen! Auf diese Art werden wir über dreihundert Jahre alt! Zumindest unsere Führer!"

„Eure Führer? Ich denke, sowas gibt es bei euch nicht?", hakt Tanja nach.

„Doch, wir haben sie und wir müssen eine Mindestmenge liefern, sonst bestrafen sie uns. Bekommen wir mehr, dann fällt für uns etwas ab. Bitte Tanja, so lass mich doch gehen!" Balthasar fühlt sich alt, seine Arme schmerzen.

Tanja sieht, wie er immer älter wird. Sie hat Mitleid mit Balthasar. „Gut, ich denke wir wissen nun genug!" Tanja geht die Stufen zur Kirchentür hinauf und steckt den Schlüssel hinein. „Lassen Sie ihn gehen!", sagt sie zu Dr. Maier und hält die Tür auf.

„Von mir aus." Maier hält den kleinen Mann immer noch fest und schiebt ihn vor sich her, dann schubst er ihn durch das Portal und schlägt die Tür hinter ihm zu.

Markus verfolgt alles in einer Art Schockzustand. Der Knall der Nebentür weckt ihn auf. „Wolltet ihr ihm nicht den Schlüssel geben?", fragt Markus, als der Doktor ihn aus dem Schloss zieht und einsteckt.

„Nein! Auf keinen Fall darf er den in die Hand bekommen!", erklärt Tanja.

„Sie würden sich junge Frauen und vielleicht ein, zwei Männer holen, dann würden die genug Kinder zeugen, die sie dann abernten könnten!", erklärt Georgius. Er schaut zu Tanja und sagt dann zu Markus: „Das hatten sie auch mit uns vorgehabt, doch Tanja hatte Glück!"

„Was? Hättet ihr euch etwa darauf eingelassen?", fragt Markus entsetzt.

„Was? Nein, auf keinen Fall!", sagt Tanja.

Georgius grinst: „Die Verlockung war schon groß!"

„Was machen wir jetzt?", fragt Dr. Maier.

„Wir sollten hier erst mal weg!", antwortet Tanja. „Fahren wir zu mir, dann können wir weiterreden." Die vier fahren zu Tanja, wo sie sich auch sogleich um ihren kleinen Tisch platzieren. „Wir sollten dieses Portal abreißen!", schlägt Tanja als erstes vor.

„Damit würden wir jedoch jegliche Chance verspielen, selbst irgendwann durch dieses Portal reisen zu können!", widerspricht Maier.

Markus hat immer noch nicht verarbeitet, was er gerade erlebt hat. Eher wie ein Zuschauer im Theater hat er das Geschehen verfolgt, nicht jedoch wie ein Akteur. „Ich halte mich da raus, ich mach erst mal Kaffee!" Markus geht zu der kleinen Küchenzeile hinüber und füllt den Kessel mit Wasser. Die drei diskutieren über das Portal. Markus kommt sich wie ein Aussätziger vor, denn er hat dieses ganze Gerede über ein Portal und eine andere Welt als reine Träumerei gehalten. Tanja hätte auch an Feen oder Einhörner glauben können, er hätte sie trotzdem nicht weniger geliebt. Nie im Leben hätte er gedacht, dass all dieses Gerede Wirklichkeit ist. Markus geht zum Tisch und unterbricht das angeregte Gespräch der anderen: „Wo waren wir gerade? Was war das für ein Raum, das war doch keine Kirche?"

Die drei schauen verwundert Markus an. „Hast Du mir nicht zugehört, wenn ich Dir von meinen Reisen nach Pitatia erzählt habe?", fragt Tanja.

„Natürlich habe ich Dir zugehört, aber so etwas gibt es doch nicht!" Markus schaut in sechs verständnislose Augen. „So etwas kann es doch nicht geben."

Tanja ist enttäuscht. „Du hast mir also auch nie geglaubt!"

„Sei ihm nicht böse!", sagt Dr. Maier. „Ich würde mir auch nicht glauben!"

„Er glaubt es ja nicht mal, obwohl er selbst da war!", sagt Tanja.

Markus hat das Gefühl, ihm platzt der Kopf. „Aber, wie geht denn das?" Ein Pfeifen unterbricht die Ruhe. „Oh, das Wasser!" Markus geht zur Küche und kümmert sich um den Kaffee.

„Wir können nicht weiter forschen. Wenn wir andere einweihen würden, dann kämen diese kleinen Wesen irgendwann in unsere Welt und holen sich, was sie brauchen.“, erkennt Dr. Maier resigniert.

„Was machen wir nun mit dem Portal?“, fragt Tanja. „Wir können es doch nicht einfach abreißen?“

„Nur der Schlüssel ist das Portal, die Kirche müssen wir nicht beschädigen!“, sagt Maier. Er schaut zu Georgius. „Was meinen Sie? Sie waren schließlich am längsten bei denen.“

„Sie sind uns nicht gut gesonnen, wir sollten uns nicht mit ihnen abgeben. Lasst uns den Schlüssel und sicherheitshalber auch diese Tür zerstören!“, sagt Georgius grimmig.

„Warum die Tür?“, fragt Dr. Maier.

„Was ist, wenn sie noch weitere Schlüssel haben?“, antwortet Georgius.

Markus stellt vier Tassen und eine Kanne Kaffee auf den Tisch. „Wir sollten nur das Schloss austauschen! Dann kämen sie nicht wieder zurück, wenn sie es versuchen würden.“ Er weist auf die Kanne. „Nehmt euch selbst! Braucht jemand Zucker? Milch habe ich keine gesehen.“

„Oh, ich habe Kaffeeweißer, ich weiß nur nicht, ob der noch gut ist. Wir trinken den Kaffee immer schwarz!“, sagt Tanja und schaut Markus dankbar an.

„Sollten wir nicht die Menschen vor diesen Zwergen warnen?“, fragt Markus, als er sich eng neben Tanja setzt.

„Schatz, das bringt doch nichts! Du warst selbst da und glaubst uns nicht! Wir würden uns wahrscheinlich in der Irrenanstalt wiedertreffen.", lacht Tanja bitter.

„Also vernichten wir den Schlüssel und tauschen das Schloss aus?", fragt Dr. Maier. Alle nicken zustimmend und trinken den starken Kaffee.

„Ich, äh… also wir… können uns um das Schloss kümmern.", sagt Markus.

„Ja, ich kenne den Mann, der einen normalen Schlüssel zur Kirche hat, ich werde mit ihm reden.", sagt Tanja. Sie schaut in die Runde und dann kommt ihr eine Idee: „Kommt mit, wir gehen ein Stück!" Die vier trinken noch ihre Tassen leer, dann machen sie einen Spaziergang zur nahegelegenen Fußgängerbrücke, die sich über den Fluss spannt. Mitten auf der Brücke bleibt Tanja stehen und hält den Schlüssel in der Hand. „Lasst es uns gemeinsam machen." Tanja hält ihre Handfläche mit dem Schlüssel darin über das Geländer. Die anderen halten ihre Hand darunter und dann drehen sie gemeinsam ihre Hände um, sodass der Schlüssel in den Fluss fällt. „Mein ganzes Leben lang hat mich dieser Schlüssel begleitet!", sagt Tanja wehmütig und beobachtet die Kringel, die der Schlüssel auf der Wasseroberfläche hinterlässt.

„Das wars!", sagt Georgius ebenso wehmütig, aber auch neugierig auf die neue Zeit.

Maier schaut aufs Wasser. „Wir sollten das alles für uns behalten!"

Markus ist angetan von der bewegenden Stimmung er kann die Leere in Tanjas Hand regelrecht spüren, da hat er einen Geistesblitz! Seit Tagen hat er diesen Ring dabei. Er holt ihn aus der Tasche, geht auf Tanja zu und kniet sich vor ihr hin. „Tanja, willst Du meine Frau werden?"

Tanja wundert sich, was mit Markus los ist. Nie hätte sie damit gerechnet, dass er sie gerade jetzt fragt. „JA! Ja, ich will!"

„Lassen Sie den bloß nicht fallen!", warnt Georgius.

Tanja weiß, wie ungeschickt Markus ist, wenn er nervös ist. Sie nimmt ihm den Ring ab und steckt ihn sich an. Sie hilft Markus hoch und umarmt ihn, dabei schaut sie sich den eleganten Ring an. „Ich liebe Dich!"

Dr. Maier wendet sich von dem verliebten Paar ab und fragt Georgius: „Was machen Sie jetzt?"

Georgius zuckt mit der Schulter. „Ich weiß noch nicht. Ich sollte mir wohl erst mal neue Papiere besorgen. Was kostet sowas heutzutage?" Georgius denkt nach. „Das letzte Mal habe ich fast zwanzigtausend Lire bezahlt."

Markus muss lachen. „Lire? Die gibt es nicht mehr. In Europa wird nur noch mit Euro bezahlt."

„Euro? Was ist das denn?"

Weitere Romane

Trilogie über Magie in der Gegenwart

-Thomas, ein einfacher junger Mann erfüllt sich einen Traum. Er lebt im Ein-klang mit der Natur. Seine Nachbarin zeigt ihm die Magie und er trifft Grete. Tauchen Sie ein in das Leben dieser Hexe! Thomas erlebt turbulente Abenteuer mit ihr, vertieft sich in die Magie und wird selbst zum Magier. Mit seinen neuen Fähigkeiten will er die Welt verbessern!

Die Hexe aus dem Remstal   -ISBN: 9783757521363
Taschenbuch (epubli)

Grete Das Leben einer Hexe   -ISBN: 9783757577872
Taschenbuch (epubli)

Der neue Magier   -ISBN: 9783758412356
Taschenbuch (epubli)

Meine Bücher sind überall erhältlich!

...auch als **eBook**!

Die Oase   -ISBN: 9783758313875
Taschenbuch oder eBook (BoD)

Drei unterschiedliche Pärchen begeben sich auf eine abenteuerliche Reise in die Sahara. Sie entdecken eine Oase, in der bereits jetzt schon das Klima herrscht, wo-vor uns die Experten warnen. Was passiert mit den Menschen in der Oase?

Zimmer 20 ISBN: 9783759720740
...oder Wenn Computer die
          Erziehung übernehmen

Begleiten Sie eine junge Frau auf ihrem Weg in eine neue Zukunft. Silvie erfährt in ihrer Schulzeit von einer anderen Form der Erziehung. Später im Studium wird sie wieder damit konfrontiert, danach entwickelt sie diese gemeine und brutale Erziehungsform weiter für die breite Öffentlichkeit. Wird sich diese Maschine durchsetzen?

Leben im Wohnmobil   -ein autobiographischer Ratgeber über mein Leben im Wohnmobil. Mit vielen Tipps und Tricks und meinen Erfahrungrn über Ausbau sowie mobiles Wohnen und Reisen.

Der Autor

Martin Schneider fängt mit zweiundfünfzig Jahren an zu Schreiben. Bis dahin führte er ein ganz normales Leben, er arbeitete unter anderem als Mechaniker, Kraftfahrer, Hafenmeister und Eventkoch. Er ist in Berlin aufge-wachsen und lebte zuletzt im beschaulichen Branden-burg, hier hat er sich ein Grundstück mit einem kleinen Wochenendhäuschen gepachtet und sich sein kleines Paradies geschaffen, bis er sich der Literatur gewidmet hat. Er hat 2020 sein Leben geändert und lebt nun mini-malistisch in einem Wohnmobil.

Der Roman **Die Hexe aus dem Remstal** ist sein erstes Buch und Start einer Reihe aus drei Romanen. In seinem Roman wollte er ursprünglich sein eigenes Leben verar-beiten. Hinzu kam **Grete Das Leben einer Hexe** und die Fortsetzung **Der neue Magier**.

Nach den Science-Fiction-Romanen **Die Oase**, **Zimmer 20** und **Das Portal im Hinterhof**, flogt sein autobiogra-fischer Ratgeber **Leben im Wohnmobil**, hier beschreibt er seine eigenen Erfahrungen mit diversen Wohnmobilen.

Für weitere Informationen, Fragen oder Hinweise, können Sie mich gern Kontaktieren:

E-Mail: martin-schneider-autor@gmx.de

Telegram: @Martin_Schneider_Autor

Patreon: patreon.com/user?u=107999822

       …hier gibt´s **eBook**s